生と死の戦場
痛恨

佐々木四郎

元就出版社

北支山西省大同時代の筆者（右端から２番目）

北支山西省大同時代の筆者（後列右より４番目）

山西戦線を行く日本軍（左）。共産八路軍第115師団の兵士

傅作儀

閻錫山

蔣介石

マニラ湾の連合艦隊（上）と比島ルソン島の連合軍兵士

爆撃を受けるフィリピンのミンダナオ島ダバオ

比島戦線ミンダナオ島ダバオを行く日本軍兵士

山下奉文

黒田重徳

寺内寿一

武藤章

冨永恭次

鈴木宗作

諫山春樹

杉田一次

服部卓四郎

はじめに

これは支那事変および大東亜戦争に一兵士として従軍した私の記録である。昭和十四年一月、私は現役兵として当時、北支那山西省大同に駐留の輜重《しちょう》兵第二十六聯隊に入隊した。ほぼ四年間の服役の間、北は内蒙古の果てから南は福建省境まで、各種作戦に従軍したが、最も苦労したのは、師団警備地区内の北部太行山脈に蟠居《ばんきょ》する共産八路軍に対する討伐作戦であった。

現役としての服務を終えた後、約一年半後に再び召集された。戦局緊迫する昭和十九年五月、日米最後の決戦場となる比島に派遣され、苛烈な近代戦を体験することになった。やがて、敗戦。奇跡的な生還をした私を待ち受けていたのは戦争犯罪者容疑であった。しかし、その容疑も晴れて比島最後の復員船に乗って帰国するまでの体験である。

時間的には昭和十四年一月から、昭和二十二年一月までの八年間である。その前半は北方の勤務であり、後半は南方比島であった。内容を「朔北《さくほく》と南溟《なんめい》」とした所以である。

この記録は、我が子たちに残す目的で作成した私の人生記録の「道程」の第二部に当たる部分である。

戦場は最高の道場なりという言葉がある。絶えず死に直面する戦場では、すべての虚飾は剝ぎ取られる。また人の一生には運不運が交差する。戦場はその人の一生を凝縮して見せてくれる場所でもある。私一人の経験だけでも、運については不可思議なものを感じる。目に見えぬ何ものかに人は動かされているという思いである。

この時代は軍部が横暴を極めた時代と言う。しかし、軍人のすべてが戦争を欲したわけではない。軍人が華やかに登場するのは昭和六年の満州事変である。この事変は上層部の軍人は関与せず、関東軍の幕僚である板垣征四郎大佐、石原莞爾中佐らごく少数の幕僚の横断的組織が企画推進したものである。長い不況、政治家や官僚の汚職が続発した後で、国民は快《かい》哉《さい》を叫んでこれらの軍人を歓呼して迎えた。これが誤りの第一歩であった。

昭和十二年七月、支那事変勃発、当時参謀本部の第一部長であった石原少将は北支派兵に反対であったが、作戦課長の武藤章中佐は事変拡大派で部長の意見に従わず、かえって石原に向かって、「部長、私は満州事変で貴方がやられたことを模範として、そのままやっているだけですよ」と言われて、石原は二の句が継げず、ただ苦笑するだけであったと言う。

ところが昭和十九年、武藤章中将は比島第十四軍の参謀長に着任する。上部の南方総軍はレイテ決戦を指導する。武藤参謀長は、むしろルソン決戦を良しとする意見具申をする。しかし総軍に押し切られてしまう。これは大本営の幕僚の意向である。結果はレイテ島も惨敗、ルソン島でも中途半端な防衛戦になって、多大かつ無益な犠牲を出すことになる。

これで解るように軍を動かしていたのは個人でなく、中央部すなわち陸軍省軍務局と参謀本部第一部（作戦部）のごく少数の幕僚集団だったのである。こういうシステムが出来上がったのは、陸大卒業生の偏重からである。陸大卒業生のみが幕僚として、そして将官として栄達するという軍官僚システムが先行して存在していたのである。

しかし、陸大の教育はすこぶる偏《かたよ》ったものであった。戦後、多くの陸大卒業者がその不備について語っている。軍事学は習得しても、戦争は軍事だけではない。政治、外交、経済のすべてを含むのだ。将帥たるものの備うべき必須事項である。しかし日本の上級将校はそれを欠き、占領地政策に失敗した。同じことは政治家にも言える。日本の政治家は軍事知識を欠いで、軍人に引きずり回された。欧米の政治家、あるいは高級将校との差異は歴然たるものがあったのである。

戦後は軍部はなくなったが、東大法学部卒業生優先という官僚システムは健在である。戦前と戦後、陰と陽、武官と文官、内容のない権威主義に日本人は弱いのである。官僚政治によって国を滅ぼすのは一度だけで沢山である。

日本の現憲法は戦争放棄を謳っており、その故を以て人々は平和憲法と言う。ある種の人々は憲法さえ守っておれば、日本は永久に平和だと唱えている。果たしてそうであろうか。人類の歴史は戦争の歴史でもある。現在は平和でも、今後百年、二百年と平和が続く保証はないのだ。もし他国から攻撃を受ければ、好むと好まざるとにかかわらず戦争に巻き込まれることは必至である。

戦後五十年を経て、今やその体験を持つ者の数も減少してきた。またもし将来戦争が起こっても、兵器の変遷等によってその様式も大きく変わるであろう。ただ軍隊そのものは人間の組織であることに変わりない。私のこの記録から何かを摂取してもらえれば幸いである。

一九九三年十月

佐々木　四郎

痛恨　生と死の戦場——目次

第二部――南溟《なんめい》の戦場

痛恨　生と死の戦場

――朔北《さくほく》から南溟《なんめい》へ　一輜重兵の従軍記録

第一部——朔北《さくほく》の戦場

入　隊

昭和十四年の新春が明けた。屠蘇《とそ》の香もまださめやらぬ一月四日、いよいよ入隊の日を迎えた。集合地は下関市と指定されていた。私たち入隊予定の壮丁《そうてい》は出発前の歓送を受けるため、駅頭に集合した。北支那大同駐屯部隊に入隊するのは町から三名だった。

歩兵の出口守君、野砲兵の大石一夫君、それに輜重兵の私である。かつて同じ小学校に学んだ仲間である。三名が並んで町長の送別の辞を受けた後、私が代表して挨拶を述べた。

荒振る神、「須佐之男命」を引用して何かしゃべった。大いに気張って熱弁を振るったつもりだったが、自分でも何を言ったのかよく覚えていない。結構上がっていたのだ。周囲は日の丸の旗と見送り人の渦である。われわれ大同入隊組以外にも内地の部隊や、海兵団入団組もいた。また、郡内の他町村の入隊者も行橋駅を利用するので、駅構内も駅前広場も見送りの群衆で埋められ、万歳の歓呼の声で沸き返っていた。前年秋には武漢三鎮も陥落しており、勝ち戦という気分で、国民の士気はいやが上にも盛り上がっていたのである。

ようやく改札を出たが、ホームでも多くの人に声をかけられて、挨拶をかわしたものの終わりには相手の見境もつかず、ただ頭を下げるだけであった。そのうち列車が入ってきて車中の人となる。兄と平井の叔父が付添い人として同行してくれる。母やその妹の大庭の叔母なども見送りに来てくれていたのだが、どんなふうにして別れたのか記憶に残っていない。その頃親しくつきあっていたK・A子も見送りを約束してくれていたのだが、これだけの群衆の中からはとうてい捜しだすことは無理である。

やがて列車は動きだした。万歳の声は一段と高くなり、旗の波が揺れ動く。ああ、いた。ホームの外れにA子の姿が見えた。高く手を上げたが、果たして先方は確認できたかどうか不明だ。別離とはかくの如きかという思いが残った。

当時は関門鉄道トンネル開通以前のことで、門司駅（現在の門司港駅）で下車して連絡船で下関に渡る。市内の名地山小学校が集合場所である。現地からわれわれ新兵を受領に来ていた数人の将校や下士官に迎えられた。その中から軍医が前に出てきて、現地の状況の説明を始めた。

「現地大同では、現在毎日の気温は零下十六、七度である。手についた水はきれいに拭き取らないと、その手でものを持てば、直ぐにベッタリと凍りついてしまう」と話し始めた。聞いている側でホーッという嘆声が上がる。この軍医さんは村上一等軍医であった。後には軍医大尉と呼称が変わったが、当時はそう呼んだ。背が高く日に焼けた精悍な風貌で、襟章を見なければ兵科将校に見えるぐらいだった。入隊後に解ったことだが、やはり風貌通り相当に荒っぽい軍医さんだった。

型の如く身体検査が行なわれ、その後、中隊ごとに分けられた。私は第一中隊だった。受領員は第一中隊が斉藤曹長、第二中隊は水上曹長、第三中隊が土屋曹長だった。その後、引率されて市内入江町の岡崎旅館というのに入った。この旅館滞在中に被服、兵器の支給を受け、私物は付き添って来た家族に渡す。これで褌《ふんどし》以外はすべて軍隊支給の、いわゆる官給品だけになる。

われわれ輜重兵科は軍隊で言う「乗馬本分者」であるから、軍刀、騎銃《きじゅう》、長靴を支給された。その頃、出征部隊の兵士がよく銃を白布で巻いているのを見たことがある。それを真似て包帯を買って来て銃に巻いた。誰か一人がそれを始めると、皆それに習った。

いよいよ一月六日、乗船の日である。大阪商船の岸壁まで行軍した。隊伍《たいご》堂々と言いたいところだが、一同まだ軍服姿がしっくりせず、慣れぬ長靴に軍刀を吊るして行進するのはなかなか難しかった。岸壁に着いて大休止。乗船命令まで待機した。ところが、なかなか乗船の命令が出ない。吹き曝《さら》しの埠頭での待機中、最後の見送りにとここまで来ていた付添いの家族たちは寒さに震えていた。

兄と叔父が「じゃあ、行ってこいよ。俺たちはもう帰るからなア」と引き上げて行った。待ちくたびれたものらしい。しかし、他の家族は誰一人帰って行く者はいない。行く先は戦地である。あるいはこれが最後の別れになるかも知れないという思いがあるのだから、それは当然である。

隣に腰を下ろしていた小木戸悟君と初めて口を利《き》く。無口そうな人だ。お互いの出身地を聞くことから会話が始まった。彼は簗上郡三毛門村の出身だった。しばらくして後ろにいた婦人が話しかけて来た。「どうぞ弟をよろしくお願いします」というので、彼の姉さんと判った。両親は亡くなり、姉弟二人きりという話で、たった一人の弟ですからと、しきりに頭を下げられた。いや私こそお世話になると思いますと答えたが、お姉さんは学校の先生のようだった。

乗船が開始された。長靴の底を縄で縛ったりして滑るのを防止したが、あまり格好は良くなかった。下関の女学校の生徒たちのブラスバンドが賑やかに軍歌を演奏する。まだこの時期まではこんな派手な見送りも受けられた。それ以後はおそらく中止させられたと思う。

紙テープまで渡された。乗船が終わると間もなく出帆《しゅっぱん》の汽笛が鋭く響いた。兵隊たちは皆、甲板に出て見送りの人に手を振った。それに紙テープの交換。ブラスバンドはここを先途と音を上げる。別れの場面のクライマックスである。

ふと見ると小木戸君が横にいる。彼はテープを手にしていない。「おい、これ使えよ」とテープを渡した。「あんた、良いのんかあ」と言う。「ああ、家の者はもうさっき帰ったから俺は要《い》らないんだ」と答えると、彼は急いで受け取り、岸壁でこちらを見上げている姉に向かってテープを投げた。テープの両端をしっかり握って姉と弟は別れを惜しんだ。この時、私には別れを言う対象はいなかったので、小木戸君の姉さんに向かって手を振った。この時、別れを惜しんだ人々の何分の一かはそれが見納めとなったのである。

船内で中隊はさらに分隊ごとに編成された。私は第三分隊だった。船内での勤務の割当てもあった。さっそく夜の食事当番が割り当てられた。相棒は大森君だった。彼は企救郡の徳力出身だった。こちらの名前が覚えられなかったのか、しきりに「おい、京都郡《みやこのぐん》、京都郡《みやこのぐん》」と呼ぶ。「なあ、満期したら無塩《ぶえん》の魚を持って来てくれよなあ」と言う。徳力は当時、山の中である。

冷凍技術、輸送方法の進んだ今日では、日本全国どこでも新鮮な魚が食べられるが、その頃、交通不便な山中の住人は、鮮魚を口にすることは不可能で、塩物しか食べられなかったのである。

故国の灯が遠くなり、輸送船は玄界灘を西へ西へと進む。相当にがぶる。やはり冬の玄海だ。船員に聞くと、今日はふだんより揺れが酷いと言う。私は船酔いで食欲ゼロだ。そのうち船内で演芸大会が開かれた。広沢虎造や寿々木米若などの物真似が飛びだす。都々逸を唸る奴。みんな芸達者である。当時は今と違って、歌謡曲よりも浪曲や詩吟などの方が隠し芸の主流だった。一人素晴らしいハーモニカの名手がいた。淡谷のり子の「別れのブルース」を演奏したが、実に本格的な素人離れした演奏で万雷の拍手を浴びた。

〽夜風　汐風　恋風乗せて　今日の出船は　何処へ行く……

この歌詞は、今ちょうど戦地に向かう輸送船の中の兵士たちの心に触れるものがあったのであろう。しかも達者な演奏である。終わってしばらくどよめきが続いた。淡谷のり子にはもう一つ「雨のブルース」というヒットがある。この歌も「別れのブルース」も戦時中は不適格とされた。

余談だが、後日、淡谷のり子が前線慰問に行った時、軍から士気を鼓舞する健全な歌謡を歌うよう、一応駄目を出されていたらしいが、いざステージに立つと、兵隊たちは「ブルースを、ブルースを」と叫んで聞かない。明日の命の判らない最前線の兵隊たちの注文なのだ。遂に彼女は禁止されていた「別れのブルース」を、そして「雨のブルース」を歌った。懲罰は覚悟していた。兵隊たちも歌う淡谷のり子も、みんな感激の涙、涙だったという。そして廊下では監視の憲兵も、見て見ないふりをしながら泣いていたという。この時、船室でわれわれを感動させたハーモニカの名手は、博多出身の砂本善登君だった。

船内四泊の後、船は渤海《ぼっかい》湾に入って十日朝、塘沽《タンク》港に入港した。上陸すると、中国人の子供たちが群れをなして集まって来た。そして口々に「煙草進上」と叫ぶのだ。中国語では煙草はたばことは言わない。進上もこちらから上げる意味だから、おそらく前にいた日本兵から習った言葉だろう。誰かが中の一人に煙草を一本渡すと、さあ大変である。他の子供たちが皆わっと押し寄せて来る。まだ四、五歳くらいの幼児までがスパスパと吹かし始めたのには驚いた。それが始めて体験する支那だった。

臨時の酒保《しゅほ》も開かれた。酒保というのは軍隊用語で日用品や飲食物の販売所のことである。この頃、日本内地ではすでにそろそろ甘いものが不足気味だったが、この酒保では長さ二十センチもある羊羹が一本わずか十銭だった。外装には「関東軍」の名前が入っていたから、山海関を通って満州から入って来ていたのであろう。

塘沽上陸の日を以て正式に陸軍輜重兵二等兵を命じられることになる。塘沽港から太沽《ターク》駅まで行軍、ここから乗車して鉄路大同に向かった。天津、北京、懐来、宣化、張家口、天鎮、陽高を経て十二日朝、遂に目的地大同に到着した。

大同站から部隊まで徒歩行軍である。長靴での行軍は初めてで歩きにくい。途中で行き合う中国人がじろじろ珍しそうにわれわれを眺める。皆一様に汚れた羊の皮を着ている。やがて部隊の営門が近づいた。トーチカがあり、その前に歩哨が立っている。「歩調取れ」の号令が掛かり、営門を通過した。

聯隊本部前で聯隊長椎橋大佐の訓示の後、中隊別に分かれ、さらに分隊別に分かれて、それぞれの兵舎に入った。兵舎は元支那兵舎で、分隊の兵室の奥行約四・五メートル、幅約二十一、二メートルばかりの横に長い部屋で、内部は土間と奥はアンペラ敷の温突《オンドル》である。温突の上、奥の方には毛布六枚、敷布一枚が置かれ、上部には横板が吊られ、これは整頓棚といい、被服類がきちんと整頓して置かれていた。幅約四、五十センチが兵隊一人の専有面積である。銃架や整頓棚には各人の氏名が清書され、新兵の受入れ態勢は万全である。

分隊長は酒井賢三伍長、分隊の古年次兵は丸田義隆上等兵、斉藤源市一等兵、森武一等兵、山田隆義一等兵の四名で、われわれ初年兵の教育係として起居を共にすることになる。

一応の説明が終わった後、昼食になった。アルミの食器に飯が盛られる。食器にもエナメルで各人の名前が書かれている。軍隊というところは員数観念のやかましいところで、そのため物品には必ず駐記をする。

入隊祝いというので尾頭付きの鯛も出された。しかし私は全く食欲がなく、ほとんど手もつけずに残した。会食していた酒井分隊長が初年兵の食べ具合を見ながら、「このくらいの食事を残すようじゃ、これからの訓練に耐えられない。残さず食ってしまえ」と言った。あたりを見回したら、皆むしゃむしゃやっていて、食欲旺盛である。私のことを言ってるなあと思ったが、炊事係の厚意の馳走ものどを通らず結局、残した。

私たちの正式な部隊名や部隊長名は以下の通りである。

上級部から順に駐蒙軍司令官・蓮沼蕃中将、その隷下の第二十六師団師団長・後宮淳中将、輜重兵第二十六聯隊聯隊長・椎橋侃二大佐、第一中隊中隊長・萩原国雄中尉ということになる。

郵便の差出人の書き方は左記のようになる。

『内蒙派遣蓮沼部隊気付　後宮部隊椎橋部隊萩原隊　何某』

これは部隊の隊号を秘匿するために団隊長の姓を表記したのである。後には数字で表記するように改められた。

ところでこの二十六師団の由来であるが、そもそもは満州事変の後、昭和十年二月に独立混成第十一旅団が編成され、熱河省承徳に司令部を置いたのがその母体である。私たちが入隊した輜重兵第二十六聯隊も、その以前は独立輜重兵第十一中隊で、輓馬《ばんば》、自動車、各一小隊ずつの編成だったのである。

昭和十二年七月七日、支那事変勃発、七月十一日、旅団に北支派兵下令、同十二日古北口出発、二十八日清河鎮占領、爾後、南口――居庸関――八達嶺地区を攻撃、九月十一日大同占領、九月三十日、軍令陸甲第二十四号に依って第二十六師団編成下令、十月二十五日編成完結したのである。

中核となった独混十一旅に第一師団（東京）、第六師団（熊本）の召集兵が編入された。召集兵は予備役、補充兵役と混成で、また現役組は年齢は若かったが、事変当初からの実戦を体験しており、また編成は久留米師団管下でそれぞれの気風も違い、隊内の空気は相当複雑だったようだ。

この二十六師団の編成は、陸軍としては初めての三単位編成であった。従来の師団は歩兵四個聯隊編成で、歩兵二個聯隊で一個旅団、師団に二個旅団があった。それを歩兵三個聯隊にして、歩兵団を設けた。これに捜索兵、野砲兵、工兵、輜重兵の各聯隊が付属したものである。歩兵三個聯隊は独立歩兵第十一聯隊、同第十二聯隊、同第十三聯隊であった。

昭和十四年頃の配置は独歩十一は第一大隊が左雲、第二大隊が朔県、第三大隊が岱岳鎮、独歩十二は聯隊本部大同、第一大隊は渾源、第二大隊は霊邱、第三大隊は豊鎮、独歩十三は厚和（綏遠）にそれぞれ展開していた。

わが聯隊は三個中隊編成で、第一中隊は輓駄馬《ばんだば》、第二中隊は当初、駄馬、自動車の混成であったが、間もなく自動車のみに、第三中隊は自動車であった。

隊内の生活

いよいよ兵営内の生活が始まった。朝六時の起床ラッパで一日の動作が始まる。作業衣に着替える。毛布を畳んで整頓。靴を履《は》いて営庭に出て整列。この動作が遅い、遅いと古兵から怒鳴られる。新兵より後から起きた古兵がいつの間にか外で待っていて、しきりに遅い、遅いと怒鳴っている。「何番から後の者は営舎一周ッ　早駆けッ」と走らされる。

整列が終わると、週番下士官が「点呼ーッ」と叫ぶ。週番士官が建制順に回って各分隊長の人員報告を受ける。それが終わると週番から伝達事項があり、その後また週番下士官が、「点呼終わりーッ」と叫んで日朝点呼は終わる。点呼が終わると体操である。入隊した頃は気温零下十何度という寒さなので、駆け足で身体を暖める。

体操が終わると、駆け足で厩《かわや》に行って作業を始める。これを「厩動作」と言う。まず厩舎《きゅうしゃ》の中の寝藁をフォークで掻き出し、もっこに入れ、二人で担いで戸外に干す。別の者は各馬に水を与える。これを「水飼い」と言う。それから馬体の手入れ、終わって馬糧を与える。この間に馬に異状がないかチェックするのだ。

すべて終わって、また駆け足で内務班に帰る。うがいをして、洗面を急いで終える。舎内当番というのが回り持ちで、この当番は厩には行かないで、舎内の清掃や食事の準備をする。食事もゆっくりは出来ない。すぐ次の日課の演習の準備をして待機しなくてはならぬ。

午前の演習が終わるとまた「厩動作」、そして昼食。午後の日課が終わると、再び「厩動作」である。その後、夕食、入浴、夜の点呼、軍隊では「日夕点呼」と言う。入浴後から点呼までの間は、兵器の手入れ、被服の補修、洗濯などで休む時間はない。本当はこの時間帯に酒保に行って甘いものでも買って食べたいところだが、初年兵にはそんな悠長な時間はない。要領の悪い者は入浴にも行けない時もある。毎日この時間割の繰返しである。

自動車中隊では「厩動作」に代わって「車廠動作」がある。こちらもなかなか大変である。現地の気温は日本内地とは比較にならぬ寒さである。その寒さのためエンジンが掛かりにくくなる。しかし、いつでも直ちに出動出来るようにエンジンを暖めておく必要がある。そのため深夜でもその作業があるのだ。

日夕点呼の後、消灯ラッパで就寝するまでの時間、本来この時間帯は軍務から解放される楽しい時間であるはずなのだが、初年兵にとっては逆に地獄の時間となるのである。この時間みっちり、古年次兵から絞られるのである。内務班で分隊長の訓示や伝達事項が終わるとそれが始まる。

「全員上衣のボタンを外せ」という。一人一人襦袢《じゅばん》（シャツ）の汚れ具合やボタンの落脱、襟布《えりふ》（カラー）を毎日交換しているかなどを検査される。

兵器の検査もやられる。特に射撃演習の後では銃腔検査を厳しくやられる。僅かの汚れでも残っていれば、捧げ銃の姿勢を取らされる。銃や軍刀（後には銃剣）に僅かの汚れがあっても言い訳無用である。

軍隊では「員数観念」ということを喧《やかま》しく言う。兵器、被服、陣営具に至るまで員数が合わないと、責任を追及される。

清潔整頓も喧しく言う。内務班の各人の整頓棚には、被服類を積み重ねておく。下から防寒外套、普通外套、外被（レインコート）、軍衣袴《ぐんいこ》、襦袢袴下、手套《しゅとう》靴下などである。積み重ねた面がまるで一枚の板のように垂直にしておかないと、竹刀でひっくり返されてしまう。枕のカバーが少しでも汚れていると、チョークであひるの絵を書かれる。あひるが水を欲しがっている。早く洗濯しろという意味である。

ある時、軍人勅諭を一番端の者から暗唱させられた。軍人勅諭というのは略称で、正式には「陸海軍人に賜りたる勅諭」で、明治十五年一月四日に明治天皇が軍人に対して下賜されたものである。軍隊手帖という軍人必携の手帳があるが、この冒頭に記されている。相当に長文で、古い仮名遣いで漢字の部分には振りかながつけられて読み易くされている。これが日本軍隊の精神教育のバイブルとされていた。

この文章は擬古文体で、なかなかの名文である。桜痴居士福地源一郎の筆になるといわれる。内容は軍人として守るべき五つの項目について述べられている。このため軍人勅諭と言わずに、ただ単に「五箇条」と略称した。

一、軍人は忠節を尽くすを本分とすべし
一、軍人は礼儀を正しくすべし
一、軍人は武勇を尚《とうと》ぶべし
一、軍人は信義を重んずべし
一、軍人は質素を旨とすべし

これが五箇条である。私もこれだけは覚えていた。しかし、この時は全文を暗唱せよというのである。ところが、驚いたことには一番最初に指名された兵隊が勅諭の前文「我国の軍隊は世々天皇の統率し給う所にぞある……」と朗々と述べ始めたのである。私は五箇条だけは一応覚えていたが、勅諭の全文なぞ一読すらしたこともなかった。

後で解ったのだが、他の者は入営前に市町村の青年訓練所で在郷軍人による訓練を受けた際に教えられたものらしい。しかし、当時の壮丁の教育程度は高等小学校卒が平均である。それであの軍人勅諭という難しい長文を暗記し、その意味も理解していたのである。果たして現在の高校生、いや大学生でも読解出来るであろうかと思うことがある。

元来この勅諭は、明治新政府によって建てられた国軍が反政府、反天皇勢力になることを危惧《きぐ》して生まれたものである。維新直後、天皇親衛の軍隊もなく、薩長からの献兵で近衛軍を編成した。ところが、近衛都督である西郷隆盛が官を辞して郷里鹿児島に帰ると、薩摩出身の将兵はその後を追って、続々と辞職して鹿児島に帰国してしまった。明治六年から徴兵が開始され、鎮台兵の実力も西南戦争で証明された。天皇親率の軍隊を確立する必要があったのである。

勅諭では天皇が親しく軍人に語りかける形式で、「朕は汝等軍人の大元帥なるぞ。されば朕は汝等を股肱《ここう》と頼み汝等は朕を頭首と仰ぎて其の親しみは特に深かるべき」と呼びかけられている。憲法にも「天皇は陸海軍を統率す」と明文化されており、ここにおいて軍隊を統率する者は天皇であり、それ以外の何者の介入を認めないという観念が確立されるのである。「統帥権」の問題が過去の日本を滅ぼしたというのが昭和史の定説のようになっているが、実際に二律背反的制度を存在させたところに問題が起こる伏線があったというべきであろう。

軍人勅諭から少し脱線したので話を元に戻す。

軍事教練も徒手教練から始まり執銃教練へ、乗馬訓練も牽《ひ》き馬から始まり、並歩、速歩、駆歩、襲歩、各個騎乗、集団騎乗、さらに障害飛越と進む。輓馬、駄馬もやったが、輓馬はあまり必要ないというので簡単に終わった。ところが後年、大東亜戦争突入後はガソリン節約というので、従来の自動車輸送に代わって輓馬輸送が実施されるようになった。

剣術も双手《もろて》軍刀術、片手軍刀術、銃剣術とやらされた。

初年兵訓練は三ヵ月で第一期が終わる。締めくくりに一期の検閲が実施される。これが終わると、一応一人前の兵隊と言うことになる。そしてそれまでは毎日演習が行なわれ、日夕点呼後はビンタの雨が降る。自分にエラーはなくても、共同責任というので全員ビンタである。

古年次兵や下士官の兵隊に対する懲罰的な行為は、私的制裁ということで禁止されていた。しかしそれは空文に過ぎなかった。明治建軍の初めは士官は旧士族の出身、兵隊は百姓町人の出で、無学文盲の輩というので、まるで牛馬の扱いであったらしい。そういう遺風がさらに日露戦争後、復員兵が戦場体験を誇って、新兵に対して強圧的態度で接したのが今に伝っているのであった。自分たちがやられたことは、次の初年兵にやってやる。一種の申し送りのようになっていたのである。

外から見て男性的な世界と想像していた軍隊は意外に陰性で、上司におもねり、部下に権勢を誇示する世界であった。もちろん、その逆の人物もいたが、それは希少な存在であった。

私は兄が軍人であったので、その影響で幼年学校なども受験したこともあったが、入隊してその実態にふれるうちにその夢はさめていった。

昭和六年九月に満州事変が起こり、関東軍はたちまち全満州を制圧し、満州国が誕生した。後年色々と批判を生んだが、当時は全国民がこれに拍手を送った。この作戦の中心人物は

兵隊時代

当時関東軍参謀部の作戦主任参謀であった石原莞爾中佐で、彼の名は全国にとどろいた。私は心中叫んでいた。「石原莞爾よ、一体何をやっているのか? 昭和日本の軍隊はまるで明治時代そのままではないか、こんなことでは日本は負けるぞ」と。しかし石原はその後、東条英機に睨まれて、当時少将に進んでいたが、舞鶴要塞司令官という閑職にあったのである。

ただ初年兵教育に関しては、現地で若干の改善は行なわれていた。普通、内地部隊では古兵と新兵とは同数である。それを大同では古年次兵と初年兵とは兵舎を分離して、教育助手数名のみが初年兵と起居を共にしていた。それだけ初年兵に対する各種の負担を軽くしてあったのである。ただし、これは一期の教育期間だけであった。

私たちの第三分隊では、初年兵二十二名に対して、教育助手は四名であった。丸田上等兵、斉藤一等兵はともに昭和十年徴集の四年兵、森一等兵は昭和十一年徴集の三年兵、山田一等兵は昭和十二年組の二年兵の下士官候補者であった。分隊長の酒井伍長は昭和十一年徴集で任官したばかりの新品伍長だった。丸田上等兵はなかなかの人物で、同年兵のトップだった。

彼は一度として初年兵を殴ったことはなかった。

平時では兵役は二年である。支那事変が始まったため、除隊が遅れた他の四年兵たちは、そのフラストレーションを初年兵に向けて発散する。彼にはそう言うことは全くなかった。森さんなどが点呼後、気合いを入れようとすると、その機先を制して訓示で終わりにする。なおも追討ちをかけようとする森さんを制して、「おい、森、その辺で止めとけ」と制止することがしばしばだった。分隊長の酒井伍長も丸田さんは一年先輩であり、階級はともかく、学科も術科も丸田さんが上だった。

字を書かせれば達筆、双手《もろて》軍刀術では師団で個人優勝という成績だから、頭が上がらぬ相手である。階級のことであるが、この丸田さんはわれわれの一期の検閲が終わった後、聯隊本部の書記になり、伍長に進級したが、むしろ遅きに失したくらいであった。

私はこの丸田さんの戦友でベッドは並んでいた。消灯ラッパの後も、よく丸田さんから話しかけられた。内地を離れて四年目にもなっており、その情報に飢えていたのであろう。色々と話が長くなった。しかし他の同年兵からは「佐々木は特別扱いだ」と言われたりした。「そんなことはないよ」と言ったが、何かにつけて庇《かば》ってくれたことは多かった。

同じ四年兵の斉藤さんは長く一等兵で、除隊直前にようやく上等兵に進級した。徴集年次ごとに上等兵や兵長の定数があったのであろうが、四年も引っ張っておいてこんな馬鹿なことはない。能力的には差異のないのに後から来た連中に追い抜かれては、古参としては面白くない。やる気を失い、それは隊内の士気にも影響する。

その点、人事は海軍の方が進んでいた。古参兵になると、水雷学校や砲術学校に派遣して数か月教育を受けさせる。教育が終われば下士官に進級する。陸軍のように五年も六年もいて上等兵といった馬鹿なことはない。海軍では大東亜戦争は下士官でやったというくらいである。

よく言われたことであるが、「お前たちは一銭五厘で集められる。馬はそう言うわけには行かぬ。お前たちより馬の方が大切だ」と。一銭五厘はその頃の葉書の値段である。こういう人間軽視の思想が陸軍にはこびりついていたのである。敗戦の原因も色々あるが、結局この辺りにもその一つがあったと思う。

内蒙古は空気が乾燥している。厳寒期でもほとんど雪は降らない。湿度が低いので、真夏でも日陰に入れば過ごしやすい。湿潤の日本内地の気候に馴れた初年兵が次々と胸膜炎にやられた。三分隊からも樋口、太田、大森、羽生、下川らが相次いで入院し、内地に還送された。教育助手をやっていた山田さんまでも罹患《りかん》して後送された。下関から同じ輸送船で一緒に海を渡って来た仲間たちも、第一期も終わらないうちに脱落していった。しかし残った連中も、内心では内地に送還されるのを羨《うらや》んでいるところもあった。

兵隊は演習ばかりやっていると思われがちだが、軍隊にも学科がある。その学科のテキストを典範令という。兵科ごとに操典がある。私たちが学ぶのは「輜重兵操典」である。最初に輜重兵の本領というのを叩きこまれる。続いては「作戦要務令」である。初めの方に「綱領」というのがあり、これが第一から第十まである。これも暗記させられる。例えば第一にはこう述べてある。

「第一　軍ノ主トスルトコロハ戦闘ナリ故ニ百事皆戦闘ヲ以テ基準トスベシ而シテ戦闘一般ノ目的ハ敵ヲ圧倒殲滅《せんめつ》シテ迅速ニ戦捷ヲ獲得スルニアリ」。これらの他に「軍隊内務書」、「射撃教範」などがあるが、ここまでは各兵科に共通するところで、われわれのような馬を扱う兵科では、「馬事提要」、「馬術教範」、さらに「積載梱包教範」なども加わる。

お陰で馬の疾病、一般的な疝痛のほか、恐るべき鼻疽や炭疽という疾病の存在も知ることが出来た。また馬癖にも色々とあり、蹴癖や咬癖は想像出来るが、中に熊癖というのがある。これは熊のように首を左右に振る癖である。こういうことも馬隊なればこそであった。

やがて一期の検閲が始まった。聯隊の幹部は大いに緊張していた。それは聯隊としてこれほど多数の現役兵を迎えたのは、昭和十三年徴集兵が最初だったからである。その成果如何と注目していたのである。初年兵教育係教官は税所篤徳中尉、幹部候補生出身の将校で、鹿児島の七高中退とかであった。鹿児島人らしく飲んべえだったが、なかなか肚の座った人だった。彼としても初めての任務だったが、検閲の講評は良かったようである。

ただ私自身は検閲で大ポカをやった。乗馬の検閲の時である。完全軍装で抜刀して障害を飛越するのだが、第一障害は飛越したが、第二障害の前で見事に落馬したのである。しかも聯隊長の目の前である。助手が走って来て、「おい、大丈夫か?・」と聞く。抜刀しての落馬なので怪我はないかとよく見たが異状ないので、「何ともありません」と答えると、「馬鹿野郎、お前のことじゃない、馬、馬、馬は大丈夫か?・」と怒鳴られた。

落馬の原因は馬が障害を嫌って直前で急停止したため、慣性の理で前に投げ出されたのであるが、本来そうならないように両脚で馬体を締めつけておくべきであったのである。それを「騎座」という。この「騎座」をしっかりするために裸馬に乗る演習をやらされる。後刻、椎橋聯隊長の講評の中で、「騎座はおおむね堅確なり」という言葉があった。それを聞いて冷汗をかいた。「騎座」が堅確であれば、落馬はしないはずだからである。

一期の検閲が終わると、初年兵は専門技術の習得をやらされる。軍隊は自己完結のかたちを取る組織である。銃や剣などの兵器の修理、被服や靴などの補修修理、すべて隊内の工場で処理される。一期で一応、兵士としての基礎的な訓練が終わると、次に技能の専門化が待っているわけである。これを工務兵という。銃工兵、靴工兵、縫工兵、木工兵、蹄鉄工務兵などで、これら工務兵に対して一般兵というのがあり、俗に本科とも呼ばれたが、この連中は演習要員である。ただ何らかの日常業務には就《つ》く。例えば初年兵の教育係助手、中隊本部事務室勤務、被服係や兵器係の助手、炊事係、伝書鳩係、ラッパ手などである。このほか衛生兵などは、陸軍病院などで特別教育を受けることになる。

このほか、わが中隊だけにある特別な勤務があった。普通、輜重兵の本科兵は「乗馬本分者」と言われ、帯刀乗馬する。駄馬や輓馬の馭兵は輜重特務兵の任務であった。輜重特務兵には、徴兵検査合格者でも身長の低い者が採用されたようである。往昔は輸卒と呼んだ。そこで「輜重輸卒が兵隊ならば、蝶々蜻蛉《とんぼ》も鳥の内」などという戯《ざ》れ歌が流行《はや》った。それは彼らの所持兵器が帯剣だけで、戦闘力のないことから揶揄《やゆ》した言葉であった。

しかし、輸卒という呼称は特務兵と改称され、さらに大東亜戦争の頃には単に輜重兵一本になったようである。駄馬や輓馬などは時代遅れの編成で、輸送は機械化の時代であった。われわれの中隊にはこの特務兵は入隊せず、聯隊の前身である独立輜重第十一中隊の頃から満人の馬夫を使用していたのである。一つの理由としては乗馬としては日本馬、駄馬としては圧倒的に現地馬が多かったのである。満州馬、支那馬の方が馬格は小さいが、体力は頑健だったのである。

熱河省承徳以来、使用してきた満人の馬夫は、日本語にも習熟しており、また古参の下士官や兵隊たちとも長いつき合いで、実に要領を心得ていた。馬夫を指揮する馬夫頭がおり、この馬夫頭に命じれば、彼がすべての馬夫に必要な事項を伝達したのである。

また中隊には駱駝《らくだ》隊もあった。おそらく日本の軍隊で唯一の編成であったと思う。これにも馬夫と同様に駱夫がおり、駱夫頭がいた。馬夫係、駱夫係には一般兵が当てられた。当時中隊には日本馬二百頭、現地馬三百頭、駱駝三百頭、馬夫、駱夫ともに百名ずつくらいいた。作戦時には、さらに臨時に現地馬や現地人の馬夫を徴用したのである。

私は中隊本部勤務になった。また一般兵というのは、平素の演習や作戦出動という場合、真っ先に駆り出されるのだが、その後、中隊の出動する作戦にはすべて参加して残留の経験は皆無であった。

こうしてわれわれ初年兵の一期の検閲が終わり、戦力の補充が出来たので、召集兵の一部、比較的高齢の予備役の人たちが召集解除となり内地に帰還した。

初の作戦参加

その頃の師団管内の治安状況は、内長城線一帯には共産軍が強固な根拠地を設け、しかも管内の内部深く潜入策動し、治安、行政、経済など各方面にわたる撹乱行動を実施していた。また蔣介石の正規軍は未占領地区である伊盟、五原、山西省北西部地区に蟠居《ばんきょ》して、常に管内進出の機会を狙っているという状況であった。四月を期して敵が攻勢に出るという情報があり、これに対して敵の機先を制して反撃し、その企図を破砕するべく「モ号作戦」が発起された。

正式作戦名は「春季反撃作戦」であるが、初年兵も作戦に参加することになった。初年兵だけで税所小隊が編成された。これは徒歩小隊で中隊全体の援護の任務に就くことになった。普通、輜重の駄馬部隊は行軍長径が長くなり、自隊だけの兵力では自衛力が希薄になるので、歩兵の援護がつくことが多い。それを初年兵だけの徒歩小隊で援護歩兵の代わりをやるというわけである。

弾薬百二十発、手榴弾、携行糧秣などの交付を受けて軍装検査を受けるために整列する。軍刀、長靴は銃剣、編上靴《へんじょうか》に変わったが、実包を入れた薬盒の重みは腹に食い入るし、そのうえ水筒、雑嚢《ざつのう》を十文字に交差して担うと、肩に食いこんで息も出来ないくらいに圧迫感がある。これで果たして行軍が出来るのだろうかと思った。

この作戦は大同から西方の朔県まで行軍した時点で終了した。作戦予定では前線の戦闘部隊の敵に対する奇襲攻撃によって、敵主力の包囲を目指したものだが、それに引っかからなかったのだ。しかし完全装備で、毎日二十キロ以上の徒歩行軍は実にこたえた。最後の日朔県県城の城壁が見えだしてから着くまでの長いこと、長いこと、全然その距離が縮まらないのだ。小休止の号令では、見栄も外聞もなく路傍にひっくり返って寝た。

駐留地大同に反転の途中は、歩哨動作など実戦的演習を実施しながら帰営した。

五月二十一日、初年兵は全員が一等兵に進級した。給料は変わらずだ。一、二等兵は同額で五円五十銭、六割の戦地加俸がついて八円八十銭になる。上等兵は本俸六円五十銭で、加俸を入れて十円四十銭である。

こうなると、在隊四年目にもなる斉藤古兵などは実に気の毒である。初年兵と四年兵とでは戦力として見ても優劣は明らかである。それが同列に置かれたのでは、隊内に不協和音を生じるのは当然である。そんな軍隊が強いわけはない。「軍ハ百事戦闘ヲ目的トスル」なら、三年兵や四年兵はどしどし進級させればよいのだ。とにかく、陸軍は遅れていたのである。

この時期になると、大同一帯は「風塵期」となる。今の今まで明々と輝いていた太陽が風塵に覆われて黄色に変わり、辺りは薄暗くなる。ゴビ砂漠の砂塵が季節風で運ばれて来るのである。内務班は二重障子の構造になっているのだが、それでも埃だらけになる。舎内当番が掃除に苦労する季節だ。演習には防塵眼鏡をかけて、さらに防寒帽の垂れを下ろしていても、顔は眼鏡の形に白く隈取りされ、他の部分は真っ黒である。まるで狸のような御面相になる。日本内地では「黄塵」と呼ぶが、東支那海を挟んだ内地と足下の北支那では風と埃の勢いが違っていた。

ところでこの時期の日本国内の情勢であるが、昭和十三年末に近衛首相は辞表を提出し、代わって昭和十四年一月五日、平沼騏一郎を首班とする新内閣が生まれていた。近衛前首相は支那事変の解決に曙光《しょこう》を見出せぬまま、また日独軍事同盟がひそかに進められていることに躊躇を示し、あれやこれやで内閣を投げ出したのである。このあたりは地位に恋々としないとも言えるが、反面、公卿出身らしい無責任ぶりである。近衛という人には終生この癖が抜けなかった。

新内閣を組織した平沼は、西園寺公望らの宮廷グループからは徹底的に嫌われていた。昭和七年、五・一五事件で犬養首相が暗殺された時、当然、後継首班は犬養の後を襲って政友会総裁に就任した鈴木喜三郎に行くべきであったが、西園寺はそれをせず、退役の海軍大将斎藤実を後継首班に推した。それは鈴木の背後にいると見られた平沼を嫌ったためである。この時点で元老西園寺自ら政党内閣制を破壊してしまったのである。

しかし、当時のマスコミはこれに対して何らの批判もしていないのである。なぜそれほど嫌いな平沼を今回推したのかといえば、「近衛が辞めた後は平沼（当時、枢密院議長）しかいない」議論が盛んで、これに屈したのである。それでも内大臣や宮内大臣などの天皇側近人事には手を付けないという事前工作だけは、ちゃんとやっているのだった。こうして発足した平沼内閣の最大の命題は日独軍事同盟の処理であった。独逸《ドイツ》駐在の大島浩大使やイタリー駐在の白鳥敏夫大使らの出先の強硬派と陸軍が組み、これに対抗する英米派と五相会議は二つに割れて結論は得られなかった。

煮えきらない日本に痺れを切らしたヒットラーは、この年五月にはイタリーと同盟条約を結び、続いて八月二十三日には仇敵視していたソ連との不可侵条約の締結を発表した。後で判明したことであるが、この条約には秘密協定が付随しており、独逸とソ連はポーランドの分割を約していたのである。これによって政策の中心を失った平沼内閣は、八月二十八日、「欧州情勢は複雑怪奇なり」の声明を出して退陣の余儀なきに至ったのである。

ノモンハン事件

昭和十四年五月十一日、満州国と外蒙古の国境に近いノモンハンで紛争が勃発した。元来、広漠たる平原を双方の遊牧民が往来していたところで、明確な国境線などはなかった。ハルハ河が自然の国境のように考えられていたが、それを越えて外蒙軍が入ってきた。最初は満州国軍が応戦していたが、急を聞いて海拉爾（ハイラル）駐屯の二十三師団が出動して外蒙軍を撃退した。

この師団は三月に編成されたばかりの新師団である。基幹をなす歩兵三個聯隊は、六十四聯隊（熊本編成）、七十一聯隊（広島編成）、七十二聯隊（小倉編成）で、当初は越境軍を簡単に撃退するつもりでいたのが、捜索兵二十三連隊が六月二日の戦闘で全滅したことから、逐次兵力を増大して、あわや日ソ開戦の瀬戸際まで行くことになった。中学で同期だった野中誠君は早大高等学院の学生だったが、入隊して一兵士としてノモンハン戦に従軍して負傷した。

関東軍は七月一日を期して総攻撃を開始することを決定した。この時の兵力は歩兵十三大隊、対戦車火器百十二門、戦車七十輌、自動車四百輌、航空機百八十機、兵員一万五千名であった。しかし、ソ連軍は関東軍の予想を遥かに上回る火力と補給力によって日本軍に対し、壊滅的大打撃を与えた。ソ連軍を軽視した関東軍首脳部の兵力の小出しによる作戦の失敗であった。その後、大東亜戦争に移ってからも、日本軍は同じミスを繰り返すことになる。

戦況の悪化にともない、関東軍は八月末、チチハル駐屯の第七師団、掖河駐屯の第二師団、チャムス駐屯の第四師団、第八師団、戦車一聯隊、速射砲十二中隊、独立工兵隊（火炎放射器三十六）、自動車二十一中隊、満州国自動車隊（千五百台）を戦場に投入した。さらに参謀本部では満州が危険に陥ることを憂慮し、支那派遣軍から第五師団を抽出し、その他第十四師団、野戦重砲二聯隊、速射砲中隊九、高射砲隊十六、飛行戦隊一、自動車中隊二十二、及び通信、兵站《へいたん》の各部隊の増派を関東軍に通達した。これらの諸部隊は八月末から九月六日までに戦場に到着した。しかし、この大兵力による弔い合戦は遂に行なわれなかった。

九月九日、東郷駐ソ大使はノモンハン停戦をソ連に申し入れ、大本営は九月十六日、関東軍司令官にノモンハンにおけるソ蒙軍との戦闘行動停止を命令した。ソ連はこのノモンハン停戦の翌日、九月十七日から一斉にポーランド国境に向け兵力の大移動を開始した。すでに九月一日、独逸《ドイツ》軍はポーランド進撃を開始し、同三日、英仏両国は対独宣戦布告を発し、第二次世界大戦の幕は切って落とされていたのである。

このノモンハンの戦闘では両軍の兵力、装備にいちじるしい相違があった。兵力ではソ連軍は日本軍の五倍以上、また戦車、航空機、重砲などの近代兵器では、その性能に格段の差があった。この戦闘で近代兵器の性能の遅れをいやというほど思い知らされながら、二年後には対米戦争に突入していった軍指導部の頭脳構造は如何なるものであったのかと思う。

もし日ソ開戦と言う事態にまで進んでいたならば、私の所属する駐蒙軍も真っ先に参戦したはずである。駐蒙軍は後には北支派遣軍隷下《れいか》になったが、当初は関東軍隷下であった。本来、ソ連に備えた軍だったのである。実際にノモンハン戦中に部隊でも出動演習が実施された。出動の場合は、部隊は移動のため一切のものを携行して行くので演習とは言え、なかなか大変な作業であった。

ちょうど同じ時期に六月には陰山山脈討伐作戦、七月からは朔県——偏関間の道路修築作業に出動した。道路修築作業は工兵隊に協力したものであるが、暑い盛りで私は酷い下痢に悩まされた。山西省の水質はいわゆる硬水で、生水を飲むと下痢しがちである。

九月には北京で経理学校の試験があり、受験のため北京への出張命令が出た。これより前、中隊で人事係の柿元准尉から、「佐々木は何も試験を受けないのか?」とやいやい言われた。私は一日も早く除隊して、勉学の道に帰りたい一心だったから、そういう気は皆無だった。あまり進められるので、柿元准尉の顔を立てるくらいの意味で経理学校受験を申し出たのである。もちろん勉強の時間もなく、最初から合格などは考慮に入れていなかったのである。宿舎は前門《チエンメン》の兵站であった。

試験は方面軍司令部で行なわれた。方面軍全体から集合した受験者は九名だった。最年長は立教大学を出た上等兵だった。同じ山西省南部の運城駐屯の三十七師団の輜重聯隊から来ていた男とすっかり意気投合した。久留米編成というから、いわば兄弟聯隊である。受験期間中、行動を共にした。日本軍隊の馬鹿らしさを酒の肴にして、二人で毎日、気炎を上げた。試験官は予備役の召集と思われる中佐であった。温和そうな方で、平素、部隊で接している将校とは全然違い、何となく親父という感じであった。

戦友と。右側が著者

部隊を離れて数日間、軍服は着ているが、学生気分に戻った感じで、九名はそれぞれの任地に向けて帰って行った。北京の正陽門には「Ｄｏｗｎ Ｗｉｔｈ Ｂｒｉｔａｉｎ」の巨大な垂れ幕が掲げられていた。

この年の六月、日本軍は天津英仏租界を封鎖するという実力行動に出ていた。七月二十六日、米国は日米通商航海条約破棄の予告を堀内駐米大使に通告してきた。日英交渉の牽制であった。この時期、日本の対米経済依存度はすこぶる高かったから、日本の産業経済には致命的なものである。この時すでに対米戦争の火はくすぶっていたのである。

独混第二旅団長の戦死

われわれの所属する駐蒙軍の編成は左記の通りであった。

駐蒙軍
- 独立混成第二旅団（司令部・張家口）
- 第二十六師団（司令部・大同）
- 騎兵集団（司令部・厚和）

　独立混成旅団というのは、もっぱら守備任務に任ずるように編成が定められており、司令部、独立歩兵大隊五個（一大隊編成定員八一〇名）、旅団砲兵隊（編成定員六二〇名）、旅団工兵隊（編成定員一七六名）、旅団通信隊（編成定員一七五名）から成り、旅団の定員は五〇四八名であった。独混旅団は昭和十三年以降、逐次編成され、北支及び中南支に派遣されたが、北支那方面軍には十二独混旅団があった。独混第二旅団は警備地区も隣接しており、また旅団には輜重隊を欠いているため、我が中隊はしばしば行動を共にした。

　独混二旅の警備地区である霊邱《れいきゅう》県付近は中共軍の「晋察冀辺区《しんさつきへんく》」の中心部に近く、特に霊邱南方山地は上寨《じょうさい》、下関鎮を根拠地とする中共軍の勢力圏で、治安はすこぶる悪かった。村政は党の指導下にあり、住民は子供から老人に至るまで徹底した抗日教育を仕込まれ、中年の男子は徴集されて軍に従い、各部落ごとに訓練所が設けられていた。

昭和十四年六月に入って共産軍の行動は活発となった。霊邱県はもとより、渾源、応県からも農民を強制徴集して部隊の拡充を図り、各地住民の組織化、遊撃隊の編成、通信連絡施設の整備に力を入れていた。そこで独混二旅ではその策動の根源を覆滅《ふくめつ》するために、七月、下関鎮付近の粛正討伐を行なったが、雨のため成果が得られなかった。

昭和十四年八月、従来、方面軍直轄の第百十師団の警備地区であった徠源《らいげん》県の警備担任が独混二旅と交代し、その独歩第四大隊が移駐した。この徠源県というところは内長城線で南北に分かれ、大部分が山地で道路は悪く、殊に山地内の道路の両側は断崖絶壁の箇所が多く、共産軍はこの地形を利用して、しばしばわが輸送部隊の待伏せ攻撃を行なっていた。

わが方の威令《いれい》は駐屯地周辺と主要道路の近傍に限られていた。これに反し中共側勢力はすでに全県に浸透していた。この県は楊成武の指揮する中共軍独立第一師編成の地で、その補充地域になっていたので、住民と兵士は何らかの縁故関係があり、相互に深い親近感を持っていたのである。

十月になって、霊邱地区の防衛任務を第二十六師団に委譲することになった。そこで兵力重複の時期を利用して、二十六師団の独歩十二聯隊と協力して、再び下関鎮付近の討伐を実施した。二十八日早朝、下関鎮を急襲したが、すでに共産軍は退避して大きな交戦はなかった。住民全部が味方であるから、地上軍の動きはすべて通報されるので、なかなか戦果を挙げることは難しかったのである。追えば逃げ、引き上げればすぐまた侵入して来るという繰返しで、この地区の治安確保はすこぶる困難を極めたのである。

十月下旬、独混二旅は徠源県南方地区の中共軍粛正を企図し、旅団長阿部規秀中将はまず霊邱方面の討伐を実施した後、独歩第一大隊（大隊長・辻村憲吉大佐）を率いて徠源に到着、同県警備の独歩第四大隊（大隊長・堤赳大佐）を掌握して討伐を準備した。旅団長は、「堤隊は挿前嶺からまず走馬駅鎮の敵を、辻村隊は白石口からまず銀坊の敵を急襲する。行動開始は十一月二日夜半以降」とした。かくて両討伐隊は二日夜半、長城線を出発した。

三日早朝、辻村隊が雁宿崖南方の険しい長隘路に差しかかった時、突如、中共軍の待伏せ攻撃を受けた。直ちに反撃を開始し力戦したが、敵の戦意は旺盛で、終日、激戦が続いた。

三日午後、この状況を知って旅団長は直ちに増援の処置を採った。しかし、わが増援隊の到着に先立ち、中共軍は四日朝までに戦場から姿を消した。

五日、旅団長は敵主力は司格荘方面に退走したものと判断し、速やかに敵主力を追撃し、これを捕捉せんとして、辻村隊を前衛とし、五日、新たに招致した独歩第二大隊（大隊長・中熊直正中佐）を加え、六日朝、前進を開始した。小敵を駆逐しつつ、同日夕、旅団は黄土嶺の部落に入った。敵は交戦に深入りせず、わが軍と接触を保ちつつ四周の山岳に潜み、主力はすでに喬家河方向に退却中と判断された。

しかし、翌七日朝からの敵の行動から見て、旅団長は、「敵は一部を以て我を誘致しつつ主力は黄土嶺付近に集結し、旅団の背後から攻撃せんとするもの」と判断し、旅団の反転を部署した。前夜からの豪雨は小降りとなったが、濃霧が立ちこめ、視界を閉ざしていた。

七日正午頃、各隊が行動を開始すると、周囲の山頂稜線に潜んでいた敵は俄然、攻勢に転じ、旅団を完全に包囲して来て、各所で激戦が展開された。

十六時過ぎ、堤隊の後方に進出して来た旅団長は、大隊長から状況を聴取した後、付近の一軒家に指揮所を移した。そして各隊の命令受領者を集め、戦線整理に関する命令を下達しようとした時、飛来した迫撃砲弾が内庭で炸裂し、旅団長は倒れた。

爾後、各隊は各個に戦闘を続け、八日午後、黄土嶺一帯の高地を占領した。この戦闘間、各隊は弾薬糧食の不足に悩まされ、空中補給を受けたのである。

同日夕には独歩第三大隊（大隊長・緑川純治中佐）も到着。九日夜には独歩第五大隊（大隊長・森田春次中佐）も増援のため到着した。

阿部独混第二旅団長戦死の急報に駐蒙軍司令部は事態を重視し、直ちに第二十六師団で石黒支隊を編成（独歩第十三聯隊基幹、輜重一中隊を配属、支隊長石黒岩太大佐）、戦場に急行させた。

石黒支隊長の指揮下に入ったわれわれも、十日には徠源付近に到着した。現場の独混二旅の兵隊たちの談話で、旅団長は迫撃砲弾直撃による全身粉砕で、壮烈な戦死であったという。

現地での最初の宿営地は銀坊付近だった。馬繋場を川原に設営した。われわれのような馬隊では馬の処置が最優先である。数百頭もいる駄馬の馬繋場には相当の面積が必要である。かつ馬のための飲み水の補給が便利でなくてはならぬ。巍峨《ぎが》たる山並みの太行山脈の山中では、どうしても渓谷にある川原が馬繋場になる。敵襲を考慮すれば避けるべき地形である。

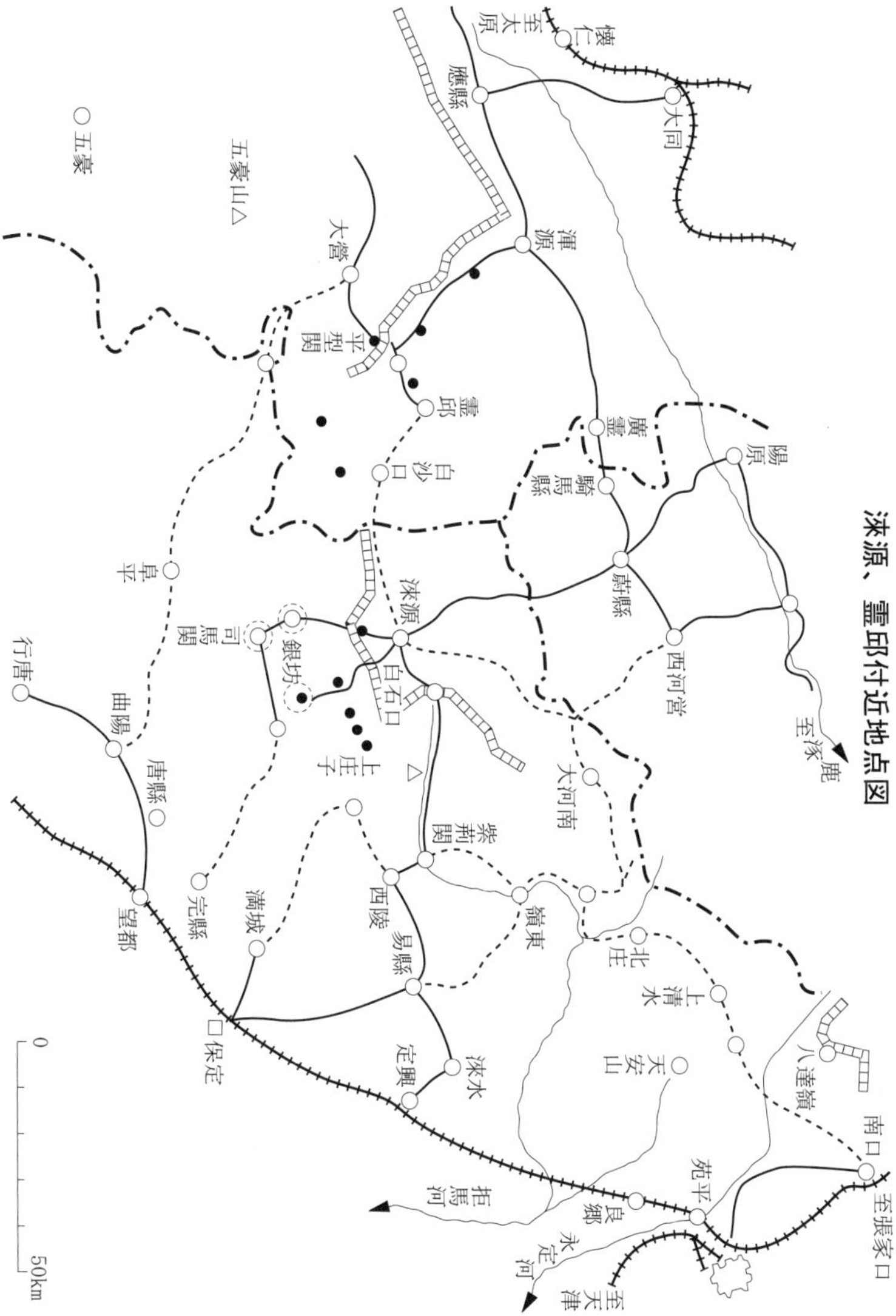
懐仁
至太原
大同
應縣
渾源
大營
五臺山△
五臺
平型関
霊邱
廣霊
陽原
蔚縣
西河営
白沙口
淶源
阜平
司馬関
銀坊
白石口
上庄子
行唐
曲陽
唐縣
大河南
紫荊関
西陵
満城
完縣
望都
易縣
嶺東
北庄
上清水
天安山
八達嶺
南口
至張家口
苑平
良郷
永定河
拒馬河
至天津
保定
定興
淶水
至涿鹿
0
50km

淶源、霊邱付近地点図

この時は一応、すでに敵は退避したものと考えたのである。

その夜、厩《うまや》当番として勤務した。十一月初旬、日中はまだ暖かだが、山中の夜は冷え込む。寒さを紛らすためにしきりに足踏みをしていた。ところが、どうも地面の様子がおかしいのだ。変に弾力性がある。何か地中にあるようだ。馬夫頭を呼んで調べさせると、地中に埋められてあったのは敵の戦死者の死体であった。おそらく住民が数日前に激戦の敵戦死者の死体を放置するに忍びず、急ぎ川原に埋葬したものと思われる。それとは知らず、その上に馬繋場を設営したのである。

夜中、馬は前掻きといって、地面を掘る。朝になって見ると、相当数の死体が地下にあることが解った。まさに風腥《なまぐさ》き新戦場であった。

作戦は中途から方面軍指導に変わり、徹底的粛正討伐を行なうことになった。作戦名も「太行山脈粛正作戦」となって、第一期は徠源周辺地区、第二期は阜平地区を占領した。阜平は中共軍の最大拠点といわれる地点だが、すでにもぬけの殻だった。

作戦は十二月七日に終了したが、今回当面した敵は独立第一師第三団、独立第四師第二団、教導団などの約五千名であった。支那軍の師、団、連は日本軍の師団、聯隊、中隊にそれぞれ相当する。独混第二旅の討伐戦に際しては、敵は巧妙にこれを誘引し、地形に通暁《つうぎょう》している利点を以て、日本軍を包囲殲滅せんとしたのである。しかし、われわれが参戦した段階では敵は交戦を避け、分散潜行的に退避し、遂に本格的戦闘はなかったのである。

この頃よく部隊で言われていたことがある。それは、八路軍も日本軍の事情に通じており、強い部隊は避けて、弱い部隊には攻撃して来るということだった。九州兵編成の二十六師団が行けば敵は逃げるが、独混二旅は弱いからやられるんだという意味である。兵隊らしい部隊自慢である。その独混第二旅は、姫路師団管下の兵員による編成だった。

その後も独混二旅との共同作戦を経験したが、ある時、旅団隷下の某大隊の基地に宿泊したことがあった。営庭の一部に祭壇が設けられて、多くの戦死者の遺骨が安置されていた。内地から到着したばかりらしい補充兵たちが、飯揚げの飯盒を持ってその前を往来していた。新兵たちの話が耳に入る。

「遺骨よーけあるなあ」

「いっぺんで、あんな戦死するんやろか」

「死んだらあかんなあ、金鵄《きんし》勲章もろうてもあかんなあ」

こんな会話に九州兵たちは呆気にとられていた。郷党の地理、歴史、気候、文化などが違えば人の気風も違う。南北に長い日本列島は県民性も多彩である。

ところで、わが師団の連中から弱兵といわれた独混二旅が後日、実に目覚ましい勇戦奮闘ぶりを示すのである。それについては後段で詳述するが、他隊に対する批評は軽々にすべきでないという教訓であった。

こうして中共軍を追って二十日間ばかり、太行山脈の中を歩き回ったが、敵の逃げた後、兵器製造所、被服工場、糧秣集積所などを破壊しただけで、ほとんど戦果は挙がらなかった。

これより先、昭和十四年八月一日付で師団長が交代、後宮淳中将から黒田重徳中将へ、また昭和十四年九月二十日付で駐蒙軍司令官は蓮沼蕃中将から岡部直三郎中将に交代した。

五原作戦

昭和十四年も押し詰まった十二月十九日、内地から待望の新兵さんが入隊して来た。今年からは師団の留守業務担任部隊が久留米十二師団から名古屋三師団に変わったので、愛知、岐阜、静岡の三県下の壮丁が入って来ることになった。

われわれも晴れて二年兵というわけだが、現にまだ五年兵様までが頑張っておられる状況ではとても大きな顔は出来ない。

年末の会報で、「新年には現地人が爆竹をもって祝うが、敵襲と間違えぬように」と告げられた。爆竹《パオトウ》には驚かなかったが、新年早々突如、非常呼集が掛かった。騎兵集団の警備地区である包頭に大敵襲があり、すでに城内に侵入せりという急報である。直ちに出動することになった。

北京から西北地区に伸びる鉄道は張家口、大同、平地泉、綏遠《すいへん》を経て包頭で終わる。この鉄道が京包線である。包頭から以西は満目荒涼《まんもくこうりょう》たるオルドス砂漠である。その先に五原がある。またその先に臨河がある。そして寧夏を経て蘭州に至る。戦後の現在では蘭州――包頭間には鉄道が敷設されているが、当時は見る限り蜒々たる砂の大地が続いていた。

そして蘭州は西北中国赤化の策源地《さくげんち》であった。西北特別区の事実上の首都であり、多数のソ連軍が進駐していた。その数は歩兵約二千名、技術部隊、政治部員など約一千名、飛行機は百五十機に達していた。兵器廠、燃料倉庫、飛行場は早くから完備し、現在も各種工場、軍住宅を続々と建築中といわれていた。

駐蒙軍は現在警備地区の治安討伐に追われていたが、本来、北方ソ連に対する作戦準備が任務である。ノモンハン事件以後、外蒙におけるソ連軍の増強はいちじるしく、その動向については万全の注意を払っていたのである。

しかし今次の蒙彊《もうきょう》地区に対する攻撃は、八路軍ではなく、蔣介石国民党軍の抗戦第八戦区の傅作義《ふさくぎ》軍であった。

五原作戦の前哨戦は、すでに一月前から開始されていた。十二月に入ると、馬占山軍の一部が頻繁に京包沿線や厚和南方地区に侵入し、所在の警備隊と戦闘を交えていた。それは中国軍の冬季攻勢の前兆と判断されていたが、的確には情勢はつかめていなかった。馬占山はかって満州国黒龍江省で日本軍に反旗を翻し抵抗したが、その追撃を逃れてこの地方に進出し、オルドス地方を根拠地として、再び日本軍の占領地域を攪乱していたのである。

十二月十九日、張家口の駐蒙軍司令部での兵団長会同を終えて、包頭に帰還した騎兵集団長小島吉蔵中将は、有力な敵が包頭を攻撃するため、西方から接近中であるとの情報を得たので、翌二十日から所在の部隊を以て、機先を制してこの敵を攻撃することにした。

命を受けた騎砲兵聯隊長熊川長致中佐は、騎兵一個中隊、騎砲兵聯隊、戦車隊、速射砲隊の各主力で討伐隊を編成し、出動を準備した。

二十日払暁、熊川討伐隊は正門から出発した。これを見送った騎兵集団長が司令部に帰って間もなく、北方二百メートル付近で、突如、市街戦が始まった。北門東側の水門から潜入した便衣《べんい》の中国軍が北門衛兵を襲撃して開門し、南下して司令部を攻撃して来たのである。討伐隊残留者や下士官候補者隊などが押取り刀でこれに応戦した。（後に判明したところでは、包頭治安維持会長が敵に通じ誘導したとのことであった）。

正午前、城内の敵はようやく撃退した。集団長は薩拉斉《サラチ》にいた騎兵第一旅団長片桐茂少将を招致し、東門外の竜泉寺高地方向から北門外の敵を攻撃させたが、戦闘は進捗せず夜に入った。

駐蒙軍司令官岡部直三郎中将は、夕刻になっても敵が増勢中である状況を知り、急ぎ歩兵二個大隊を増援する処置を採った。一方、敵主力と擦れ違いになって敵を逸した熊川討伐隊は、日没後帰還し、直ちに戦闘に加入した。日没後の寒気は厳しく、夜間の戦闘は困難を極めた。

当時、固陽に駐留していた騎兵第十三聯隊（聯隊長・小原一明大佐）は、十九日が軍旗祭であった。包頭に派遣されていた将兵数十名がこれに参加のため帰隊していたが、二十日朝、包頭に帰還する途中、優勢な敵と遭遇し危険に瀕しているとの報が入り、聯隊長はこれを救援するため車両部隊を編成し出動、逐次、敵を撃破しつつ一意前進に努めた。包頭近くになると、優勢な敵の真っ只中に突入してしまい、奮戦力闘、凄烈な戦闘を展開した。

安北に駐留していた騎兵第十四聯隊は包頭の急を知るや、聯隊長小林一男大佐は独断で一

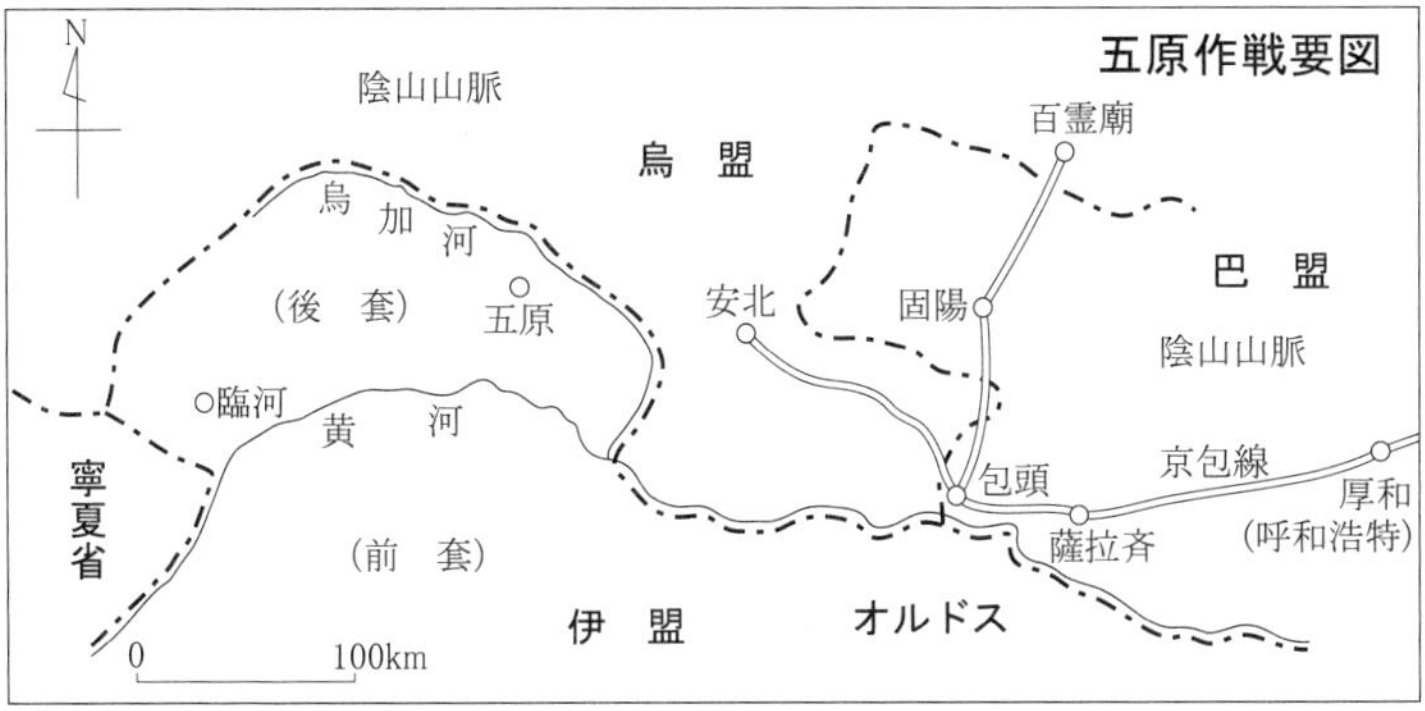

個中隊を率いて出動、途中、有力な敵と不期遭遇し激戦となり、陣頭指揮を取っていた聯隊長は戦死した。

両聯隊は、包頭北側地区に侵入した約八千の敵主力の側背に噛み付いたのである。これは敵に大きな脅威を与えた。騎兵集団長が逐次、到着する兵力を指揮して攻撃すると、敵は動揺して敗退、集団は二十三日、これを遠く西北方に追撃した。

この敵は五原を根拠地とする傅作義軍であり、中国全戦線にわたる冬季大攻勢の一環であった。オルドスの中国軍も二十五日頃から厚和南方地区に侵入して来たが、同地区を警備していた独歩第十三聯隊の迎撃により撃退された。

わが聯隊が五原作戦に出動する前段の状況が以上述べたような経過であった。聯隊は第二、第三中隊の自動車中隊を以て、作戦正面の五原方面に対する攻撃部隊の兵員、物資の輸送を行ない、一方、固陽、安北に駐屯する騎兵聯隊への補給輸送は、わが第一中隊が輓馬輸送でこれに当たった。

この作戦従軍中、兵隊たちはこの広漠たる大砂漠の中で、なぜ大敵の接近を許したのかと疑問に思っていた。

それで包頭到着以後も、他隊の情報に聞き耳を立てていた。包頭北門の衛兵は夜間襲撃を受けて壊滅、城内まで侵入して来た敵と接近戦を展開した。友軍には砲一門があったが、射撃要員はおらず、勇敢な少尉がいて、零距離にして拉縄《りゅうじょう》を長くして砲から離れ、これを引いたところ、群がる敵中で爆発して、状況を一変させたという話を聞いた。

また騎兵聯隊が下馬戦闘中、乗馬を保持していた兵士が後方から襲撃されて全乗馬を失い、結局、全滅したという話も聞かされた。騎兵が馬を下りたら役に立たないのである。討伐隊が来襲する敵と擦れ違ったり、いずれにせよ、敵情に関する情報収集が少なかったとおもわれる。

最初の会敵戦闘

包頭から進出して五原を攻略した作戦は、正式作戦名は「後套進攻作戦」だが、私たちはそのものずばり「五原作戦」と呼んでいた。自動車中隊が作戦正面の攻撃部隊の輸送に当たっている間、第一中隊が駐屯部隊に対する補給輸送に任じていたが、固陽と安北の中間地点で敵襲を受けた。

その時、中隊長の萩原大尉は他の要務で不在、緒方中尉が中隊長代理を務めていた。幹部候補生出身の緒方中尉は、女学校の音楽教師だそうだが、そんな職業に似合わぬ濃い頰髯《ほおひげ》を蓄えていた。

部隊の先頭約二百メートル前方を、下士官候補者隊の乗馬尖兵が進んでいた。蒙古地方は温度は下がるが湿度は低いので、あまり雪は降らない。その日は珍しく地上はうっすらと白い雪化粧だった。私は輓馬小隊の中間を乗馬で行軍していた。当日は寒気が厳しく、防寒外套、防寒靴、防寒鐙と、しっかり寒気に対する構えはしていたのだが、寒くて仕様がない。不思議なことに、それだけ寒くても馬上にいると眠気を催すのだ。そこで下馬して引き馬にして歩き始めた。歩けば眠気も覚めるし、また暖かくもなる。

しばらくその格好で行軍していると、顔見知りの馬夫が、馬は自分が引いて行くから、車両に乗れという。ちょうど積載物のない空き車両であった。ではそうしようと車両に移ると、うとうとし始めた。本来、警戒、監視の任務にある者がこんなことをしてはならぬのだが、入隊満一年もたって、少し横着になって来ていたのだ。この時、前方で突然「ダーン、ダーン」と続けざまに鋭い銃声がした。すぐに目覚めて車両の上に起き上がった。馬夫が「班長！　中国兵来了《ライラ》！」と叫ぶ。すわとばかり、車両から飛び降りて鉄帽の紐を締め直した。

前方に向かって走って行くと、緒方中尉が「あの山を取れ！」と前方左側の高地を指さした。良しとばかりその方向に向かってさらに走った。何しろ防寒外套に防寒長靴という重装備だから、走りにくいし、息が切れて来た。

高地を上り始めて気がつくと、右前方に数名の友軍が疾走している。遅れてはならぬとお走って行くと、「バシッ！」と至近弾が飛んで来た。思わず伏せた。どこからか狙撃されているようだが、敵の姿はまだ分からぬ。いずれにしても近いと思って、弾薬を装塡《そうてん》して、安全装置も外した。

そして再び走り出した途端、右前方で小隊長の浅野中尉の声が聞こえた。「上原！ 傷は浅いぞ、しっかりしろ！」。そして後方に向かって、「衛生兵、前へ！」と叫んだ。それを聞いた私は後方に向かって、「衛生兵、前へ！」と逓伝《ていでん》して、さらに前進した。下士官がいて、手で合図して、「よし、この線で止まれ！」という。ほぼ高地の頂上であった。

見下ろすと、遥か前方を乗馬で退却する敵影が見えた。高地の下方を迂回して左翼に進出した友軍が日の丸を振って合図をしている。先刻、浅野中尉が負傷者を抱き上げていた地点まで急いで戻った。衛生兵の香月数馬が到着していた。負傷者は予備役召集の上原上等兵だった。すでにこと切れていた。胸部貫通で処置なしだった。

最後に立ち会った香月の話では、上原さんは「天皇陛下万歳！」と叫んで、その後しきりに女性の名前を呼んでいたという。おそらく奥さんの名前だろうと、皆言い合っていた。しかし帰隊後に調べたら、出征前に生まれていた娘さんの名前であった。その娘さんのことが最後まで気にかかっていたのであろう。あと半年無事でおれば、元気な父親の姿を娘さんに見せられたのである。

尖兵にも撃たれた者がいるというので行ってみた。それは富永清作であった。乗馬尖兵の最先頭を行軍していて狙撃されたのである。まだ息はあったが、鉄帽の上から直角に射弾が頭部を貫通していて、呼吸のたびに口と鼻から真っ赤な血の泡が吹き出していた。誰の目にも絶望的な状態だった。富永君が同年兵最初の戦死者となった。

この戦闘の初めは部隊がちょうど隘路《あいろ》に差しかかり、先頭の尖兵がその半ばまで来た時、前方左側の高地から敵の射撃を受けたのである。その中の一弾が富永の前額部を貫いたのである。尖兵の他の者には幸い命中しなかったが、銃声に驚いた乗馬が一斉に狂奔して、隘路を前方に通過してしまった。

この敵の待伏せ攻撃に対して、本隊は直ちに散開して左側高地の敵に反撃を加えた。高地の半ばまで来た時、今度は右側高地にいた敵が友軍の側面から撃ってきた。この時、上原さんがやられた。私も高地を駆け上がっている時、至近弾が周囲に集中しているのを直感したのである。この敵の存在に気づいて、友軍の一部が直ちに右側高地の敵の攻撃を開始して、これを撃退したのである。

左側高地の敵はあくまで囮《おとり》で、これを主力と誤って高地を上って来ると、右側の敵に対して完全に側面を暴露して大きな損害を受ける。軍隊ではこれを陽動という。

長隘路という地形は、輸送隊にとってはもっとも警戒を要する場所である。絶対に待伏せ攻撃を受けやすい場所である。尖兵は乗馬だから機動性もあり、二隊に分かれて左右の高地まで上って敵情偵察をやるべきであった。そこにやはり油断があったということであろう。後で尖兵の下士官候補者の一人に聞いてみたら、「寒いのだが、眠くて、眠くて皆、馬上で居眠りをしていたと思う」と語った。眠かったのは当方もそうだったから、これは本当だと思った。

初年兵時代の演習に、現場でよく椎橋聯隊長が言われたことを思い出した。「右から（撃って）きたら左、左から来たら右、前から来たら後ろ、これが敵の常習戦法だ。よく覚えておけ」と。今回の敵襲もまさにその通りだったのである。

輸送が終了して、包頭に帰還して戦死者の遺体を茶毘《だび》に付した。城外の凍結した黄河河畔で一晩中、火を燃した。軍隊の勤務で屍《しかばね》衛兵という。死臭を嗅ぎつけて、獰猛そうな野犬の群れがどこからともなく集まって来て、それを追い払うのも一苦労であった。

五原作戦の後段は、自動車中隊の警乗任務についた。五原よりさらに西方の臨河、善覇という地点まで進撃して反転した。外蒙軍が日本軍の意図を警戒して国境に動員を行なったらしく、今度はこちらが慌《あわ》てて反転したというのが真相のようだった。

この作戦では、歩兵部隊では多数の凍傷患者を出したようであった。オルドス砂漠の寒気はそれほど厳しかった。私たちも一度、幕営をしたことがあったが、その時の寒さは厳しく、零下四十度まで下がっていた。

極寒地作戦用の最新式の二重構造の天幕を使用した。内部は四十～五十名が横になれる広さだった。地面の上には約一尺厚みの敷き藁を置き、その上に毛布を敷く。軍服は着たままである。内部の備付けのストーブを一晩中、不寝番がいて燃し続けるのだが、ストーブに向いている方は良いのだが、背面は冷えて眠れなかった。

零下四十度という寒さは、やはり想像以上である。

五原作戦には第一次と第二次とある。私たちは第一次作戦に参加したが、そもそも第二次作戦については駐蒙軍首脳部に意見の対立があった。軍司令官岡部直三郎中将はこの作戦によって、敵主力の撃破と根拠地の覆滅を主眼としていたのに対し、参謀長田中新一少将は五原進攻後これを確保して、外蒙古及び中国西域に対する情報、謀略の重要基地とするという見解であった。

一月、大本営から作戦実行が認可され、北支那方面軍から実施命令が出された。命令には、「当面の敵を撃滅し作戦が終了すれば速やかにかつ完全に、作戦制限線以内に撤退整備せよ」と示されていた。作戦制限線は、固陽――安北――黄河の線で、五原の東方百キロにあった。

しかし、田中参謀長はその後も五原占領の意志を捨てず、二月になってまたも五原保持を軍司令官に意見具申した。軍司令官はたびたび説得に当たったが、参謀長は執拗に工作を進め、結局、特務機関、警察隊約千五百名（日系二百二十九名）、蒙古軍千五百名等で、日本軍撤収後の五原を警備することになった。

三月二十日、傅作義軍二万が五原に押し寄せて来た。正規の軍隊でない警察隊では所詮、烏合の衆で損害続出した。軍司令官が五原の急を知ったのは二十一日の夕刻であった。二十六日、救援隊が突入した時はすでに敵は退避しており、城内は凄惨な地獄絵さながらであったという。これが第二次五原作戦である。

田中参謀長は後にガダルカナル戦当時、配船問題で、東条首相兼陸相に対して馬鹿野郎呼ばわりして閑職に飛ばされた。一種の癖馬で、下剋上という満州事変以来の陸軍の悪弊に冒された一人であったようだ。

五原作戦で初めて会敵戦闘を体験し、同年兵からも戦死者を出し、これが戦場だという実感を味わいながら大同に帰還した。しかし、それはまだ序幕に過ぎなかったのである。

東斉堂方面討伐作戦

この頃、国内では昨年八月、平沼内閣退陣の後を受けて阿部信行陸軍大将を首班とする内閣が生まれたが、ちょうど五原作戦の最中にこの内閣も倒れて、米内内閣が生まれていた。物資の欠乏が激しくなり、配給制や代用品が日常化し、紀元二千六百年を期に国民の団結を呼びかけるスローガンが「新体制」、「大政翼賛」などの言葉で表わされていた。

それら内地の事情は、僅かに現地北支で発行されていた大陸新報などの新聞で知るのみであった。普通の兵隊は内地の事情など家郷からの通信で知るのみで、またそれ以上知ろうともしなかった。軍隊内、特に戦地にあっては平素の思考力や知識欲のようなものは希薄になり、よほど意識しなければ消失しがちであった。私は幸いに中隊本部事務室に勤務していたので、比較的、印刷物などが目に触れる機会があったのである。

ヨーロッパ戦線では、昨年、独ソの間でポーランド分割が決まり、昭和十五年（一九四〇年）の西部戦線はまだ鳴りを静めていたのである。

この頃、北京西方約五十キロの東斉堂付近には約五千の共産軍が蟠居《ばんきょ》して二月下旬以来、頻繁に察南地区に侵入して来た。方面軍ではこれの掃討を企図して燕京道地区警備担当の独混十五旅団に対し、駐蒙軍も協力を命じられた。

昭和十五年三月、五原作戦より帰隊以後いくばくもなくして、師団の独歩十三聯隊の河野（省）大隊と共に東斉堂粛正討伐作戦（略称ト号作戦）に参加することになった。大同より列車で南下、宣化に至り、ここで独混第二旅の指揮下に入った。作戦参加の歩兵は、河野大隊と独混二旅の緑川純治大佐の指揮する独歩第三大隊であった。輜重隊では中隊を二分して斉藤准尉の指揮する一個小隊を緑川大隊に随伴せしめ、残余は萩原中隊長自ら掌握して河野大隊に同行することになった。

作戦開始に先だって、部隊は宣化からさらに南下して懐来に入った。懐来の南、北京の西ほぼ等距離の地点が東斉堂である。私は斉藤小隊に所属していた。小隊長の斉藤准尉は昨年一月、下関に集合して大同入隊までの引率者である。当時曹長であったが准尉に進級していた。同じ小隊に同年兵の小木戸悟、砂本善登、吉田学、馬場清次、本田梅作なども一緒だった。最初の編成では河口年秋も入っていたが、出発直前、急に体調を崩して編成表からはずれ、代わりに小木戸悟が加えられた。

いよいよ明早朝出発と決まった前日、小隊で準備に追われている時、中隊本部から五年兵の浜崎武雄上等兵がひょっこり私を訪ねて来た。そして、「オイ、佐々木、お前、囲碁はやらんか？」と聞く。下手ですが少しやりますと答えると、「そりゃあ良かった。多分、お前ならやると思っていたんだ。やっぱりなあ、隊長の相手がいなくて困っているんだ。すぐ来てくれ」という。

斉藤小隊長の許可を得て本部に行った。そして中隊長と三番ばかり烏鷺《うろ》を闘わせた。棋力は似たようなもので、それでも私が皆、負けた。あまり遅くなっても明日の出発があるので、その辺で辞去しようとしたら、萩原大尉は、「待て、帰らなくても良いぞ。佐々木は今日から本部要員だ。波多江、お前、斉藤のところに行ってそう言って来い」と言われるのだ。五年兵の波多江徳平上等兵がさっそく斉藤准尉に事情を説明して、結局、私は同夜から中隊本部に移った。

波多江、浜崎のご両人は中隊長のお気に入りで、出動時、常に本部要員であった。双方、博多出身で、仲の良いコンビだった。第一期の教育期間中、よく丸田さんを訪ねて分隊に顔を出していた。その頃から顔見知りであった。二人とも音楽が趣味で、特にジャズが好きだった。そして私に、「近頃、内地じゃどげな曲の流行《はや》っとるなあ?」などと博多弁丸出しで聞くのだった。

しかしこちらは初年兵、相手は四年兵の神様だから遠慮がちに答えていると、「遠慮せんで良かよ、何でん聞かせんなあ」と言った調子で、音楽好きなだけに映画も洋画ファンで、彼らの入隊した昭和十一年以後に封切られた主な洋画の話を聞かせると、本当に喜んで聞いてくれた。その挙句、「佐々木、よく見てるなあ、お前、相当な玉だなあ」と妙に感心したりしていた。後で甘い物を持って来てくれたりして、古兵の意地悪さなどは全然ない人たちだった。

これはあくまで私だけの想像だが、波多江さんたちは折あらば私を本部要員に加えたい。

そうすれば共通の趣味の話題にも事欠かないという考えがあったのではないかと思う。たまたま隊長の碁の相手という口実が出来たので、すぐに私を推薦したのではないかと思う。この作戦従事中、遂に再び隊長と碁を打つことはなかった。

出発以後、夜行軍が多かったが、本部の先頭を常に私と浜崎さんと一緒に行軍した。そしてその間、自分の持っている新しい情報を彼に話した。長い軍隊生活で情報に飢えていた彼は、興味を以てよくこちらの話に耳を傾けてくれた。本来、夜行軍は疲労が大きいのだが、この時、私は浜崎さんとの会話が楽しくて疲労を覚えなかったくらいである。それはさておき、この配置替えによって、私は危うく一命を拾うことになったのである。

出発の朝は斉藤小隊が一時間早くすでに先行した緑川大隊を追尾した。斉藤小隊援護のため、萩野谷少尉の指揮する歩兵一個小隊が同行した。中隊主力はそれより一時間遅れて、これまた先行の河野大隊を追った。

道は途中で二つに分かれる。斉藤小隊は左の道を、中隊主力は右の道を行った。昨日までは斉藤小隊所属の私は本来、同じ左の道を行くはずであったが、この岐《わか》れ道はまた運命の分岐点でもあったのである。

敵地に入ると、状況すこぶる険悪であった。隊の前後を敵の偵察員らしき者が隠見する。河床道を行軍して行くのだが、途中は地隙が多い。地隙には敵部隊が潜伏している公算が大きい。歩兵部隊はどんどん先へ進む。その歩兵をやり過ごして、地隙に潜んでいた敵が輸送隊を襲撃するのは常套手段である。

追尾して来る敵に対して脅しのため発砲すると、しばらくは姿を消すがまたすぐ現われて来る。実に執拗である。先行する河野大隊との間に距離を取ることは危険である。しかし、歩兵と駄馬隊とでは行軍速度が違うので、どうしても距離が開いて行く。これを詰めるために夜行軍になる。この作戦間、夜行軍の連続であった。

私は前述のように浜崎さんとつねに本部の最先頭を行軍したが、聞き上手の彼に乗せられて話が弾《はず》み、あまり夜行軍は苦にならなかった。河野大隊は所定の地点まで進出して任務を終え、懐来へ向かい反転することになった。懐来到着予定の一日前のことである。前方から馬夫が一人、駆け込んで来た。見れば見覚えのある斉藤小隊所属の馬夫である。私たちの顔を見るや、「中国兵、多々的来了！　日本兵、通々的死了！」とまくし立て始めた。それが斉藤小隊全滅の第一報であった。

中隊は騒然となった。直ちに馬夫頭を呼んで詳細を聴取させた。斉藤小隊のその後の経過を追うと、次のようであった。緑川大隊の進路の敵情も私たちと同じように、やはり相当に険悪であったようである。夜行軍の連続で、何とかして先行の歩兵部隊に追いつこうとしたようである。

張家庄という部落で大休止をして、ここで食事をとり、さらに二食分の炊爨《すいさん》をしてこれを携行して出発した。時刻は十六時ころであったという。これで見ると、朝まで行軍の予定だったと思われる。

張家庄部落を出発直後に敵襲を受け、小隊は大混乱に陥る。小隊といっても、駄馬隊の行軍長径は相当に長い。駁者はほとんど徴発の支那農民である。その長い隊列の間に日本兵が点々と監視に当たっている。援護歩兵の萩野谷小隊はおそらく、先頭と後尾に二分して護衛に当たっていたと思われる。

行軍長径が長いから、先頭に敵襲を受けても後尾には分からないこともある。しかも馭者《ぎょしゃ》が徴発農民であるから、混乱は余計に助長される。おそらく敵は斉藤小隊が大休止をやっている間に道路沿いに散開潜伏して、今や遅しと小隊の通過を待ち受けていたと思われる。したがって、最初の一斉攻撃で相当の損害を受けたのではないかと想像される。最初、敵の兵力は一個中隊程度だったと思われる。後刻さらに増大する。戦闘経過は後述の通りだ。

中隊は一応、懐来まで帰還した。そして緑川大隊の情報を待ったが、確たる情報は得られなかった。そのうち次第に独混二旅に対する兵隊たちの憤懣が吹き出して来た。われわれは二十六師団からの応援部隊である。その一個小隊、それも独混二旅の歩兵大隊に追従した小隊の安否が気遣われているのに、なぜ旅団は直ちに現地に捜索に行かないのか？　そう言った疑問が次々に出て来る。

緑川大隊は、なぜその補給を担当している斉藤小隊の到着を待たなかったのか？　輜重隊が遅れていたら、なぜ連絡をとってその安否を確認しなかったのか、などの不平不満が次々に出て大きく膨れ上がって行く。ついには緑川大隊は優勢な敵兵力に怯《おび》え、自隊の安全だけを考え、斉藤小隊を見殺しにしたのではないか。こんな弱い部隊との共同行動は以後は御免だなど言い出した。

しかし、軍隊はすべて命令によって行動しているのだから、そんな言い分は通らない。それは皆よく解っているのだが、戦友数十名の生死の問題に直面して、兵隊たちの怒りが燃え上がったのだ。

事態を憂慮した萩原中隊長は、全員を集めて訓示した。

「今回の事態については、緑川部隊でも全力を挙げて斉藤小隊の捜索に努力してくれており、そのことについては何の不満もない。皆もその点をよく了解して、以後、本件についてはつまらぬことを口外せぬように」と。

その時点では遂に斉藤小隊に関する新しい情報はないまま（しかし絶望的な状況であることは一同承知して）、中隊は大同に帰営した。

すでに聯隊にも悲報は届いており、勤務者を除く中隊の残留者全員が営門内に堵列《とれつ》して、われわれの帰還を迎えてくれた。私は中隊長の二、三騎後を乗馬で進んで行ったが、すぐ河口年秋の顔を列中に見つけた。彼とは初年兵教育時代から今も同じ分隊で、気心の知れた仲だった。右手を少し上げて合図を送った。しかし、彼は妙に引きつった表情で、かつ不審そうであった。

後で解ったのだが、大同の屯営を出発する時点では私は斉藤小隊所属であり、懐来に着いて中隊本部に変わったのだが、彼は当然このことを知らず、斉藤小隊全滅の中の一人である佐々木が乗馬ですたすたと帰って来た。さては自分は佐々木の幽霊を見ているのに違いない。幽霊には足がないというから、そこばかり気をつけて見ていたんだというのだった。

また、戦死した小木戸悟は最初、出動表にはなかったが、河口の急病で出動前夜に入れ替わったという経緯があり、「小木戸は俺の身代わりになって死んだ」と長い間、河口はこのことを気にしていた。

その年の秋季討伐で、友軍部隊が張家庄部落を占領した。土民を調べた結果、斉藤小隊の戦死者の遺品らしきものが発掘されたので、関係者でこれを検分、確認して欲しいとの連絡があり、私は萩原中隊長に随行して、独混二旅の独歩第三大隊の本部のある宣化に行った。遺品の中に小木戸の鉄帽があった。鉄帽の裏側に、白エナメルで「小木戸」と書かれた見覚えのあるものである。

鉄帽には二箇所に穴が開いていた。前面のそれは小さく、後方のはぐっと押し広げたように大きかった。前面は弾丸の射入孔で、後方の穴は射出孔であることは明らかである。これではおそらく即死に近い最後であったろうと思われた。昨年一月、下関出発の際、埠頭で彼の姉上から、「姉弟二人だけです。佐々木さん、弟のこと宜《よろ》しくお願いします」といわれたことが思い出された。頼み甲斐のない戦友で申し訳ありませんでしたと、心の中で彼の姉上に詫びた。

その後まもなく、当時、斉藤小隊の援護に就《つ》いていた萩野谷歩兵小隊の兵士三名が帰投した。斉藤小隊と共に全滅したと思われていたのだが、戦闘中に重傷を負った三名（自供によれば迫撃砲の至近弾で受傷し意識不明）が、八路軍の病院施設で治療を受け、ほぼ治癒したので日本軍の警備地区付近まで連行され、そこで釈放され警備隊に帰投して来たのである。

これら三名の帰投兵は直ちに軍法会議に送致された由で、その結果は知らないが、負傷して意識不明となった兵隊が捕虜となっても、それは不可抗力である。闘わずして捕虜となったわけではない。このような場合、外国では英雄扱いである。日本軍のやり方は奇怪である。上海事変の時も負傷して人事不省となった大隊長が帰還後に自決した。どうも上司から強要されたものらしい。ノモンハン事件の時も同様なことがあったようだ。

これはかの悪名高き参謀、辻政信の指示によるという。その参謀は無謀な作戦計画を立てて、数万の将兵を死なせても自決はおろか、処罰も受けていない。その結果が敗戦である。陸大出身者の偏重は、彼らの専横と無責任を生み、自己の栄達のみを考え、国力を顧慮しない戦域の拡大は、やがて有史以来の敗戦を迎えたのである。官僚システムの肥大と固定化は、文武を問わず国家として戒めねばならぬ重要事である。

帰投兵の供述によって戦闘の模様が判明した。敵襲を受けて斉藤小隊長の命令は、「山に登れ!」で、これは原則である。高地に登って頑張っている間に夜が明ける。敵兵力は約一個中隊と推測された。睨み合ったまま頑張っていると、進行方向からこちらへ戻って来る部隊が目に入った。さては歩兵部隊が救援に来てくれたかと、松田上等兵(五年兵)が日の丸を振ってその部隊に合図を送った。

しかし、接近して来るとそれは敵兵であった。それも次第に増加して最後には二千名くらいになった。そして寡兵の日本軍を完全に包囲した。迫撃砲による攻撃が始まり、損害が増大した。友軍は弾薬も消耗して、後は白兵に頼るのみとなった。その日の薄暮時、斉藤准尉を先頭に残った全員が敵中に突撃を敢行して壮烈な戦死を遂げたのであった。

五原作戦で戦死した富永清作に続いて同年兵の小木戸、吉田、砂本、馬場、本田らがこのト号作戦で殪《たお》れた。輸送船の中で聴き惚れた砂本のハーモニカの名演奏も、再び聞くことは出来なくなったのである。

東斉堂作戦の結果、陰山山脈南側地区の共産軍が漸次《ぜんじ》、民衆工作などにより、その勢力を拡大し、むしろ国民党系の抗日匪団が逐次、その影響下に入りつつあり、将来、この方面の治安に恐るべき影響を及ぼすのではないかと思われた。私たち兵隊は接触する現地民衆から、その態度、その視線に直感的にそれを感じ取っていたのである。

春季晉南作戦

山西省南部には閻錫山《えんしゃくざん》の指揮する山西軍が蟠居していた。共産党の策動により軍内に内紛が起こり、その動揺を防止するために陝西から李文の率いる重慶中央軍約三個師が郷寧付近まで進出し、山西軍の督戦《とくせん》に努めていた。中国軍のうち、晉南の重慶軍が特に抗戦意識が強烈で、三月中旬以降、一個軍を黄河南岸から高平付近に推進し、その兵力は衛立煌《えいりつこう》の指揮する中央軍約二十個師を基幹とし、その他の兵力約十個師、計三十個師を数え、嶮峻な山岳を利用して堅固な陣地を構築し、黄河南岸から補給を受けていた。

また路安平地に進出していた中共軍は、重慶軍の配備変更にともない、その北方地区に後退し、国共相剋は表面上、小康状態を保っていた。

山西省防衛の任務を持つ第一軍（司令部・太原）は、かねてから晉南一帯の重慶軍を駆逐し、治安地域を拡張推進する企図を持っていた。北支那方面軍（司令部・北京）もその必要を認めて年度計画の中に組み入れ、第十二軍及び駐蒙軍から一部の兵力を第一軍に配備した。

これにより、わが第二十六師団から歩兵二個大隊、輜重一個中隊が作戦に参加することになった。第一軍は三十七師団を以て運城南方中條山脈の中国軍を攻撃させ、四十一師団を以て沁水東方地区から、三十六師団を以て陵川、高平方面から中国軍を攻撃して、澤州平地に進出し、晉南の中国軍を捕捉撃滅するよう指導した。

この作戦参加に当たって、わが中隊の編成で大きな変化があった。それは初年兵から三年兵までの現役のみで編成されたことである。現役の四、五年兵及び予備役、補充兵役などの長期服務者は編成から外された。数ヵ月後にはこれらの人たちの内地帰還が予定されていたからである。三年兵（昭和十二年度徴集）は、われわれ二年兵や初年兵に比較して総数が少なかった。したがって、中隊編成の中核は自然、二年兵が占めることになった。分隊を数個班に分け、班長の大部分は二年兵が任ぜられた。

その頃、輜重兵操典の改正が行なわれ、従来の「班」は「基幹兵」に、「中隊本部」は「中隊指揮班」と呼称が変更された。

まず貨車輸送によって、大同から同蒲線を南下して太原経由、楡次で下車、ここの貨物廠で輸送品を受領して、その後は行軍に移った。初めて見る太原車站は、プラットホームの上は薄いブルーの硝子屋根で、西洋風のなかなか洒落《しゃれ》た駅だと思った。さすが山西省の首都だけのことはある。古兵からよく「太原に行けば、うまい葡萄酒が飲めるぞ」と聞かされていたが、通過しただけだったので、葡萄酒の味は分からずじまいであった。

臨汾駐屯の第四十一師団の指揮下に入り、直ちに作戦行動に移った。今まで体験した太行山脈での山岳作戦と違い、敵は重慶軍、友軍の兵力も大きく、これが戦争かと感じる点もあった。

ある時、歩兵部隊進撃の直後を行軍していて、川原で大休止を取った。ところが付近から悪臭が漂って来る。よく見ると、敵の遺棄死体が川の中や川原に点々と転がっているのだ。四月下旬の陽気で、すでに腐敗が始まり、それから発する悪臭であった。

「おい、この水で飯を炊くのか?」

「もう少し上流まで行ってみろ」。川を遡《さかのぼ》って行った兵隊が帰って来て、「行けども行けどもキリがない。上流の方がもっと死体が多いぞ」と言う。

「かまわん。流れ水三尺と言うよ」と強気の者もいたが、結局、砂地を掘って伏流水を汲んで飯を炊いたことがあった。

ある時、歩兵の進撃が止まって、われわれも前進出来なくなった。やむを得ず中隊が大休止をしている間に前方まで偵察に行ってみると、歩兵が散開して攻撃前進に移っている。敵は前方高地の稜線に堅固な陣地を構築していて、それが突破出来ずにもたついているのだった。そのうち、砲兵に援護射撃を依頼したのか、重砲部隊の段列が進入して来た。

砲兵の段列進入というのは、なかなか勇壮なものである。話には聞いていたが、実際に見るのは初めてである。重砲を牽引した輓馬が坂路を駆け上がって来た。石頭が露出した悪路で、最初は登れなかった。それを見ていた曹長が怒って、怒鳴りつけた。

「貴様、なぜ八馬にせんのか、八馬にしろと言ったろう、馬鹿野郎！」

八馬と言うのは八頭牽《び》きの意味で、見ている今は六馬牽きである。その輓馬の先頭馬の馭者は軍曹であった。この軍曹、六馬でもこの坂路を登れる自信があったのであろう。あえて曹長の指示に従わなかったと見える。他人の喧嘩は面白いからその場の成り行きを見ていた。

この軍曹、負けん気の強そうな男で、曹長には返事もせず、「この野郎！」と誰に向かって言っているのか、はっきりしない調子で、馬を後退させて、スタートのやり直しである。今度は充分助走の距離を取って、猛烈な勢いで馬に鞭を当てながら登って来た。果たして如何なることになるかと見守っていると、今回は見事に成功した。

「どうだッ！　見てみろ！」。よほど悔やしかったと見えて、顔を真っ赤にして曹長を睨みつけている。一部始終を見ていた私は、軍曹に近づいてどこの部隊か尋ねてみた。野戦重砲兵聯隊は当時、習志野、三島、小倉などに限られていた。

「俺たちは小倉の北方編成、今は方面軍直轄だ」と、彼の答えは簡潔明瞭だった。九州編成部隊は当時、日本最強と謳われていた。反面、気が強く喧嘩早いので、「上官侮辱」とか「上官暴行」など陸軍刑法に触れるような事件も、九州部隊に多かった。先刻からの様子を見て、これは間違いなく九州部隊だと直感したが、その通りであった。

間もなく重砲の援護射撃が開始された。中隊の所在に帰って少し昼寝をした。しばらく経ってもまだ動きはない。そこでまた前方偵察に行ってみた。野重の中隊長がいたので、砲撃は終わったのか聞いてみた。

「もう中止だ。歩兵は全然、突っ込まないのだ。呆れたよ。弾丸が勿体ない」と吐き捨てるように言う。敵も相当に頑張っているようだ。

夕刻になって、増援の歩兵部隊が到着した。今夜、夜襲をやるという。全員地下足袋の軽装で、白布をたすき掛けにして目印にしている。暗夜の白兵戦で同士討ちの混戦を避けるためである。言葉で東北出身の兵士たちと判断された。彼らは今夜、正面の稜線を突破して向こう側に行く。高地の裾を行くわれわれとは明日、向こう側で会おうと言って送った。歩兵は二縦隊になって粛々として山を登って行った。

その夜、山の稜線で交差する火線が望見された。相当に距離があるので銃声や爆発音、突撃の喚声などは聞こえないが、ちょうど高速度撮影のフィルムを見るようで、われわれは必死に突っ込んで行く歩兵の姿を想像した。

翌日の昼頃、歩兵との合流点で到着を待機していた。しかし時間になっても姿を見せない。そのうちようやく現われた。数頭の馬を牽《ひ》いている。見れば、駄馬の背には戦死者の遺体が積まれていた。一頭の馬に四体ずつ振り分けにして括られていた。すでに土色の顔になっており、他の者も軍服は泥まみれ、あちこち負傷して包帯には血が滲んでおり、夜襲の後の行軍で皆、憔悴し切っていた。

待っていたわれわれから、期せずして「ご苦労さん」という言葉が出た。しかし、彼らは何も答えず、ただ微笑を返して黙々と進んで行った。任務は成功したが、戦死者や負傷者のことを思えば、語るべき言葉はないのであろう。彼らの気持ちは、われわれにも痛いほどよく理解出来た。

作戦の後半には路安――高平――澤州方面で行動した。この時も歩兵部隊の直後を追従したが、攻撃が予定通り進捗せず、長時間待機を余儀なくされた。たまたま私はその時、部隊の最前方にいた。野砲隊が歩兵の援護射撃をすることになり、その観測班が先行して来た。野砲の観測班は全員、乗馬で通信も同行して、電話コードをガラガラ回しながらやって来た。観測班が弾着点を観測して電話でそれを報告し、射撃班はそれに基づいて射撃諸元を修正するわけである。待機中だったので、私もさっそく乗馬で観測班について前線まで行ってみた。砲隊鏡をのぞいていた野砲の将校が、「やあ、凄い、彼奴は勇敢だなあ、金鵄（勲章）は絶対だぞ」と夢中になってしゃべっているのだ。側に行って「どんな風ですか?」と聞いても、相変わらず眼鏡に齧《かじ》り付いたままである。

そのうちようやく離れて、のぞいて見ろという。私はそこで初めて歩兵の突撃の姿を見ることが出来た。水田の中を歩兵が散開して前進している。その周囲に敵弾がピュンピュン飛んで来て水しぶきを上げている。トーチカの中から煙が噴き出している。野砲の将校が見たのは、そのトーチカに接近して手榴弾を放り込んだ兵士の姿だったという。まさに手に汗を握る迫力あふるる戦闘シーンだった。

史村鎮というところで、命令受領に司令部に行ったことがある。その時、作命（作戦命令の略）の最後で下達者の官姓名を言うのだが、四十一師団長・陸軍中将・清水規矩というのを聞いて、はてどこかで聞いたことのある名前だと思った。次兄二郎が二・二六事件に連座して、軍法会議で無罪判決の後、原隊の歩兵七十三聯隊に帰任した。その当時の聯隊長が清水規矩大佐だったのである。長兄喜三宛に清水大佐から書面が届いたこともあり、私の記憶に残っていたのである。ところで次兄二郎はその頃、広東攻略後、新塘警備についていたが、内地還送になり、少佐に進級して福岡聯隊で大隊長をやっていた。

今回の作戦では相手が正規軍であり装備も良く、戦闘意識も強烈で堂々と四つに組んだ相撲と言った感じであった。ところでこれは後日、分かったことだが、作戦開始直前、路安南方地区にいた共産軍が、同地に進出して来た重慶軍に対してその地盤を譲り、路安北方地区にさっさと退避してしまったのである。そうしておいてその後、日本軍の猛攻により重慶軍が敗退すると、機を失せず沁河一帯に進出して来たのである。

三十六師団の右翼方面の追撃戦闘では、共産軍が日本軍と並進しながら、重慶軍を追撃しているのを目撃されているのである。これは日本軍の攻撃を巧みに肩すかしして重慶軍の頭上に誘導し、あるいは自らも重慶軍側を攻撃し、その地盤を蚕食《さんしょく》し、日本軍、重慶軍双方の戦力の減衰に乗じて「漁夫之利」を占めるという共産軍の戦法だったのである。日本敗戦後の中国情勢を見る時、結局、中共軍の作戦に日本軍は多大の協力をしていたことになる。

作戦が終了して、われわれが再び太原車站に集結したのはすでに五月中旬であった。作戦後期から激しい下痢に悩まされていた。元々あまり胃腸は強くなく、山西省の水質は硬水で、少し油断をすると下痢が始まり、なかなか治らなかった。乗馬で行軍しながらの下痢は、言葉で表わせぬ苦労があった。作戦中でもあり、下痢止めを服用しながら任務は遂行したが、太原到着時は実はへとへとだった。

太原車站付近の広場に馬繋場を設営したが、広場にはあちこちに壕が掘られていた。私はその壕に何度か転落した。激しい下痢の連続で、ビタミンの欠乏があったのか、その時、私は「鳥目」になっていたのだ。遠くは見えても、すぐ近くは見えず、そのために壕に足を踏み外していたのである。

この時、太原駅頭でわれわれは衝撃的なニュースを耳にした。独逸《ドイツ》軍がフランス国境のマジノラインを突破したというニュースである。マジノラインは難攻不落と噂されていたフランスの防衛線であるが、それがいとも簡単に陥落し、突破されたのである。第二次世界大戦はすでに昨年九月、独逸軍のポーランド進攻によってその幕は切って落とされていた。その後、満を持していた独逸軍は本年四月、デンマーク、ベルギーを撃破し、さらに五月初めにはヒットラーは西部戦線に攻撃命令を出し、独逸機械化兵団は破竹の快進撃を続けていたのである。

英国もチェンバレン内閣が総辞職し、代わってチャーチル挙国内閣が成立して、ヨーロッパの風雲は急を告げていたのである。われわれが晋南の天地に繰り広げて来た戦争は、日露戦争以来の旧式な装備と戦術を引きずっていたのだが、欧州のそれとは質量ともに大きな懸《けん》隔《かく》があったのである。独ソ不可侵条約締結に驚愕し、一旦は「欧州の情勢は複雑怪奇なり」との声明を発した日本政府も、独逸軍の相次ぐ勝利に幻惑されて軍部、官僚の間に日独伊提携論が再び抬頭して来るのである。

この時期はその後の日本の進路に重大な影響を及ぼしたという意味では、歴史的転回点であったといえよう。そして私は疲労困憊《こんぱい》の身を、大同帰還の貨車の中に横たえていたのである。

現役師団に編成替え

帰隊後もしばらく医務室通いをしたが、どうしても下痢が止まらず、結局、大同陸軍病院に入院することになった。陸軍病院は城内にあり、院長堀尾軍医中佐の名前から通称堀尾部隊といっていた。しかし、入院後も下痢は止まらず粥食の連続で、体力は回復せずじれったい思いであった。

しばらく病院の生活をしていて、色々と新しい発見をした。すっかり健康を回復しているのに、退院もせず悠然と病院生活を楽しんでいる連中の存在だ。それはやはり歩兵の患者に多かった。最前線の生活と病院のそれとを比較すれば、まさに天国と地獄である。治癒していても、一日でも病院に留まっていたいと思うのが彼らの気持ちであろう。そのために衛生下士官や古参の衛生兵に取り入って、退院を引き伸ばしているのであった。当然、衛生兵の仕事まで引き受けて、彼らがその代理をしていることなども多かった。

軍隊といえども人間の社会である以上、楽をして過ごすことを望む連中が存在するのも当然であろう。ただ私にはそう言う気持ちはさらさらなかった。一日も早く原隊に復帰したかった。しかし、下痢がどうしても止まらないのだ。だが思い切って軍医に退院を申し出た。

軍医が治療の結果、治癒と判断して退院させるのではなく、患者の意志で退院を希望するのは、自己退院という。私は下痢が止まらぬまますずると病院にいるより、むしろ帰隊して、日常生活に戻った方が、快癒は早いのではないかと判断したのだった。その判断は正しかった。帰隊後しばらくして、さしもの下痢もようやく止まったのだ。

五月には同年兵から上等兵に進級者が出た。これを一選抜という。成績優秀で選抜の第一回という意味である。出田や口石たちが該当者だった。私はもちろん外されていた。軍隊では入院は減点の最たるものである。結局、第二選抜に入った。この年は部隊で人事の異動が多かった。

聯隊長の椎橋侃二《かんじ》大佐が帰還されることになった。痩身でぎょろりとした大きな目の持ち主で、兵隊たちはその名の侃二から、「ガンジー」と綽名《あだな》を奉っていた。陸士二十五期で、後任は宮下秀次中佐（陸士二十九期）で、四期若返ったことになる。

六月中旬には長期勤務者が内地に帰還した。召集兵の全部、現役の五年兵、四年兵までが帰還したので、師団は初年兵から三年兵までの、完全なる現役師団になったわけである。

この年、昭和十五年は師団の他の編成も色々変わった。八月には師団捜索隊が解散、その要員は各歩兵聯隊の乗馬小隊となった。また野砲聯隊が二個中隊編成の三個大隊に縮小し、一〇榴三個中隊が独立野砲第二聯隊（河北省・石門）に編合された。

長期勤務者の内地帰還にともない、中隊の将校団にも異動があった。浅野中尉、緒方中尉らが内地に帰還し、現役志願の税所中尉は副官として聯隊本部に転じた。そして、幹部候補生出身の松井、武井の両見習士官が着任した。両人とも久留米予備士官学校の同期生で、松井氏は長崎高商出身であった。

この昭和十五年という年は、後で振り返ってみると日本の将来を決めた年といえる。三月には重慶から脱出した汪兆銘が南京に新政府を樹立した。これは日本側の工作である。このため蔣介石との間の和平工作の可能性を完全に葬り去ることになった。

またヒットラーの欧州における戦果に幻惑されて、九月、北部仏印に進駐する。この進駐は対米戦の引き金に手をかけることを意味するのだが、当時の指導階級の中の誰一人として、そのことを理解していなかったのである。驚くべき国際感覚の欠如であった。

中共軍の大奇襲（百団大戦）

昭和十五年八月二十日夜、八路軍は一斉に華北（特に山西省での勢いが熾烈であった）の日本軍警備隊を襲撃すると同時に、鉄道、橋梁、通信施設を爆破、破壊し、また主として鉱山施設を奇襲、その設備を徹底的に破壊した。全くの奇襲で、不意を突かれた日本軍では小さな拠点では、数十倍の敵に包囲され、全滅するところが続出した。

中共側ではこの奇襲作戦を「百団大戦」と呼んだ。中共側の「団」は日本軍の「聯隊」に、「連」は日本軍の「中隊」に相当する。百個聯隊による攻撃作戦という意味である。

石太線、同蒲線、京漢線沿線の各警備隊が襲撃を受けたが、攻撃の重点を石太線沿線地区に置き、その最精鋭部隊を以て充《あ》てている。すなわち平定、石門間は聶栄臻《じょうえいしん》部隊の十五個団、平定、楡次間は劉伯承部隊の十五個団を以て攻撃して来た。

娘子関、陽県、寿陽、盂県などでは少数の警備隊が奮戦して大敵を撃退した。しかし、上湖、馬所、辛興鎮、波頭、測石、落磨寺鎮など、僅か一個分隊程度の兵力の各拠点は、ほとんど壊滅的損害を受けて、中共軍に占領された。

娘子関警備隊の戦闘状況は、なかなか劇的であった。ここの警備隊は隊長池田亀市中尉以下二十一名であるが、八月十八日、「中共軍数千名の大部隊が程家朧底付近に南下せんとしている」旨の密偵の報告を受けた。次いで自警団から「多数の中共軍が坡底村（娘子関西方約三キロ）に侵入した」との報告を受けた。警備隊は直ちに出動し、同日夜半、坡底村南方地区で中共軍を急襲撃破、また東塔崖警備隊は中共軍を待伏せ攻撃して共にこれを北方に撃退した。

二十日夜半やや前、新たな中共軍が磨河灘村（娘子関西方の隣接部落）以西の各警備隊に来襲した。池田中尉は陽泉の旅団司令部あて、「共産軍の攻撃を受けているが、何とか独力で撃退する。御安心乞う」旨電話で報告した。すでにこの時、陽泉にも一部の中共軍が潜入しており、最終的には約二千の中共軍に包囲され、司令部としては他の拠点に向ける兵力の余分はなかった。

池田隊はモーターカーで出動して娘子関駅に帰着し、兵を下車せしめ、解散を令せんとした瞬間、西方三百メートル線路上にチェッコ機銃の猛射を受けた。中隊長以下二十名は、直ちにこの敵に対して攻撃を開始した。時に二十四時。

この時たまたま内地帰還部隊を乗せた列車が娘子関駅に到着した。この帰還部隊は第一梯団が八百名、第二梯団が四百名で、第一梯団が娘子関駅に、第二梯団が陽泉駅に到着した。娘子関駅に到着した部隊は、指揮官三谷砲兵大尉を含む将校四名に引率され、兵員は砲兵、輜重兵、衛生兵の混成で、帰還部隊であるため兵器は所持せず徒手空拳であった。その後、少数の兵器を有効に使用して、警備戦闘に参加し、敵側に直接間接に威圧を与えたのである。

敵は逐次、坡底村方向に退却し、中隊は城西村南方旧関街道を阻止し厳重に警戒中、二十一日三時、敵約二百、河を渡り南進せんとするのを、中隊は徹夜でこれを撃退した。

二十一日、昼間は敵は南下せざるものと予想し、中隊宿舎に帰り朝食をとり、帰還部隊に対しビールを接待中、北方高地より敵の射撃を受けた。敵は逐次、兵力を増し、河北村北方、坡底村東北方、城西村北方の各高地一帯に陣地を占領し、一斉に射撃を開始してきた。寡兵を以て攻撃には移れず、兵営付近の守備に徹する。

帰還部隊は進行方向の井径も敵襲を受けており出発出来ず、娘子関にそのまま待機していた。これに対し昼食を準備し、駅より兵営に受領のための往復に三名の重傷者が出た。二十四時頃より降雨となる。同夜は兵営付近の警戒を厳にし夜を徹す。

二十二日、朝から敵の迫撃砲による猛砲撃を受けた。十一時頃、敵の軍使が白旗を掲げて文書により降伏を迫った。池田中尉は憤然としてこれを拒絶し、逆に「中共軍は直ちに撤退せよ。なおその位置に留まるならば我が方から攻撃する」と返答し、軍使を帰還させた。

同日夜、警備隊は桃河を渡河し、磨河灘村に集結中の敵約五百名を奇襲攻撃し、壊滅的打撃を与えた。この戦闘には帰還部隊の三谷大尉の指揮する歩兵約百五十名と、たまたま娘子関に到着した酒井装甲列車隊も協力し、大きな戦果を挙げたのである。

娘子関東方の葦沢関方面では、地都村付近及びその南北高地に約六百〜七百名の中共軍が進出していた。よって警備隊は二十四日、これを攻撃して北方に撃退した。二十五日、地都村北方において西進してきた井径部隊との連携がなった。

二十六日、警備隊は西方に進撃し、各拠点を包囲中の中共軍を撃退して程家朧底、下盤石との連携を回復した。二十七日になって、独混第八旅団から派遣された増援部隊、歩兵約一個大隊が到着し娘子関に露営した。戦況はようやく危機を脱した。

娘子関の隣駅の井径には有名な井径炭鉱がある。ここの炭鉱は製鉄用の粘結炭で、当時は満州の鞍山製鉄所向けの重要な原料であった。この三鉱の中で最も重要な役目を果たしていたのが新鉱であるが、ここが最大の被害を受けた。新鉱は一個分隊で警備していたが、約一千名からなる優勢な中共軍の包囲を受け、衆寡敵せず遂に敵手に任せることになった。

本坑及び陽井坑は、警備隊の奮戦によりよく任地を固守した。被害は破壊によるものでなく、放火によるものであった。その結果、少なくとも半年以上の出炭不能を来《きた》したのである。山西省でこれだけ広範囲にわたって中共軍が攻撃をかけてきたのにもかかわらず、わが二十六師団警備地区では、敵の動きは従来と大した変化はなかった。元来、各警備隊は近傍の討伐を繰返し実施していたためと思われる。

中共軍の第二次攻勢

中共軍の奇襲を受けた第一軍では、状況が判明するにともない反撃作戦を実施した。これによって一時、敵は退避したが、九月二十二日朝、北同蒲線寧武付近に、二十二日夜、察南の蔚県、徠源県方面に、二十四日、晉東南の遼県、楡社付近に相当有力な兵力を以て再度攻勢を企図して来攻した。

寧武は師団警備地区に近いが、管轄は隣接の独混第三旅団である。しかし察南の蔚県、徠源県は同じ駐蒙軍隷下の独混第二旅団の警備地区である。すでにこの地区には以前、討伐に参加している。出番は近いぞと緊張した。

九月二十二日夜、琢鹿南東約三十キロの磐山堡《ばんざんほ》以西徠源西方にわたり、中共軍が一斉に来攻して通信線を切断、道路を破壊し、最前線の各警備隊はもちろん蔚県方面の後方地区拠点まで攻撃して来た。当時、駐蒙軍は五原の傅作義軍の来攻に備え、九月十二日から軍主力を包頭、固陽、安北地区に集結していた。

じつは二十日、傅作義軍の来攻なしと判断し、各隊に原駐地復帰を命じた。独混二旅では、この作戦に歩兵二個大隊と砲兵隊主力が参加し、未だその帰還途上にある時、配備の虚を衝かれたのである。しかも自動車中隊未着のため、兵力の運用意の如くならず、通信線切断により状況も明らかならざるまま、各警備隊各個の戦闘となったのである。

蔚県地区は独歩第三大隊の警備担当地区であるが、大隊主力が包頭から帰還し、危殆《きたい》に瀕していた各警備隊を救援した。

徠源県の守備に任じていた独歩第四大隊は、交通の不便な山間部に広く分散して配置されていた。九月二十三日夜、各拠点は一斉に八路軍の急襲を受け、孤立して各個の戦闘となった。東圏堡及び三甲村の守備隊は勇戦奮闘したが、遂に玉砕した。

挿箭嶺《そうせんれい》は第二中隊が守備していた。中隊長税所三郎大尉（陸士四十六期）は二十二日に敵情報を入手して、非常警備の配置を行ない来襲に備えていた。挿箭嶺は長城線上にあり、その望楼を利用して守備陣地を構成していた。

独立第一師長の楊成武は、自ら主力を率いて旧来の地盤である徠源県城を包囲し、別に二千数百名の兵力を挿箭嶺に派して、一挙にこれを撃滅せんと企図したのである。

東方馬廠方面に約五百名の敵、南方石城暾《せきじょうとん》には約三百名、西南山角山に約三百名、西方揚夏川には約百名の敵が来襲、完全に四周を包囲した。

中隊は約六十名の兵力で第一望楼七名、第二望楼九名、第三望楼九名、第四望楼九名、第五望楼十名、中門に十三名を配置した。

挿箭嶺における戦闘要図（昭和十五年九月二十三日）

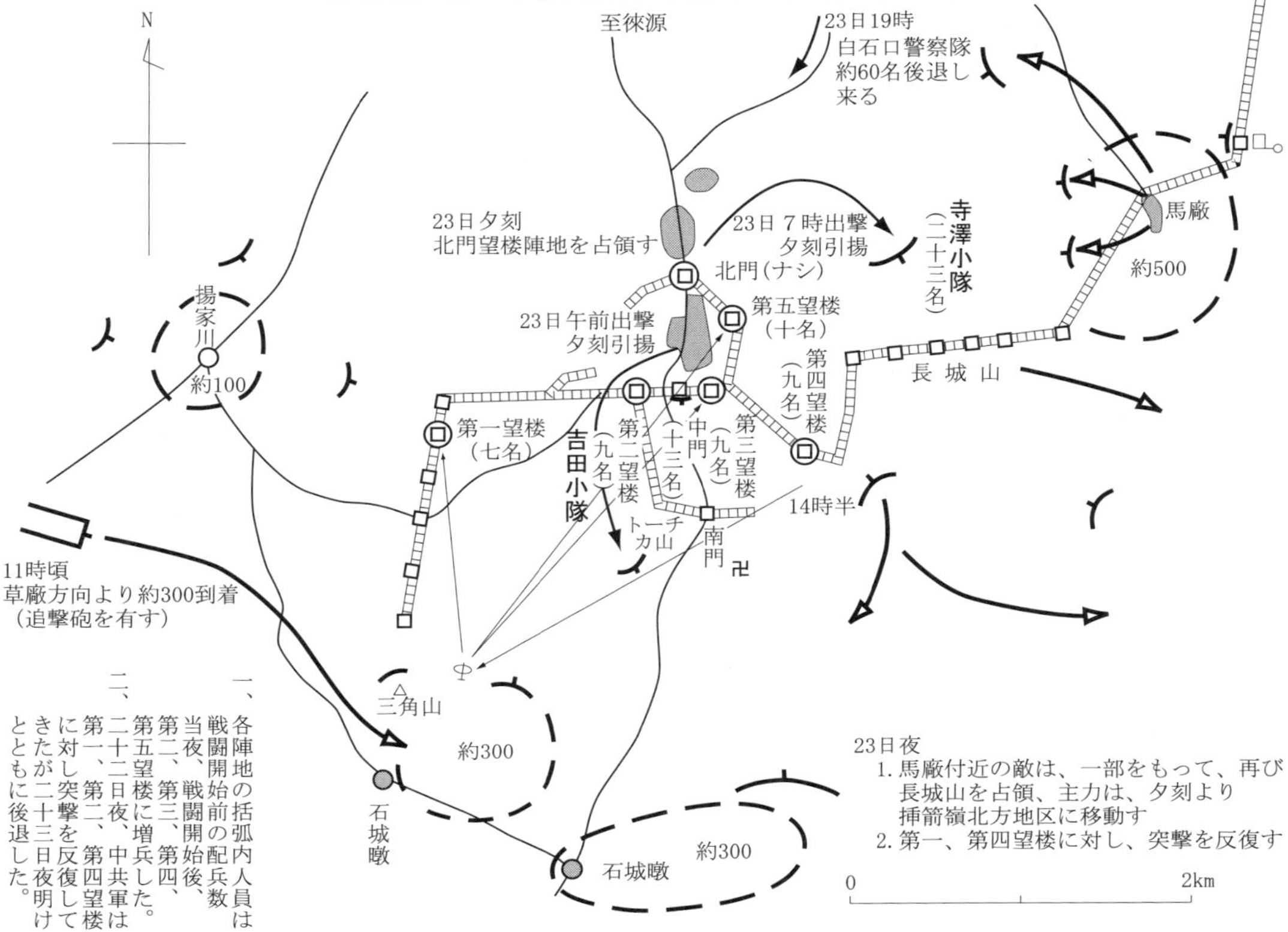

一、各陣地の括弧内人員は戦闘開始前の配兵数
当夜、戦闘開始後、第二、第三、第四、第五望楼に増兵した。

二、二十二日夜、中共軍は第一、第二、第四望楼に対し突撃を反復してきたが二十三日夜明けとともに後退した。

二十二日夜、暗黒を利用して接近してきた敵は、わが陣地に対して執拗に突撃を繰り返した。双方、手榴弾の投合いで、わが方は寡兵でありながら突撃逆襲を繰り返して、よく陣地を持ちこたえた。特に第一、第四の両望楼は陣地の両翼で、中隊主力とも遠く離れていて、敵の攻撃も最も熾烈を極めた。第一望楼（船岡伍長）、第四望楼（宇田伍長）には二十三日夜一晩中、敵は突撃を繰り返して来たが、両分隊とも力戦奮闘してこれを撃退した。

こうして挿箭嶺守備隊は、二十倍以上の敵と対峙すること七昼夜、二十八日、ようやく救援部隊が長城線に進出して来て、八路軍は包囲を解き南方に退避したのである。この挿箭嶺守備隊の戦果は、敵の戦死者約二百五十、負傷者約三百、わが方の損害、戦死一、負傷五となっている。この守備隊の健闘に対して人見旅団長から賞詞が授与されたが、中共軍側でもその戦闘詳報に、「敵の守備時における逆襲、反撃は極めて勇敢堅確であり、積極的防御と称し得る」と認めている。

われわれはこの独混第二旅とはしばしば行動を共にして、やれ弱兵部隊とか、やれ雑軍とか、いささか軽侮《けいぶ》の念を持って見ていたのだが、この挿箭嶺守備隊の奮戦振りを聞いて、大いにその認識を改めさせられたのである。

ところが、この徠源県から撃退された敵、中共軍独立第一師の大部隊が西進して渾源――霊邱間の新設自動車道の破壊と、各守備隊の襲撃の機を窺《うかが》っているとの情報が伝わって来た。いよいよ、わが師団の警備地区にも敵は来襲することになった。独歩十二聯隊の本部は大同にあり、渾源には第一大隊、霊邱には第二大隊の本部がそれぞれ所在している。独歩十二聯隊の聯隊長坂本大佐はこの情報により、第二大隊長にこの敵の撃滅を命じた。

討伐隊は十月八日午後、大安嶺（平型関北北西約十キロ）付近で八路軍を捕捉して大打撃を与え、同夜は同地付近に宿営した。ところが、渾源——霊邱道に配置してあった槍風嶺守備隊（三十七名）及び南坡頭守備隊（四十一名）は八日夜半、優勢な敵の攻撃を受け壊滅的打撃を受け、兵舎も敵に占領された。九日、右の急変を知った聯隊長および討伐隊長は現地に急行し陣地を奪回した。

晋察冀辺区粛正作戦

北支那方面軍では、この駐蒙軍の状況にかんがみ既定計画を変更して晋察冀辺区の中共軍根拠地に対して、さらに大規模な粛正作戦を指導することになった。北及び南拒馬河上流地域一帯から阜平付近にわたり、中共軍根拠地の覆滅を企図したものである。

作戦には駐蒙軍、第一軍、第百十師団、独混十五旅団、さらに臨時混成第百一旅団が参加した。本作戦にはわが輜重聯隊は全面的に参加した。われわれの第一中隊はむろん、自動車中隊も参加した。

十月中旬から開始された作戦は約一ヵ月後に終わった。連日、太行山脈の重畳たる山並みの行軍が続いた。行けども行けども山また山である。山中の秋は冷気が厳しく、油断をすると風邪を引く。昨年の同時期、太行山脈粛正作戦では、同年兵の江口昌衛が俄かに高熱を発して徠源で入院した。クループ性肺炎の診断だった。

結局、作戦間、大なる交戦はなかった。優勢な日本軍部隊の前には、八路軍は直ちに姿を晦《くら》ます。山岳重畳たる地形では、数千の部隊が地隙に潜むこともいとも簡単である。日本軍は重装備で、駄馬部隊を随伴しているので行軍のスピードは遅い。敵は軽装で、いざとなれば重兵器は隠匿して後日、取りに来ればよい。

地理に通じており、住民は味方である。追いつめられたら、軍服を脱ぎ捨てて便衣に着替えれば、住民と何ら区別は出来ない。中共軍討伐といっても、それは蝿を追うのと同じである。

このことを裏反しにして考えれば、敵の百団攻勢がある程度の成功を収めたことが理解出来る。彼らは奇襲前に十分な事前偵察を行なっている。例えば陽泉では、盆祭に市場の物売りの半数が新人と代わっていたと言う。その中には中共軍の参謀長もいたと言う。

日本軍はとかく蔣介石の重慶軍を重視して、共産軍は軽視しがちであった。その間に巧妙に政治工作を進めて、民衆を獲得し、武装組織を作り上げていたのである。

昭和十五年の八月の百団攻勢の直前に、八路軍総司令朱徳の延安の幹部会議での報告によれば、「最近三年間に八路軍を正規部隊二十万に拡大し、十万の遊撃隊幹部を養成した」とある。

ちなみに当時北支那方面軍の所属人員は二十五万である。この警備配置を一例として第百十師団の平均駐兵密度を基準として計算すれば、おおむね九州全体を約一個師団で、また東京都の旧市内を歩兵約一個中隊で担任することになる。

結局、これが高度分散配置につながるのだが、山岳地帯では一個分隊程度に分散して、これらの守備隊が同時に一斉に攻撃を受ければ連絡も不可能で、大きな犠牲を出すことになるのであった。

広大な大陸国家の長期占領は不可能であったのである。こういう原則的な問題に当時、誰も発言をしなかったというのも不思議なことである。

この頃、欧州では六月十日、イタリーが参戦し、十四日には遂にパリが陥落、フランスではペタン内閣が成立し、政府はヴィシーへ移転した。ドゴールはロンドンに亡命政府を立てた。日本では七月に米内内閣が総辞職して、第二次近衛内閣が生まれた。政党からの入閣はなく官僚軍人内閣であった。

そして九月二十三日、日本軍は北部仏印に進駐した。同月二十七日、日独伊三国同盟が調印された。これに対して米国は十月十二日、屑鉄の対日輸出禁止を以て報いた。日米関係は着々として激突へのコースを辿りつつあった。

中原会戦

昭和十五年（一九四〇年）十二月一日、この年の初年兵が入隊した。昨年と同じく第三師団（名古屋）管下の壮丁である。支那大陸にはすでに八十万の大兵を派してこれ以上、動員をすれば、兵士の質の低下は避けられない。今年の入営兵の体位が明らかに低下したことが解る。

昨年着任した小田口健少尉（陸士五十三期）が初年兵係教官で、われわれと同年兵の下士官候補者が新米伍長で助教を勤めることになる。われわれもこれで三年兵になる。平時であれば二年の兵役を終わって除隊するところだが、支那事変は膠着《こうちゃく》してそれは望めそうもない。まだ一年先輩の四年兵がいるのだ。順番は少しだが近づいているわけだ。

四年兵の連中は夕食後は満期話に夢中である。その頃の私は、もし除隊出来たら復学することのみを考えていた。在支三年目を迎えて、隣邦に対してその歴史に余りにも無知である自分に気づいていた。出来れば史学をやって見たいと密かに考えていた。しかし、歴史の流れは一個人の希望や思惑などを粉砕して一顧だに与えないのだ。

ただ実現はしなかったが、この頃、陸軍中央部でも在支兵力の削減が日程に上っていたのである。現在のような手詰まり状態で、持久戦に引きずり込まれることの危険性が痛感されたのであろう。昭和十五年七月から「更改軍備充実計画」を発足させ、これによって在支兵力の逓減《ていげん》を考えたのである。

この計画によると、昭和十五年度初頭には八十五万の兵力を次のように削減する計画であった。

昭和十五年十一月下旬　　七七万
昭和十六年度平均　　六五万

昭和十七年度平均　五五万
昭和十八年度平均　五〇万

この計画を実現するためには支那派遣軍としては、本年中に敵の戦力を破砕しなければならぬ。その方法としては、北支山西省南部及び中支長沙地区に一大攻勢作戦を実施して、重慶政権の抗戦企図を破砕するという構想であった。

北支においては共産党軍の勢力が全域に広がり、重慶軍の勢力はその大半が駆逐されていたが、山西省南部黄河北岸地区には衛立煌麾下《きか》の約二十六個師が蟠居して蠢動《しゅんどう》し、山西省の治安は最も険悪であった。これは一つには占領面積が広大で、その割には兵力が過小であったためである。他の占領地域と比較すれば次の通りである。

昭和十五年末において北支占領地域の兵力密度を一とすれば、武漢地区は九、揚子江下流の三角地帯は三・五、南支は三・九であった。そこで支那派遣軍は、北支治安の向上を重点施策とし、中支から約二個師団を北支に転用し、まず山西南部の重慶軍を駆逐した後、逐次地域を画して管内の粛正を実施させることにしたのである。

かくして中原会戦が開始された。

北支方面軍は、かねてからの計画により南部太行山脈、中條山脈の峻嶮な山岳地帯を根拠地として北支の治安を攪乱していた中央軍に対して方面軍の主力（六個師団、二個混成旅団、一個騎兵旅団の各主力）をもって、徹底した包囲作戦を実施した。

会戦という用語は、大兵団同士の戦闘を意味する。弾薬の備蓄量などを表わすのに一会戦分などと用いる。日露戦争でも、奉天会戦は双方主力同士の衝突であった。中原会戦も正式作戦名は「百号作戦」である。

作戦の概要は、攻撃部隊を東正面と西正面の二つに分け、それぞれ挺身隊が敵中を遮二無二《しゃにむに》突破して黄河の渡河点を占領する。こうして敵の退路を遮断して、後詰めの主力部隊と共に完全に包囲した敵を殲滅するというストーリーであった。

われわれの二十六師団からは歩兵団長の小田健作少将を指揮官とし、歩兵部隊及び輜重聯隊からはわれわれの第一中隊が参加した。同蒲線の列車輸送で運城まで行き、第三十七師団長の指揮下に入った。三十七師団長安達二十三《はたぞう》中将は、かつて二十六師団の歩兵団長の職にあった人物で、いわば旧知の方である。小田支隊は西正面の垣曲攻撃に参加することになった。運城付近はりんごの栽培の盛んなところである。作戦開始前、乗馬でりんご林に乗り入れて腹いっぱい食べた。

五月七日、作戦開始。挺身隊は十二日には黄河の各渡河点を占領して敵を完全に袋の鼠とし、反転して包囲圏内の敵の掃討撃滅戦に移った。

中條山脈を越える時点で、眼下に鈍く光る白竜の姿が見えた。傍《そば》にいた馬夫頭が、「あれが黄河《ホアンホウ》だ！」と指差した。満州承徳から来た彼にとってもはじめて見る黄河だ。感動した様子であった。遠く青海省に源を発し、四川、甘粛省を経て陝西・山西省境を南下、運城付近で東にほぼ直角に流れの向きを変え、渤海に注ぐ大河である。山上から見る実に雄大な景観であった。

作戦は大成功裏に六月十五日終了した。敵に与えた損害は遺棄死体四万二千、捕虜三万五千を数え、わが方の損害は戦死六百七十三名、戦傷二千二百九十二名であった。渡河点を抑えられた敵は完全に戦意を喪失し、捕虜となる者が多かった。中隊でも飯盒を洗いに行った兵隊が数百の捕虜に囲まれ、青くなって帰って来た。結局、千名以上の捕虜を捕らえたが始末に困ったものである。

中原会戦は赫々《かっかく》たる戦果を収めて終了した。方面軍司令官は、「この戦果を拡充し以て北支の安定確保に資し……」と訓示した。しかし、ここで問題になって来たのは、中原会戦による新占領地域内に中共勢力が次第に浸透して来たことである。

これより先、方面軍幕僚研究の段階で、剿共《そうきょう》を第一とする北支那方面軍が年度第一番目の目標に重慶軍を選ぶことについて、「残存重慶軍の如きはそのまま放置し全力を以て中共党軍の剿滅を計るべきである」という第二課の反対意見があった。

しかし、方面軍としてはまず重慶軍を撃滅してその後、剿共に当たるという第一課の意見で、中原会戦を実施することに決定したいきさつがあった。

このような事態を予想し、もともと中原会戦そのものに反対だった方面軍第二課参謀の山崎重三郎少佐は、「蔣系中央軍の治安攪乱基地である中條山系の拠点は、確かに徹底的な打撃を被った。しかしこの治安攪乱の遊撃基地というのは名目的なもので、実質は大したことはなく、共産系のそれに比較すれば、その活動は極めて低調だった。しかるに蔣系軍が壊滅的打撃を受け、根拠地を失うと、虎視眈々として機を窺《うかが》っていた共産軍は、直ちにその勢力

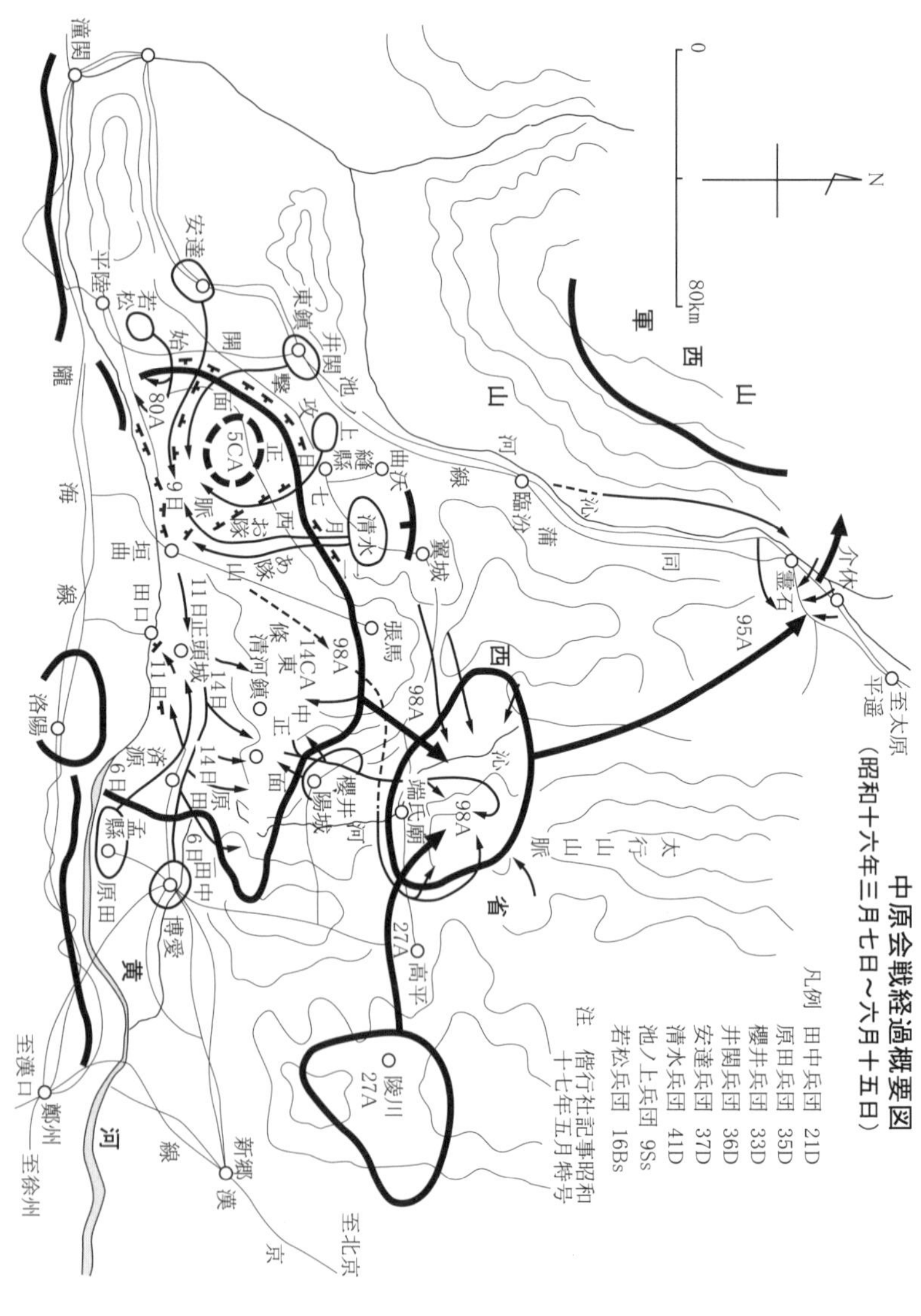
中原会戦経過概要図
（昭和十六年三月七日～六月十五日）
凡例
田中兵団 21D
原田兵団 35D
櫻井兵団 33D
井関兵団 36D
安達兵団 37D
清水兵団 41D
池ノ上兵団 9Ss
若松兵団 16Bs
注 偕行社記事昭和十七年五月特号
0
80km
N
山西軍
西山河線
同蒲
太行山脈
西省
黄河
隴海線
京漢線
至太原
平遥
介休
霊石
臨汾
曲沃
絳縣
翼城
張馬
高平
陵川
27A
95A
98A
14CA
5CA
80A
沁
沁河
端氏鎮
陽城
櫻井
清水
池上
井関
東鎮
安達
若松
平陸
潼関
垣曲
田口
済源
孟縣
原田
博愛
田中
洛陽
鄭州
至漢口
至徐州
新郷
至北京
清河鎮
正面攻撃
中条山脈
11日
14日
9日
6日

を該基地に侵入させ、蔣系軍に代わって根拠地を確立した。これにより北支の遊撃戦は、共産党軍の独占するところとなった」と語っている。

これに対し、当時方面軍作戦主任参謀の島貫武治中佐は、次のように語っている。

「沁河河谷に共産勢力が伸長したのは、中原会戦後の施策が適当でなかったためである。方面軍としては中原会戦で晉南の重慶軍を殲滅したことにより、従来、同方面に拘束されていた日本軍の行動の自由が得られ、その後は全力を挙げて対共戦に立ち向かうことが出来るようになったのである」と。

このように参謀部内で論争がある時は、やはり軍司令官が決断を下すべきである。その場合、軍司令官に必要な資質は、政治、軍事、外交などの多面的にわたる高度な知識と判断力である。それが真に将帥たるべきものの必要条件であるが、残念ながら昭和の陸軍には、そのような人物はまことに寥々たるものであった。そのことは高級将校の養成機関であった陸軍大学の教育内容に欠陥があったのである。

私は当時、北支那の戦場にあって、対中共軍の数々の作戦に従事したが、その経験からすれば山崎参謀の言に賛同せざるを得ない。重慶軍撃滅の後、直ちに中共軍が浸透するという事実は、すでに同様なことは昨年の春季晉南作戦後に発生していたのである。方面軍参謀部は、この事実には頰被りして、あえて中原会戦に踏み切ったのである。事後にして思えば、日本軍は中共軍勢力伸張に大いに力を貸したことになったと思う。

部隊幹部の異動

中原会戦の後、師団長の異動が発表された。六月末日付で黒田重徳中将から矢野音三郎中将に代わった。三代目の師団長である。駐蒙軍司令官は、昨年すでに岡部直三郎中将から山脇正隆中将に代わっていた。

聯隊長の宮下秀次中佐が十月異動で高橋九二中佐に代わった。聯隊長も三代目である。宮下中佐は士官学校の馬術部長として内地に帰還された。また第二中隊長だった坂牛哲大尉が通信学校入学のため転勤になった。後任は杉山大蔵中尉。少尉候補者出身で鼻下に髭をたくわえ、その挙手の敬礼は一風変わっていた。

八月、中隊長の萩原国雄大尉も転勤になった。転勤先は保定の幹部候補生教育隊で、ここの教育主任とのことだった。方面軍として永駐態勢に応ずる教育機構の整備のため、幹部候補生教育隊の新設を準備していたのである。元々、保定には蔣介石政権下でも軍官学校のあった地である。方面軍でもこの施設をそっくり使用したのである。

中学同期だった林昌生君（陸士五十二期）も、この幹部候補生教育隊開設以来、教官として勤務していた。たまたまやはり中学同期の枝広幹造君も、東京商大（現一橋大）卒業後広島の聯隊に入隊、昭和十七年四月、この教育隊に入隊して、かつての学友との奇遇に驚くことになる。これらは戦後、彼らから聞いたことである。

萩原大尉には初年兵として入隊以来二年八ヵ月、薫陶を受けることになった。東京オリンピックの馬術競技の選手候補だったというくらいで、馬術は喧《やかま》しく鍛えられた。

昭和十六年の初め頃、「騎芸」というのを城外練兵場に作った埒《らち》馬場でやったことがある。乗馬の毛色も四頭ずつ揃え、先頭馬の騎手は三角旗を保持して、ある時は同一方向に、ある時は対角線に交差するという、一種の馬術ショーだった。騎芸参加者は全員で三十六名で、その人選は中隊長自身でやられた。

一応、馬術では合格点の取れる者だけで、下士官二名を除いて、やはりわれわれの年次が多かった。練習には相当に時間をかけた。当日は大同在留の邦人も多数見物に来ていたが、好評であった。私も出場者の一員であったが、馬術に対する興味が一段上になった感じであった。

馬術については、どうすれば上手《うま》くなるかという問いに対して、平素よく「それは鞍の数だ」と言われていた。馬に乗る回数が多ければ多いほど上手くなるという意味である。

初年兵の終わり頃、中隊の主力が道路工事に出動して不在だった。馬は残されていたので、馬運動が大変だった。日常業務の間に、朝、昼、夕と毎日三回、馬運動をやらされた。

人員が少ないので並馬《へいば》で運動をやった。並馬というのは、左手で自分の乗馬の手綱を取り、右手で別の馬を御しながら、同時に複数の馬の運動をするのである。俗に「伝馬《てんま》」とも言った。

馬は運動不足になると疝痛《せんつう》を起こすので、毎日の運動が欠かせないのである。この時はいやと言うほど毎日数回、馬に乗ったので、自分でも幾らか乗馬が解ったような感じであった。

まさに鞍の数である。しかし、われわれがいささかでも乗馬に自信を持てるようになったのは、乗馬訓練に熱心だった中隊長の萩原さんのお陰であったと思う。

後任は幹候出身の山崎大尉で、爾後、満期除隊まで変わらなかった。

少しさかのぼるが、昭和十五年九月十五日付で官姓名を唱えるのに「兵科」を省略するようになった。それまでは「陸軍歩兵少尉」とか「陸軍工兵少尉」と兵科別があったが、これ以後すべて「陸軍少尉」になった。ただ経理部とか軍医部などのいわゆる各部は呼称が残った。

昭和十六年になって物資不足は戦地にも及んで来た。その第一はガソリンである。師団内の分散配置によって、各地に駐屯する部隊への補給は自動車中隊がこれを実施していた。しかしガソリン事情が窮屈になったので、第一中隊の輓馬輸送に切り替えることになった。独歩十一聯隊の第一大隊が駐屯している左雲には、数回この輓馬輸送をやった。輸送隊の編成の長は下士官または兵長だったので、ほとんど同年兵ばかりで割に気楽な作業だった。

片道一泊二日の行程で、途中の宿営は雲崗鎮だった。今でこそ雲崗鎮は北支観光のメッカのようになっているが、その頃ここまで来るのは仏教美術の専門家ぐらいで、しかし治安が悪く、軍隊の護衛なしには行けなかった。例の石仏周辺には人家もなく、時たまには匪賊が出没するという状況であった。それでも二戸の家があって、その二戸は誂《あつら》え向きの酒屋と豆腐屋であった。宿営の際は、この二軒で仕入れた酒と豆腐が最大の楽しみであった。

ガソリン不足は逐次、厳しさを加え、内地では木炭自動車が生まれた。聯隊では石炭自動車であった。何しろ「大同炭」という良質の石炭産地を地元に控えているのだから当然である。石炭を細かく砕いて使用していたようである。

聯隊の第二中隊はシボレー、第三中隊はフォードで、各五十台ずつ保有していて、当時としてはこれだけ揃えている部隊は少なかった。ガソリンだけでなく部品も欠乏して来て、この頃から国産車が補給されるようになった。第二中隊には日産車、第三中隊にはトヨタ車が補給されたが、米国車との性能の差は歴然たるものがあり、兵隊たちは少々部品は不足しても米国車の方が良いとこぼしていた。

幹部の異動で考えさせられたことがあった。せっかく現地の地理、風土、民情、敵の戦術に慣れ、蓄積された幹部の体験知識は実に重要である。同じ方面軍内での異動ならばとにかく、内地転勤というのでは、それらを役に立てることは出来ないのである。私自身、対八路軍作戦従軍の経験から見て、勿体ない人事をすると考えていた。後に独混二旅の大隊長であった緑川純治中佐が進級して大佐となり、二十六師団の独歩聯隊長に補任されたが、この人事などは理想的だと思った。

喬日成討伐作戦

昭和十六年三月下旬、喬日成討伐作戦が実施された。喬日成というのは、應県近くの下社村を根拠地としていた帰順匪の頭目である。ところが彼の様子がおかしくなった。重慶と密かに通じていたのである。反乱を未然に防ぐため、これを討伐することになった。自動車中隊の出番である。

情報漏れを防ぐため夜間演習という名目で、夜中に攻撃用の歩兵、砲兵の部隊を現地付近まで輸送して包囲態勢を取った。当方の企図を秘匿するため無灯火行進であった。前照灯には黒布を掛けて遠方から見えないようにする。自動貨車の後部には白布を垂らして、後続車の目印にして行進する。かくして夜中に攻撃部隊を輸送して完全に包囲隊形が出来上がった。

夜が明けてから、日本側から軍使が出て行って降伏を勧告した。しかし、それを拒絶したので戦端が開かれた。まず野砲の射撃が開始され城壁を破壊し、その破壊路から歩兵が突撃し、凄絶な白兵戦が展開された。野砲隊に配属されて作戦に参加した二中隊の田中義一郎はこの時の戦闘で、真っ向唐竹割りというのを初めて見たという。

戦闘はあっけなく片がついた。敵将喬日成は地下道を伝って逃亡した。彼の配下は一千名以上いたので、相当な物資が貯蔵されていた。喬日成の居室の壁を破壊すると、中から銀貨の入った麻袋が続々と現われた。地方軍閥の頭目たちは非常の際に備えて、こういう形で財貨を蔵匿していたのである。しかし、今回は日本軍の襲撃が早くて持ち出すことが出来なかったのである。

兵隊たちは思いもかけぬ戦利品に大喜びして、物入れに押し込んで持ち帰ろうとした。ところが、それは糠喜びに終わった。引き揚げる途中の地点で憲兵隊が待ち構えていて、全員の服装検査をやって全部没収されたのである。後日この話が出た時、前記の田中義一郎曰く、

「銀貨のことは知らないが、煙草がどっさりあったので、野砲の弾薬箱に入れて持って帰ったが、フリーパスだった。しばらく煙草は買わずにすんだよ。たしか〝愛羊牌〟とかいう名前だった。おいしい煙草だった」

その頃、師団司令部に行っていた同年兵が帰隊して、司令部で会った野砲の下士官から、「輜重隊に佐々木四郎というのはいないか？　多分もう将校になっていると思うが」と聞かれた。「将校にはいないが兵隊にいると言ったが、お前のことか？」と言う。野砲隊と聞いて、すぐ大石一夫のことが頭に浮かんだ。行橋駅頭で一別以来、会う機会もなかったが、どうやら彼も元気でやっているらしい。

昭和十六年六月、十二年徴集の四年兵が内地に帰還した。これでわれわれの年次が師団の最古参兵となった。「もし内地に帰ったら、彼奴だけはぶん殴ってやる」と四年兵の名前をいう者もいた。軍隊も人間の社会だから、良い奴もいるし、悪いのもいる。一般社会と違う点は階級社会ということだ。そこでは弁解や抵抗は封殺されるだけに恨みが残るのだ。

確かに古兵や下士官の中には嗜虐《しぎゃく》的な性格の人物もいた。しかし全部ではなく、温和で親しみの持てる人もいたのである。

とにかく、一番の古参兵になったということは、満期除隊の順番が繰り上がったと言うことであり、同年兵の気持ちが明るくなったことは確かであった。しかし、当てごとと何とかは必ず外れるという諺を、やがて嚙み締めることになるのであった。

同じ六月二十二日、独ソが開戦した。七月二十九日、日本軍南部仏印進駐。それを探知した米国は二十五日、在米日本資産を凍結した。除隊の近きを喜ぶわれわれをあざ笑うように、時局は急展開を告げていたのである。

第三次晋察冀辺区粛正作戦

中共軍の晋察冀辺区政府のある阜平を中心とする地区は南北約三百キロ、東西約一百キロにわたる峻嶮な北部太行山脈の地域で、その面積はほぼ台湾に匹敵する。この地区の中共軍は約四万強で、その支配下の民衆はよく訓練組織されており、その戦力は軽視出来ず、北支治安の癌であった。

方面軍としては昭和十四年、及び十五年と、再度にわたりこの地域で粛正作戦を実施していたが、いずれも状況の変化により大規模な作戦に進展したものであった。今回は年度計画に組み入れ、従来の経験と成果を十分に考慮して綿密に計画準備された。

参加部隊は甲兵団、乙兵団、丙兵団及び予備隊に分かれ、さらに進攻兵団と封鎖兵団に分けられた。従来の作戦には見られぬ大兵力を用いたのである。進攻兵団は敵地区に進攻して敵集団兵力を撃砕する。封鎖兵団は作戦開始と共に敵地区との一切の交通を遮断して、敵の逸脱逃亡を防ぎ、やむを得ざる場合は脱出する敵を撃滅することになっていた。われわれ駐蒙軍は乙兵団に属した。

作戦開始は当初、七月に予定されていたが、関東軍特別演習（関特演）の影響を受けて予定より約一ヵ月遅れて八月十四日開始され、十月十五日終了した。

乙兵団は八月二十八日以降、易県北方約四十キロの久能山付近で第一軍分区司令、楊成武を急追すると共に攻撃目標を第三軍分区黄永勝軍に向け、同分区内に蝟集《いしゅう》していた中共軍を包囲攻撃し、二十九日から九月二日の間、倒馬関一帯の地域において反復掃討を実施した。また、下関鎮――上寨――浮図峪――鎮辺城付近の内長城線を前縁として封鎖を実施した。

これだけ準備期間も置き、かつ大兵力を以てしても、さしたる戦果は挙がらなかった。敵は交戦を避け、退避戦法をとり、戦力の維持にひたすらであった。これに協力する民衆は巧妙な諜報組織を以て中共軍に通報するのであるから、敵を捕捉することは至難であった。

敵将聶栄臻《じょうえいしん》は、「敵来らば退き、敵去らば追い、敵多ければ避け、敵少なければ撃つ」の指令を全軍に徹底し、党、軍、並びに行政機関が完全な統制下にその退避場所を決定していた。

また村の出入りには、工作員といえども通行証を必要とし、夜間は合言葉を用い、日本側の情報収集、行動偵察に努めていた。日本軍が近づいた時は本部に報告させ、偵察者を出して偵察させ、警音を鳴らして村民をして一点に集結させる。十支里内の時は銅鑼《どら》を鳴らす、など細かく対日本軍対策を村民に教育していたのである。

われわれがある部落に入った時も、猫の子一匹いなかった。部落民は全員すでに退避した後であった。共産軍はこれらの行動を「空室清野」と称した。

作戦終了して大同へ帰還の途中、渾源で宿営した時、事故が起きた。朝になってもある分隊だけが起床して来ない。後夜の不寝番が気づいて宿舎に起こしに行った（不寝番の勤務は前夜、中夜、後夜と時間別に分けられている。後夜の勤務ということは明け方に近い最後の勤務である）。扉を叩いたが返事がない。慌てて扉を開けて室内に入った途端に事故に気づいた。

急いで窓を全部開けて回った。兵隊はあちらこちらに苦しそうに転がっていた。炭酸ガス中毒である。原因は温突《オンドル》が詰まっていて、石炭が不完全燃焼を起こしていたのであった。幸い軽症ですんだが、発見が遅れれば大事故につながるところであった。

閻錫山工作

山西省の軍閥の頭目は閻錫山《えんしゃくざん》である。彼は長年、山西省主席として全権を握り、山西モンロー主義を唱えて、もっぱら省内の保境安民に努めたため、軍閥割拠時代にも省民は戦禍を免《まぬが》れ、閻の勢威は抜くべからざるものがあった。

事変勃発後、閻は日本軍に追われて陝西省境に退いた。ところが、陝西省内に根拠地を開拓していた中共軍に後方を阻まれたため、依然、山西省西部山岳地帯に留まり、日本軍と衝突を繰り返していた。その間に蔣介石系中央軍や八路軍が山西省内に進出して、互いに政治的伸長を競って、複雑な様相を呈していたのである。

日本側では、中央軍や八路軍に比較して戦意の乏しい山西軍の帰順を企図して、閻の旧部下である蘇體仁《そたいじん》を山西省長に任命し、閻との連絡を図っていた。

歴代の第一軍司令官、参謀長は熱心にこの工作の推進に努めたが、閻錫山は不即不離の態度を保持していた。

昭和十五年二月、田中隆吉少将が第一軍参謀長になると、蘇體仁と諮《はか》って支那派遣軍総参謀長板垣征四郎中将の親書を閻に送り、緊密な連絡を開始し、友好関係の醸成を図った。閻と板垣中将とは古くから親交があったのである。しかし十二月、田中少将は陸軍省に転勤となり、後任の楠山秀吉少将が工作を続け、田中少将もその後も現地に出張してこれを支援した。

昭和十六年七月、第一軍司令官に就任した岩松義雄中将は、閻との旧交を温め意思の疎通を図った。かくて工作は急速に進展し、昭和十六年九月十一日、基本協定および停戦協定が、さらに十月二十七日、停戦協定細目が締結された。

基本協定は北支那方面軍参謀長田辺盛武中将が、また停戦協定は第一軍参謀長楠山秀吉少将がそれぞれ方面軍および第一軍の代表となり、山西軍は閻の腹心で多年、山西軍の師長や軍長を歴任した趙承綬が代表となって、山西省汾陽に会合し調印した。

閻錫山を誘い込むために日本側の供与した条件は、美味《おい》しい話を並べてあったが、とうてい実現は不可能であった。例えば、まず地位は南京政府副委員長および軍事委員長とするとか、山西軍の兵力を三十万とし、南京政府より小銃十万梃ほか兵器弾薬を給付する、毎月の軍費千二百万円も南京政府の支弁、このほか山西票整理のため五千万円の信用供与などで、事後の交渉では日本側の悩みの種となった。

　日本側は閻が蔣介石との絶縁を明らかにするため、速やかに独立宣言を発表するよう要求した。これに対して閻は、協定に約束した兵器、軍費の交付を受けた後に宣言を発すると称してこれに応じなかった。当時、山西軍は十数万の兵力を擁しながら、補給に苦しみ、戦力に乏しく、したがってもし独立宣言を発すると、直ちに重慶軍の攻撃を受け、全軍の危険を招くことになる。

　日本側ではまず協定の第一段階の履行を迫る閻に対して、「打算的にして優柔不断」とか「老獪《ろうかい》にして食えぬ人物」、「用心深い」、「度し難き人物」などとその性格を評していた。

　昭和十七年三月に入り、第一軍では工作推進のため武力を併用することに決し、準備を進めた。そして十九日、山西軍に対し示威行動を示した。これは相当に刺激を与えたようであったが、結局、閻の腰を上げさせることは出来なかった。そこで第一軍は十日、既成の協定破棄の予告を行ない、十七日交渉打切り、自由行動を取る旨を通告し、経済封鎖、威圧行動を強化した。

　軍司令官は、山西軍の本拠を撃滅する計画を立て方面軍に具申した。しかし方面軍は山西軍を温存し、秋に予定していた西安作戦時にこれを懐柔する意見であったため、この計画は研究の範囲にとどめるよう決済された。

　その後もこの工作は紆余曲折、第一軍の再度、山西軍撃滅計画などが出たが、次第に両者の間に妥協の気運が生じ、昭和十八年春から物資の交易が開始された。爾後は双方ともに積極的な企てはなく、終戦まで連絡は保持されたのである。

しかし、中立的山西軍の存在は日本軍にとって大きな利益であったといえる。当時の軍人は、ふた言目には武力解決を示唆して短兵急にことを決せんとする傾向があるが、交渉の相手にしても、全般情勢を判断しながら対応を図っているのであり、終わってみれば明らかに閻の判断が正しかったといえる。それによって日本側も無益な血を流さずにすんだのである。支那軍閥の実力者は、単純な軍人ではなく政治家でもある。日本でいえば戦国時代の信長や家康に当たる。陸大出を鼻にかけて小手先の謀略を操る日本軍人とはスケールの違いを見る思いがする。

大東亜戦争突入

昭和十六年十二月八日、日本海軍機動部隊はハワイ真珠湾の米太平洋艦隊を空襲、ここに爾後三年九ヵ月にわたる日米の戦いは火蓋を切った。その知らせを聞いた時、私は熱発して医務室に入っていた。食事を運んで来た分隊の兵から聞かされた。

正直に言って寝耳に水だった。戦地にいて軍務に服している身には、内地の情報も余り届かず、いわんや外交問題などは全くといってよいほど疎かった。ほとんどすべて、だいぶ遅れての報道で知るのみであった。戦後の現在のようにテレビもなく、ラジオでさえ聞くことはなかった。第一、駐屯している大同では、日本の放送は届かないのだ。私個人は比較的、新聞には目を通していたが、それも北京発行の「大陸新報」であった。

ハワイ・マレー沖海戦の相次ぐ戦果に国民は熱狂した。北支那の戦況の実際を知る私は、これ以上、米国を敵に回して一体どうなるんだろうという思いが先だった。

私たちがまだ少年の頃、当時の少年雑誌に日米未来戦を取り上げた読み物がよく連載されていた。平田晋作や池崎忠孝といった筆者の名前も記憶している。ストーリーは大同小異、最後は米国渡洋艦隊を聯合艦隊が日本近海で迎撃してこれを葬るという筋だった。その頃の小説には、空母や航空機の活躍はまだ描かれていなかった。

しかし、実在する二つの国家の未来戦記が十年後に実現するというのはなぜだろう。戦争の必然性は果たしてあったのか？　あの頃の作家たちは単なる読み物として書き上げたのか、それとも特別な執筆の動機はあったのか？　想像すればワシントン海軍軍縮条約による英米両国の圧力に、近未来の祖国の危機を感じて警鐘を乱打したのであろうか？　など医務室のベッドでいろんな思考が交錯したものである。

ところで、太平洋方面における主作戦がおおむね一段落を告げた四月十八日、突如、空母から発進した米軍機が東京そのほか日本本土を爆撃して、中支方面に退避するという事件が起きた。

大本営では、敵が今後、中国大陸を対日空襲に利用することはますます増大するものと判断し、直ちに対応策の準備を開始した。そして四月三十日、支那派遣軍に対し、浙江省方面の敵主要航空基地（麗水、衢州、玉山等）の覆滅を命じた。

浙《せっ》贛《かん》作戦

昭和十七年四月十八日のドウリットルの日本空襲は、ハワイ真珠湾で主力艦を全滅させられたアメリカ海軍が苦し紛れに打った一手だったが、これが意外な影響を生むことになった。空母ホーネットにドウリットル陸軍中佐の率いるB－25爆撃機十六機を搭載して日本本土空襲を敢行、日本海軍の追撃をかわして機動部隊は無事帰還した。

第一の効果は米国民の士気を回復した。第二には衝撃を受けた日本海軍が聯合艦隊の総力を挙げてミッドウェーへ進攻した。その結果は米軍の一方的勝利となり、戦勢を一挙に逆転したのである。第三には、当時遠く蒙疆の地にいたわれわれまでが中支戦線に駆り出されることになったのである。

ドウリットルの日本空襲機が着陸を予定していた衢州《くしゅう》飛行場を始め、浙江省の敵飛行場を覆滅するため浙贛作戦が実施された。浙《せっ》は浙江省を指し、贛《かん》は江西省の別称である。この作戦は第十三軍（司令部・上海）が杭州方面から攻勢をとると共に、第十一軍（司令部・漢口）が南昌方面からこれに策応するという構想であった。兵力は第十三軍が北支方面軍からの増援部隊も入れて、五個師団、二個混成旅団、歩兵大隊数五十六、第十一軍は二個師団、四支隊で、歩兵大隊数二十七で、両軍合わせて八十歩兵大隊を越える大兵力であった。

このため支那派遣軍から北支方面軍に対して、歩兵約十四大隊基幹の部隊を約三ヵ月の予定を以て作戦に参加させるよう内命があった。

そこで方面軍では、次の部隊を五月中旬から中支方面に転用することに決定した。

一、三十二師団主力（司令部・袁州）

二、小薗江混成旅団（主力・大同）

三、戦車十二聯隊主力（石門）

小薗江混成旅団の編成は、二十六師団から独立歩兵第十三聯隊（聯隊長・石黒岩太大佐）、三十七師団（運城）から歩兵二百二十六聯隊（聯隊長・山口武男大佐）、山砲兵一個大隊、工兵一個小隊、輜重兵第二十六聯隊（聯隊長・高橋九二中佐の指揮する自動車、駄馬各一個中隊、ただし杭州より自動車中隊は軍直轄となる）で、人員は約五千名である。混成旅団長の小薗江邦雄少将は師団の歩兵団長である。かくしてまた、われわれはこの中支で行なわれる作戦に出動することになった。

昭和十六年度徴集の新兵さんは例年ならば、十二月中に到着するはずであるが、本年は二月一日名古屋入隊、二月二十日にようやく大同に到着したのであった。この新しい初年兵の入隊により、われわれは四年兵となる。初年兵の第一期の検閲が終われば、われわれの満期除隊が具体化する。その時期になっての作戦参加である。皆うんざりした面持ちである。

関東軍時代からの伝承に「満期討伐は危ない」という言葉があった。除隊直前の作戦参加で戦死の率が高いという一種のジンクスである。四年兵同士、顔を合わせると、「今度は気をつけなければ」と言い交わしていた。事実、何名かはこの作戦中に陣没《じんぼつ》し、私自身も幾度か生死の境を往来することになったのである。

作戦参加前には常に爪を切って、氏名を書いた封筒に入れ、それを中隊でまとめておくことになっている。戦況によっては遺骨の帰らないこともあるからである。最初の頃はきちんとやっていたが、だんだん慣れてきてずぼらになっていた。しかし今回は皆、神妙に爪を残したようであった。

また作戦前には、必ず予防接種がある。平素はチブスの四種混合だけで、たまにコレラが加わる。ところが今回はさらにペストが加わった。まだ作戦地域が不明の時点だったから、大本営の要望として、可及的速やかにということだったので、作戦は五月十五日に開始された。われわれはこの時点では、大同を出発して列車輸送により一路南下の途中だった。如何なる未開地に行くのかなどと話し合った（当時、浙江省の義烏がペスト流行地だった）。

五月二十日夜、杭州着。西湖畔まで行軍して同地に野営。朔北の地大同と較べて杭州は湿度が高く、蒸し暑かった。蚊が多くマラリアを警戒して防蚊覆面を着用する。バナナか芭蕉かわからなかったが、大きな葉が風に揺れているのが珍しかった。

翌朝、杭州出発。銭塘江を渡る。銭塘江に架かる鉄橋は破壊されていて、新たに踏み板が渡されていた。道路はすでに各隊が先行した後で、酷く悪かった。

この作戦前半は六十年来と言われる豪雨に見舞われ、河川の氾濫が相次ぎ、また後半は炎熱灼くが如くで、後日この作戦の印象は「雨と洪水と泥濘《でいねい》と水虫」と参加者は異口同音に語ったものである。

杭州から紹興を経て諸萱に向かう。紹興に入ると朝鮮人の通訳が、ここはうまい酒の産地だと皆に教えている。聞くまでもなく紹興酒の産地である。戦後の現在は工場はすべて国営になっているが、かつては民営の醸造家が軒を連ねていた。そして各戸には数十の酒甕が並べられていた。通訳が上海で買ったら、この辺の酒は大変な値段ですよという。今夜は紹興で宿営と決まったので皆、大喜び。

誰かが油を見つけてきた。よし、銘酒はあるし、今夜は天ぷらで行こう。炊事当番が張り切ったのは良かったが、後が悪かった。夜中に一同、激しい嘔吐と下痢に襲われた。原因は油だった。それは菜種油やごま油でなく桐油《とうゆ》だったのである。日本でも輸入して和傘の油引きに使用しているのはここの桐油だったと、思い出したが後の祭りだった。

悪い時には悪いことが重なる。出発が急に繰り上がって、未明になった。私は未だ少し残っていた紹興酒の酔いと咋夜来の下痢で、ふらふらしながらも馬にまたがった。ところが、道路の状況が最悪で、隊列は全く進まないのだ。泥濘というよりは泥の海といった方がいいくらいで、部隊の行軍を督励するのにへとへとになった。

人間の心理は不思議なもので、いっそ敵襲でもないか、敵襲でもあって戦闘が始まれば少し休めるのにと、それを期待する気持ちが湧き起こって来るのであった。事ほど左様に疲労していたということである。後で皆とあの時はよく頑張ったなあと思い出話の種になった。その理由は大部分が徴発の馬夫であったためである。彼らは桐油をそれと鑑別して炊事に使用しなかったからである。

この時より約一ヵ月後、竜游攻略後、旅団は麗水攻略の任務を受け、反転して麗水に向かった。その時、右縦隊、左縦隊の二縦隊に分かれ麗水に向かったのだが、その途中、左縦隊から旅団司令部への連絡が杜絶《とぜつ》して、状況全く不明という事態になった。

二日目の夜になってようやく連絡がとれた。通信杜絶の理由は次の通りであった。最初の夜、予定の地点まで進出したところ、敵もわが進出を予定していなかったとみえて、珍しく豚、鶏、油などが豊富で、部隊は天ぷらの食事をした。しかしその油は桐油であったため、夜半、全部隊にわたり嘔吐下痢を生じ、部隊の機能は完全に三十六時間停止したのであった。

身体一つの歩兵部隊でさえ、そのような事態であった。われわれ駄馬部隊は遂に休止を取らずに頑張ったのだから、よくやったと思う。

第十五師団長の戦死

第一期の作戦目標は蘭谿、金華の両拠点に拠る敵の攻略であった。蘭谿攻略の主力は第十五師団であった。五月二十八日午前十時四十五分、蘭谿北側一・五キロの地点で師団長酒井直次中将の乗馬が地雷に触れて師団長は戦死した。現職師団長の戦死は日本陸軍創設以来、これが初めてであった。それから間もなく、後方でも地雷の爆発があり、師団の兵器部長、獣医部長が負傷、獣医部の中尉が戦死した。

同じ頃、われわれの部隊は軍の最南端を金華方面に向かっていて、義烏、東陽を過ぎ、永康付近にいたが、酒井師団長戦死の報が耳に入った。この作戦では地雷の被害が大きかった。工兵が道路を探知機で捜索、除去して行くのだが、完全でなく触雷が相次いだ。特に乗馬は触雷の危険度が高い。

この地方は大小の河川が多く、連日の降雨で増水しており、渡河点の捜索が重要であった。私は中隊の指揮班要員だったので、実に頻繁に渡河点の捜索を命じられた。道路から下りて河原を乗馬で行く時は、実にハラハラ、ドキドキの連続であった。それでも触雷しなかったのは、幸運というより他ない。

酒井師団長の場合、工兵一個小隊がその前方を地雷を除去しながら進み、また師団長の前方を、衛兵騎兵、徒歩尖兵、司令部の参謀数騎が先行していながら、師団長のみが触雷している。これも運というより他ない。

わが小薗江旅団でも、司令部の田中大尉が触雷して戦死した。乗馬ももちろん即死、大尉は両脚を吹き飛ばされたので、死体収容時に包帯で五体と一緒に巻かれた。大尉は乗馬が趣味で、よくわが隊に来て馬を借り、長春門外の練兵場で騎乗を楽しんでいた。平素から顔馴《な》染《じ》みの人だけに衝撃を受けた。

金華攻略の際も、敵は城外の丘陵地帯一帯に至るところに地雷を埋設して、攻撃に参加した第七十師団では触雷して死傷が続出した。蘭谿攻略は五月二十七日、金華攻略は二十八日、軍主力は若干の休養の後、次の目的地である龍游、衢州に向かった。衢州攻略の間、旅団は龍游に集結して軍の左翼を援護した。

濁流を決死の渡河

龍游の手前まで来た時、衢江の支流で立ち往生を余儀なくされた。大増水で橋梁が流失して渡河は不能である。工兵が民船を徴発してきて、それで兵員、資材を輸送することになった。ただ馬だけは積載出来ない。よって水馬で渡河することになった。

水馬というのは、早くいえば人と馬が一緒に泳ぐことである。鞍はつけない。人馬共に裸である。頭絡や手綱も水勒《すいろく》というのに変える。馬具を軽くして馬が泳ぎ易いようにするわけである。水に入るまでは人は裸馬に騎乗して乗り入れる。泳ぎ始めると、人は馬体の下流側に降りて一緒に泳ぐのである。理屈は解るが、われわれは水馬というのは初めてだった。

普通、水馬演習というのをやるのだが、大同に適当な河川がないこともあって、その訓練をやったことがなく、いきなり実戦でぶつかることになった。指揮班長の林田（前姓、酒井）曹長が、褌一つになった全員を水際に集合させた。そして簡単に要領を説明した。説明が終わった後、「よし、解ったな！　泳げない者は列外！」と言うと、途端に人員が減った。

見渡すと、四年兵は全員残っている。列外に去ったのは二、三年兵である。しかし彼らを咎めることは出来ない。むしろその正直さを賞すべきだ。私も自信はなかった。滔々として渦を巻いて流れる濁流を見れば、誰しも足がすくむのは当然である。度胸だけでこの濁流を泳ぎきることは無理だ。しかし、最古年次兵としての面目が逡巡を許さなかったのである。

河幅は百四十～五十メートルばかりだが、連日の降雨で水流は滔々として凄まじい勢いで流れている。やや下流の方で本流と合流しているのだが、その辺りは大きな渦を巻いていて、轟々たる音が聞こえるほどである。

少々泳げても、この状況を見れば誰しも尻込みするのは当然だ。後で同年兵の河口年秋に、「あの時、お前、自信はあったか?」と聞いたら、「とんでもない。久留米の水天宮のお守りを握って、一生懸命拝んでいたよ」と答えた。

林田曹長がまず馬を乗り入れ、次々と渡河が開始された。私は自分の乗馬である「重波」に乗った。激流に流されることを考慮して、少し上流にさかのぼって水に乗り入れた。重波は水を嫌って戻ろうとする。それを脚を締め、水勒の端末で馬を叱咤して乗り入れた。

馬が泳ぎ始めたので右側に降りて一緒に泳ぐ。しかし重波の様子が少し変である。苦しそうである。重波の馬齢はこの時、十七歳くらいだった。馬としては相当に高齢である。またこの時期、雨が多かったが、反面、晴天の日は炎熱灼くが如くであった。連日の行軍で疲労が激しいようだったので、飼料に塩を加えたりしていた。

しかし、ここは何としても対岸に泳ぎつかねばならぬ。見ていると重波の泳ぐ力は弱い。他馬を見ると先行馬とはだいぶ距離も離れ、またわれわれは相当に下流に流されている。急がねば合流点まで流されるやも知れぬ。とにかく、懸命に馬を激励した。声をかけると、軍馬の習性が働くのかちょっとは泳ぐのだ。そのうち馬首を水に突っ込んで、苦しそうにしてまた上げるという動作をやり始めた。

ふと気づくと、対岸からしきりにこちらに向かって怒鳴っているようだ。よく聞こえなかったが、手で下流を指している。「馬を捨てろ！　馬を捨てろ！」と怒鳴っているのだった。そして合流点の近いことを教えていたのだった。

しかし、いくら何でも馬は捨てるわけには行かぬ。われわれ乗馬者にとって馬は分身である。私は左手を馬の背に回してさらに叩いた。この時、重波はすでに力尽きたのか、僅かに馬首を上げただけであった。

「よし、断念しろ！」。そう自分自身に言い聞かせて右側に重波を流し、後は懸命に水を蹴った。文章にすると長いが、それはごく短い時間だった。ようやく対岸に泳ぎつくと、皆が引っ張り上げてくれた。すぐ振り返って見たが、重波の姿はわからなかった。「危なかったぞ、ぎりぎりだったぞ」言われてみれば、本流との合流点はすぐそこだった。轟々と渦を巻くそれを見ながら、重波のことを考えていた。

初年兵の頃、重波は私の毛付馬だった。「毛付」というのは乗馬隊の用語で、毛付者といえば、その馬の責任者という意味である。鹿毛で少し老馬になりかかっていたが、調教の良いおとなしい馬だった。今回の作戦でも重波を割り当てられて、こいつとは縁があるなあと思った。すでに三年以上も野戦に勤務して、数限りないほど作戦に従事したが、わが乗馬を殺したのは初めてであった。ところが、作戦の後半でまたもや私は乗馬を失うことになったのである。

麗水攻略

作戦第二期の目標は衢州攻略であった。衢州城の城壁の高さは約十メートル、幅約五メートル、その外側に深いクリークを巡らしていた。敵第三戦区軍主力がこの堅固な城塞に集結し、頑強な抵抗を示すことは当然、予想された。衢州攻略には、三十二師団、百十六師団、河野旅団、十五師団、二十二師団が主正面を担当し、われわれの小薗江旅団は龍游付近から南部山地にかけての敵の警戒に当たり、友軍の左翼の援護と戦略予備とされたのである。

六月三日、攻撃を開始したが、連日の雨で増水した衢江の渡河が出来ず、七日、ようやく攻略に成功した。

六月十五日、旅団に対し麗水攻略の軍命令が下された。翌十六日朝、旅団は龍游付近を出発、湯渓、金華付近を経て武義付近に集結、麗水攻略の諸準備を整えた。

二十二日、旅団は二縦隊となって武義を出発、麗水に向かった。この後、左縦隊が桐油のため下痢と嘔吐を生じ、部隊の機能を停止したことは前述した通りである。

六月二十四日、麗水攻略に成功。麗水は東西十六キロ、南北十キロの盆地型の小平野。周囲は山々に囲まれて、市街地は平野の西端にあり、飛行場は平野のほぼ中央にあった。

旅団は麗水攻略直後から、すでに軍より内命を受けていた温州進攻の準備にかかった。温州は麗水から甌江《おうこう》に沿って下ること百六十キロ、海岸近くにある。甌江は麗水と温州の中間付近の青田に至るまで川幅約百メートル内外、水深く両岸は山迫って急に川に臨み、水際は多く断崖となっている。左岸に通ずる唯一の公路（麗温公路）は、敵の破壊と水害のため荒廃が著《いちじる》しかった。青田を過ぎれば両岸やや広くなり、川幅は二百メートルからついに千メートルとなる。偵察の結果、以上が判明した。

旅団は軍の兵站線から離れることすでに百キロ、それからさらに百六十キロを孤立行動する旅団の進路が、駄馬の通過さえ危ぶまれるということは重大であった。

そして研究の結果、唯一の輸送機関である駄馬も麗水に残置することを前提とし、計画を立てた。その代わりとして、甌江にある五、六人乗りの小舟を集め、工兵中隊を骨幹として臨時舟艇隊の編成改修を進め、弾薬、糧秣、患者などすべてを水路で温州に前送することとした。二週間の準備により、臨時舟挺隊に期待出来る確信を得たからである。

温州作戦は海軍とも関係があった。中国の沿岸各地を米英の潜水艦基地として利用されることを恐れていたのである。軍司令部では海軍との作戦協定が行なわれた。海軍側は温州の南の瑞安に上陸して所要の兵員を温州に派遣し、陸軍では旅団が陸上の潜水艦基地掃討を実施することになった。海軍の準備の都合により、旅団の麗水出発は七月七日と決まった。

温州作戦実施と同時に旅団長は、次の命令を下達した。

一、旅団長は麗水出発に当たり歩兵一大隊、山砲一中隊基幹を麗水付近において第七十師団長の指揮下に入らしむべし

二、第七十師団長は歩兵約三大隊を以て麗水付近、歩兵約一大隊を以て永康付近を確保し、小薗江旅団の背後を安全ならしむると共に、麗水飛行場破壊の任務を該旅団より継承

すべし

この命令に基づいて旅団は、高橋輜重兵聯隊長に歩兵一個大隊、山砲兵一個中隊基幹を配属し、麗水において第七十師団の指揮下に入るよう部署した。旅団長以下、旅団主力が温州作戦出動と共に、高橋聯隊長が麗水留守部隊を指揮監督することになったわけである。そこで、第一中隊に将校斥候《せっこう》による麗水周辺の敵情偵察が下命された。

将校斥候、敵の待伏せに遭う

中隊では直ちに将校斥候の編成が行なわれた。斥候長は柿元啓次准尉、以下大坪藤逸軍曹、中島直規兵長、それに私、他に兵二名、朝鮮人の通訳一名、計七名の乗馬斥候である。

柿元准尉は鹿児島県出身で、私が初年兵時代の中隊人事係で、軍内の受験をしきりに私に勧めて、それを断わると、「軍隊は頭さえあれば出世出来るところだよ。お前、勿体ないなあ」とわがことのように残念がっていたことがあった。私は軍隊は頑健な体軀は絶対に必要だが、頭はむしろ不要な社会と思っていたので、准尉の勧めを断わったのである。六師団からの召集兵たちは、「桃栗三年、柿八年、柿元准尉は十三年」などと陰口を利いていたが、庶民的で憎めない人だった。

この時、私はすでに愛馬「重波」を失った後で、斥候に出る時は誰かの馬を借用したのだが、馬名は思い出せない。通訳には支那馬をあてがった。日本馬に較べ馬格が低く、その方が乗り易いだろうということだった。

麗水を出発して四、五キロも行った地点で土民に聞くと、数日前に支那兵が通過したという。兵力はほぼ三個中隊ぐらいで、装備は全員、小銃携帯、機関銃もあったようだ。その進行方向にある部落で聞くと、兵力は一個中隊程度という。少し引き返して別れ道を別方向に行って聞くと、ここでは支那兵は見かけなかったという。

そこで前の道に戻り前進、数キロ先の部落では相当な大部隊が一昨日通過したという。以上の住民の証言を斥候長がどう判断されたか、すべて真実を言うとも思えないが、それらを勘案して、五、六日からつい二、三日前に一個中隊から最大三個中隊程度の兵力が通過移動したらしいことは察知された。それからの前進は止めて麗水に戻ることになった。

しばらく行くと、川に行き当たった。斥候長が「佐々木、渡河点を捜して来い」と言うので、私は単騎、歩度を速めて渡河点を捜しに行った。

川幅約百三十、四十メートル、両岸には堤防があり、流れの中間には相当長い中洲がある。こちら側から中洲までの水深は、乗馬で深いところで馬腹に達する程度と判断した。そこで後方に手を上げて合図をした。近づいてきた斥候長にその旨を報告すると、「よし、渡れ」と言うので、私は川に馬を乗り入れた。他の者は少し遅れて川に入った。岸辺から中洲までの距離約二十メートル、やはり深さは判断した通り、馬腹に達する程度、慎重に馬が川中の物につまずかないよう気をつけて前進した。

この時、対岸から一斉射撃を受けた。対岸の堤防の向こう側に多数の敵兵が散開して、われわれの渡河を待伏せしていたのだった。驚いた斥候長は、瞬時に「全員半輪《はんわ》！」と号令した。「半輪」というのは馬隊独特の号令で、「回れ右」を意味する。「輪」は三百六十度である。「半輪」はその半分で百八十度である。

しかし私はこの時、この命令に従わなかった。後方の連中はまだ川に馬を乗り入れたばかりで浅瀬だから、すぐに回れ右が出来る。私は先頭で中洲に近いところ、もしここで半輪すれば、深みをのろのろと戻ることになる。迅速な行動は取れないのだ。敵にすれば格好の射撃目標である。おそらく岸に着く前に背中は蜂の巣になるであろう。

咄嗟にそう判断した私は、逆にそのまま前進して中洲に上がり、上がるやいなや馬首を左に向けて遮二無二、馬を疾駆《しっく》させた。この行動は、敵の射撃を私一人に集中させることになった。いつ敵弾が命中するかと思いながら、対岸を見ればどこまでも敵兵の姿が隠見する。しかし中洲もまだ続いているので、とにかく馬を走らせた。

その時、乗馬が突然、転倒した。私はあぶみを履いたまま、左足は馬体の下敷きになったままである。普通、馬は転んでもすぐ立ち上がるのだが、全然、起き上がる気配はない。自由になる右足で拍車を入れるのだが、全く反応がない。おそらく敵弾に馬首を撃ち抜かれて即死したのであろう。何とかして左脚を抜き出そうとするが、馬体の重みでびくともしない。

半身を起こして対岸を見れば、紺色の制服を着た支那兵の姿が、ちらほらと近づいて来るではないか。「この野郎！」と思うが身体は動かせない。ああ、遂に四年目で俺もやられるのか、満期討伐は危ないぞというがあのジンクスは本当だったなあと、色々なことが頭の中を走る。

　突然、「佐々木！　どこをやられたか?:」と言う声が頭上から降って来た。声の主は中島兵長だ。

「俺は大丈夫だ。馬がやられた。動けないのだ。俺を引っ張り出してくれ！」

「よし！　分かった」と、中島は敏速に下馬して私を引きずり出してくれた。やっと自由になったが、敵は接近中である。急がねばならぬ。左脚を馬が横転した時に打ったとみえて少しびっこを引く。中島が「おい、佐々木、形見だ、馬の鬣《たてがみ》を切れ」と言う。成程そうだと思い、短剣で切り衣嚢に入れた。

　中島がさらに「お前は指揮班だが、重要なものは鞍嚢に入っとらんか?:」と聞く。「重要なものはない。せいぜい要図くらいだ」と答える。中島はいきなり短剣で馬の腹帯を切って、鞍を外し、それを頭上にかぶった。防弾用だ。そして「俺の馬に乗れ、俺は鞍をかぶって岸辺の草藪《ぼさ》の中を抜ける。向こうに行けば皆は待機しているはずだから、そこで合流しよう」と言い終わると同時に、岸辺の草藪に飛び込んで行った。

　この時の彼の処置は実に冴えていた。文章にすると長く感じるが、これらの会話も動きもすべて瞬時のことだ。何しろすぐ眼前に敵兵は接近して来ているのだ。後で考えてみて、よくあのとき撃たれなかったと思う。敵は私を捕獲するつもりだったのかと思う。

　私は中島の馬に乗り、岸に向かい、堤防を越えてしばらく走ると、斥候長以下が待っていた。皆、私は戦死したとばかり思っていたらしく本当に驚いていた。手短に経過を話しながら、中島の到着を待っていると、やがて彼も無事に姿を現わした。

かくして柿元斥候隊は無事、任務を果たし、麗水の原隊に帰還したのである。私はまたしても九死に一生を得ることが出来た。それにしても、最先頭を行く私に敵は皆、照準を合わせていたはずである。初弾命中が当然であるのに、よく当たらなかったと思う。また斥候隊全員が中洲まで上がり切るのを待って攻撃を開始していたら、おそらく全滅したであろうと思う。

敵の意中は不明だが、いずれにせよ、われわれは武運に恵まれていたことになる。

これには後日談があった。それは私の救出に関してであった。柿元准尉ほかは、「佐々木はもう確実にやられている。もう駄目だから放っとけ」と言うのに対して、中島はあくまで「確認して来る。同年兵として放っとけない」と自論を貫いて結局、救出に成功したわけである。

ところが私も中島も、そして大坪軍曹も皆、同じ同年兵である。中島は他の者と対立してまで、単騎、引き返した。なぜ大坪はそれに反対したのかということになったのである。中島は一躍、男を上げ（事実、帰隊後、伍長に進級）、逆に大坪は同年兵から白眼視される立場に立たされたのである。

私はこの問題については発言する立場ではなかった。何しろ、中島と大坪が対立している時点では、馬の下敷きになっていたのだから、どういう論争があったかその状況は知らないのだ。ただ大坪の立場も理解してやるべきだとは思った。彼は斥候隊ただ一人の下士官である。ということは斥候長補佐の任務もあるわけだ。

同年兵というのは、入隊以来、同じ釜の飯を食ったという、一種の強い連帯感があるのも事実である。そう言う感情論が先行するので、大坪には不利だったようだ。帰隊後、中島はどうしても自分の手柄話として吹聴するので、彼の立場を強調する結果になったと思う。

ただ大坪の後日について述べておきたい。昭和十九年七月、米軍はサイパン島に上陸した。大本営は支那派遣軍より二個師団を抽出、すなわち第二十六師団および第六十二師団を大本営直属とした。第二十六師団は七月十九日、大同を出発、比島へ向かう。大坪藤逸曹長も部隊と共に比島へ。師団主力は決戦のレイテ島へ急派された。大坪は乗船の事故でレイテ島には行けず、結局、北部ルソンの密林の中で戦死を遂げる。

戦後も彼の旧部下たちは、その最後を涙を以て語るのだ。これだけ部下に慕われ愛される彼もまた、立派な指揮官であったことは間違いない。

われわれ斥候隊を攻撃した敵は、敵将顧祝同の指揮する第三戦区軍ではなく、日本軍の後方の遊撃に任じていた第八十八軍と推定された。その後も後方攪乱を続けたが、日本軍の討伐により、雲和方面に転進して七月以降、蠢動《しゅんどう》を見なくなった。

斥候長の柿元准尉はこの後、下痢を生じて入院、遂に再起出来ず戦病死された。

旅団の主力が温州作戦展開中、聯隊は作戦終了まで約二ヵ月間、麗水の警備に任じ駐留を続けることになった。

私は作戦出動中、よく下痢をやる癖があるので、今回も充分注意していた。しかし、またしても急性大腸炎で入院することになった。作戦地域はマラリア流行地であるため、毎日、予防薬のキニーネを服用していた。キニーネはマラリア特効薬だが、同時に胃腸を痛める副作用もある強い薬だ。元来、あまり胃腸は強くないのに、このキニーネの服用で食欲をなくし、次いで下痢が始まった。何としても下痢が止まらず、結局、麗水臨時野戦病院に入院することになった。

暦は八月に入っていた。作戦開始以来すでに三ヵ月になっていた。炎熱瘴癘《えんねつしょうれい》の地での作戦であり、下痢患者が続出した。柿元准尉や安賀正夫軍曹、奥巖らが入院し、その後、戦病死したのである。安賀も奥も同年兵で、二人とも築上郡の出身だった。奥は近眼で度の強い眼鏡を使用していた。将棋が強く聯隊名人だった。八屋町の時計屋だと聞いていた。

仲間内での通称は「奥元帥」だった。日露戦役の鴨緑江軍司令官、奥保鞏《やすかた》将軍からの命名だった。満期直前の出動作戦は危ないというジンクスは、結局、奥が実証することになった。

私は幾度か瀬戸際まで行きながら、幸運にも生還した。

この作戦では地上兵站線が長延かつ不備であったこと、また河川の氾濫が数次にわたってあったことなどから、空中輸送体系を確立して緊急補給品の前送や、重患の還送に活用された。五月三十日から八月十四日までの七十七日間に使用した飛行機は、延べ機数で六百七十五機に達した。また空中輸送による傷病者数は三千二百名であった。

麗水飛行場破壊前に患者輸送をやることとなり、私もその中に入り、スーパー機で杭州に後送された。旅客機とちがい本来、物資を運ぶ輸送機だから、もちろん座席もなくフロアに座ったり、横になったりして患者十数名と一緒に輸送された。着陸したのは杭州筧橋《けんきょう》飛行場で、到着後、直ちに杭州陸軍病院に送られた。飛行場では在留邦人の国防婦人会の人たちに迎えられ、口々に「ご苦労様でした」と声をかけられ、冷たい緑茶の接待にあずかった。

この作戦が新聞などで大きく報道されていることを知った。

小薗江旅団の温州作戦

旅団の温州作戦は七月七日早朝、開始された。中隊からは口石伍長ら身体強健なる連中が参加した。部隊は二縦隊に分かれ、右縦隊（主力）を以て麗温公路（甌江北岸）を、左縦隊を以て麗水――海渓道を温州に向かった。第一日の午後から早くも主力の前衛は敵の抵抗に遭遇した。展開の余地のない河岸に、両岸からする敵の傾射、側射は極めて有効だった。

この状況下に予期しない奇効を奏したのは臨時舟艇隊であった。この小部隊は巧みに死角を利用しながら、敵の背後に歩兵を上陸させ、これを捕捉しあるいは退却させた。しかもこの部隊は、行く行く所在の船を集めて兵力を増加し、ついには総数六十隻、歩兵一個大隊弱を同時に輸送出来る船団となった。

旅団は長隘路突破のため速度を重視し、未明から二二・〇〇（午後十時）に及ぶ強行軍を続け八日夜、松寮市を占領した。九日には青田を占領、十日夜には林福東方六キロ付近で主力の甌江右岸に渡河転用に成功した。

十一日、旅団は各一縦隊を甌江に沿って温州に向かい前進させると共に、主力は天長嶺を経て温州を南西から攻略することになった。同日午後、温州南西方で、急遽《きゅうきょ》、配備につく敵と半遭遇戦を惹起した。敵の抵抗は長くは続かず、薄暮と共に戦闘は終わった。

旅団は一部隊を温州市内に進入させ掃討し、主力はこの間、市外に停止させた。市街地が兵火に罹《かか》ることを避けるためであった。

十二日、飛雲江口付近海上にあって、陸上から攻撃を受けている海軍部隊から救護の要請を受け、午後、瑞安支隊を編成し、瑞安に向け出発させた。同支隊は瑞安に急進し、十三日十四時、同地を攻略すると共に海軍部隊を救援した。

かくて旅団の進攻作戦は一段落した。戦闘回数大小十二回、損害は戦死はなく戦傷二十であった。以後、旅団は撤退まで温州付近に駐留し、周辺物資の収集、後送に任じた。この地方には各種非鉄金属、木材、桐油などの物資が多い。物資収集の目標は一ヵ月間に八千トン(容積トン)の船一隻分であった。

このため旅団が打った手は、まず軍規の確立であった。といって、別に旅団長が訓示を垂れ、検閲を行なうことではなかった。

占領三日目、市外の電灯復旧、五日目に風呂屋が開設され、製氷が各中隊まで配給された。この間に給養は正規の通り体系づけられ、製菓工場まで自営されるようになった。略奪を行なわない軍隊の下には、敵の民衆といえども集まって来る。街は蘇《よみがえ》ってきた。空中投下された三百万元の法幣の威力は銃剣に勝り、物資と労力は予想以上に集められた。

八月上旬、二隻、一万五千トンの商船が入港した。旅団の将兵は歓呼してこれを迎えた。この船には旅団への補給品として、一発の弾丸、一足の靴下も積んでいなかった。旅団長はこの船にも生野菜、自営の菓子を分かつことを命じた。

予定の一ヵ月を過ぎ、八月十五日、温州撤退と決せられた旅団に対して、現地住民から永久駐屯の請願書が出されたのである。

事変当初からこのような占領政策が実施されていたら、支那事変もその姿を大きく変えていたと思う。日本陸軍の伝統は猪突の蛮勇を尊び、糧道を敵に求めるを良しとされ、この思考は補給を軽んじ、後年のガダルカナル争奪戦やインパール進攻作戦にその欠陥を暴露するのである。こういう発想を基盤に有する日本軍は、後方参謀は陸大の劣等生とし、猪突猛進の軍人が勇将、名参謀とされ、出世街道を驀進してその結果、国家は滅びたのである。

たとえ遅蒔《ま》きとは言え、われわれの師団から小薗江邦雄少将のごとき将領を出したことを誇りに思う。同少将はこの後、支那派遣軍参謀副長に補せられた。おそらく、今回の作戦における功績が第十三軍司令官沢田茂中将の眼に止まってのことではないかと思う。

本作戦の主目的である飛行場の破壊は、衢州、玉山、麗水の各駐屯部隊によって行なわれた。旅団は麗水飛行場の破壊を担当し、七十二師団と協力して八月二十六日、その工事を終わった。

すべての作戦任務を終了した旅団は、八月末、金華付近に集結後、引続き杭州に向かって前進し、九月中旬、同地から鉄道輸送によって原駐地に復帰したのである。当初より実に四ヵ月にわたる長期の参戦であった。

私は筧橋飛行場から杭州陸軍病院に送られたが、ここはすでに陸続と後送されて来る第一線からの患者で満員であった。そのため直ぐ蘇州陸軍病院へ移送された。しかし、ここも満員で、次には南京陸軍病院へ送られた。ここは夕方になると風がパタリと止んで、その蒸し暑さには閉口した。とにかく、中支方面の陸軍病院は、今次の作戦による患者でどこも一杯だった。

南京から徐州陸軍病院へ送られた。これでやっと北支に帰ってきたという感じでほっとした。この分だと次は多分、済南だろう、それだけ原隊が近くなると踏んでいたら、意外にも逆に奥地の開封陸軍病院行きになった。自分で考えていたのは、済南——天津——北京——張家口——大同と原隊所在地に近づく経路であったが、これでは奥地に入って、連絡の取りようもなかった。いずれにせよ、われわれの内地帰還は近いはずであるから、それまでには帰隊しておきたかったのである。

転院ばかり続いて、治療の方は御座なりだった。体調はまだ本調子ではなかったが、開封で自己退院を決意した。たまたま同じ病院に師団の歩兵の四年兵が二名入院していた。私同様に杭州から次々と転送されて来たのである。彼らに会って、退院の理由を説明した。入院のため帰還が遅れるよりも、入隊も一緒だった連中と内地帰還も一緒にしたいと思うと話した。彼らも同感で、「佐々木さん、一緒に連れて行ってくれ」という。

かくて三名は同日に退院して徐州経由、大同に向かった。中隊の大同帰着より少し遅れたが、内地帰還までは充分に間に合った。

帰隊して間もなく、ある日、「作戦参加者集合！」の号令がかかった。師団軍医部長が突然、来隊して作戦参加者に対する巡視が行なわれた。栄養状態の視察ということで、顔色でも見るだけかと思っていたら、途中から上半身裸になれという。ところが、軍医部長が私の前で停止したまま心配そうな顔をしている。聯隊の松田軍医大尉がすっ飛んで来て、何やら慌てて喋《しゃべ》っている。

私は軍医部長に向かって、「作戦中に下痢をやりまして、退院して帰隊したばかりでありますが、もう大丈夫であります」と言ったら、「そうか、よしっ」と言って通過した。後で松田軍医と人事係の三浦准尉が、「何でお前、出て来るんだ。内務班で寝てりゃいいのに」と言う。

軍医部長は作戦参加者の実態を見に来たのだから、異常のない兵隊だけ見ても意味はない。むしろ、われわれのように病後の者を見ておいてもらう方が今後の参考になるはずである。こういう物事の真の目的を忘れて、形式主義に堕するという弊害は、日本軍隊のあらゆる面に見られた。

作戦で不在中、包頭の騎兵集団が六月二十四日付で戦車第三師団に改編されることになった。戦車第三師団は戦車第五旅団（戦車第八聯隊、第十二聯隊）、戦車第六旅団（戦車第十三聯隊、戦車第十七聯隊）、機動歩兵聯隊および機動砲兵聯隊を主力とし、速射砲隊、捜索隊、防空隊、工兵隊、整備隊、輜重隊からなり、当初の編成定員は一万三千八百十八名であった。

師団長は前騎兵集団長の西原一策中将である。

張鼓峰やノモンハンの教訓がようやく生かされたかと思った。このため騎兵集団時代の馬匹がわが隊にも譲られることになり、受領員が厚和まで出張した。さすがに騎兵隊の馬だけあって、馬格の良い堂々たる馬ばかりであった。しかし、われわれはもうこれらの馬に乗ることはないのだ。

大同の思い出

大同は山西省では首都太原に次ぐ第二の都市である。北京を出発して京包線で北上すると、南口、居庸関、懐来、下花園、宣化、張家口と一度、北の内蒙古の入口まで来て、線路は南下する。そして天鎮、陽高と過ぎて大同に着く。城壁の立派さはやはり太原に次ぐ。現在は城壁は壊され、僅かに一部を残すのみになっている。

東西南北に四つの城門があった。東西と南北を結ぶ道路が中央で交差する。その交差点を四牌路《スウパイロ》といい、屋根を持つ門があった。西門寄りのところには鼓楼《ころう》があった。また四牌路から南門寄りには有名な「九龍壁」があった。そのほか「善化寺」や「華厳寺」などの古刹があった。最も有名なのは郊外の雲崗鎮にある石仏である。五世紀の北魏時代の制作になるといわれる石窟寺院である。全長約一キロにわたって砂岩の崖に多くの石窟がある。現在は北支の大観光地として内外からの観光客で賑わっている。

雲崗の大仏

大同市内の鼓楼

1991年5月2日、山西省双林寺の筆者

大同時代（後列中央）

日本軍占領当時は二十六師団司令部がおかれ、歩兵隊、工兵隊、輜重隊、補給廠、軍病院などの軍関係の各機関があり、軍都の様相を持っていた。病院および軍酒保以外はすべて城外にあった。われわれの輜重聯隊は東門（長春門）外の練兵場の向こう側にあった。南隣が工兵聯隊だった。

兵舎の東側にまた城壁があり、そこだけは城壁が二重になっていた。厩舎の馬糞や寝藁を捨てるための通用門があり、そこからは大同車站が眼下に見えた。東に向かう列車を見て、「ああ、あれは北京行きか、日本に帰る方角だなあ」と郷愁をそそられたものである。

城内には軍人軍属向けの各種慰安施設が揃っていた。映画館、喫茶店、カフェー、料理屋、寿司屋、菓子店、写真館、書店、薬局など、一応何でも揃っていた。それだけ在留邦人の数も多かったのである。日曜日の外出が最大の楽しみである。ただし、われわれ特科隊では昼食後の外出で、十七時の門限まで僅かに五時間で、それまで営外の空気を吸って大急ぎで帰営するのであった。兵隊たちは普通、軍酒保で酒を飲んだり、めしを食ったり甘いものを食べたりする。何しろここが一番安上がりからである。そして映画を見て帰るというのがまず無難なコースであった。

私はせっかく支那に来ているのだからと、よく中国料理店に飯を食いに行った。煩羊肉など二人で腹いっぱい食べて一円ぐらいだった。最終コースには喫茶店に寄ってレコードを聞いて帰った。あまり兵隊や下士官は来ておらず、稀《まれ》に将校が顔を見せていた。その頃、気の合った出田正十三や口石玄瑞らを誘って、ここの常連になっていた。

初年兵の頃は外出時も軍刀を吊っていた。他隊では軍刀は下士官、それも曹長ぐらいにならないと吊れないので、よく間違えられて他隊の古兵や下士官から敬礼をされることがあった。間違えられるのはよいが、先方も自分より下級の兵隊に敬礼をして、そのバツの悪さを消すために「お前、態度が悪い」とか何とか難癖をつけて来るのは困ったものだ。

たまの外出であるし、また作戦から帰営したばかりの時などは、大いに解放感を味わって、さらに酒が入るので、他隊の連中との喧嘩沙汰もあった。兵科で言えば工兵が一番喧嘩早いといわれた。大体、前職が大工、左官、鉱夫、鳶職などが多く、それでそう言われたようだ。ただわれわれとは隣組だったせいか、比較的、仲が良かった。

日本人の経営する店舗は四牌路から長春門までの間に多かった。それはまた、われわれが帰営する道筋でもあった。

兵舎内のこぼれ話

軍隊は国民各層から徴集するので、あらゆる職業のものがいる。われわれの時代はやはり圧倒的に農村出身者が多かった。珍しいところでは僧侶がいた。それは口石玄瑞だった。彼は長崎県出身だが、福岡県の浄土宗の寺にいて、玄瑞はその僧籍名である。俗名は忠男だった。戦死者があると、彼が読経して引導を渡す。軍隊は自己完結の組織体であるが、ここまでやれる隊は他にない。

他の変わった職業では板前がいた。それは手島忠男だった。作戦に出る時は常に炊事係だった。野戦食では腕の振るいようはなかったと思うが、仕事は段取りがよく素早かった。彼は競馬の騎手もやったことがあると言っていたが、馬術は格別、上手ではなかったようだ。それは軍隊の騎乗法とは違っていたからであろう。

左官職は中隊だけで三名いた。床屋も二人いた。小方慎吾と藤丸守で、中隊幹部の散髪の御用命で忙しかったようだ。ラッパ手の川口国義は旅回りの一座の役者をやったことがあったそうだ。なかなか台詞《せりふ》の言える役が貰《もら》えず、初めての台詞は、白州で罪人の縄じりを取り、「きりきり立てぇ」の一言だったそうだ。彼は体格も良かったが、外出の時などは服装その他よくめかしていた。それを見て、やっぱり元役者だけのことはあると思ったものである。

兵隊の表芸といえば、普通の歩兵では銃剣術、射撃、行軍力であろう。われわれの輜重隊では剣術、射撃までは共通だが、それに馬術が加わる。四年間も兵隊業をやっていれば、否《いや》応《おう》なしに皆、ある程度までは上達する。特に一般兵、なかんずく教育係助手に選ばれるような連中は元来、術科にすぐれているので、それが年中演習ばかりやっているからさらに上達する。口石、出田などは何をやらせても上手だった。麗水で私の急を救った中島もその中の一人だが、彼は特に馬術が上手かった。入隊前から馬を扱う仕事だったらしい。

士官学校を出たばかりの小田口見習士官が赴任して来た時、口石らがさっそく剣術や馬術の演習に引っ張り出していた。後で口石曰く、「ちょいと揉んでやったよ」と。それでどうだったと聞くと、「まあまあだなあ」などと言っていた。それほど彼らは術科については自信を持っていたのだ。戦後、中隊長だった萩原さんが、「君たちは粒が揃っていたなあ、演習でも作戦でも安心しておれたよ」と言われていたが、少しはお世辞だったかも知れない。

いくら師団長が陸大トップの優秀な人でも、戦《いくさ》をやるのは兵隊である。兵隊の素質が劣れば戦は出来ない。満州事変で都城聯隊の聯隊長だった志道大佐は、この時の功により金鵄勲章を授与された。戦後、彼の子息と同じ職場にいたことがある。その頃、「うちの親父は南九州の兵隊さんのお陰で金鵄勲章も貰《もら》った。いつもそう言ってますよ」と言う話を聞いたことがある。それは正直な話だと思った。しかし、日本陸軍は兵隊を粗末に扱ったのである。

軍隊に「奔敵《ほんてき》」と言う言葉がある。敵側に奔《はし》るという意味で、犯罪行為とされる。これにも色々と段階がある。例えば軍隊が嫌になって逃亡をする。戦地であるから敵に捕まって拉致されてそのまま敵中に留まる。また、戦闘中に負傷して人事不省となり捕虜となる。負傷が癒えても脱出の努力をしない。これらは「爾後奔敵」という。

逃亡の原因は、軍隊生活に対しての嫌悪、私的制裁への苦慮、犯罪の発覚を恐れたためなどで、また捕虜になって帰隊しても、厳罰に処せられるのを恐れたなどが原因である。思想的に共産主義思想を抱いていて八路軍に走ったものもいる。また上官の処置、進級などに対する不平不満などが原因の奔敵を、「故意奔敵」と称して悪質とされた。

戦後、北支で従軍経験のある作家の田村泰次郎が『春婦伝』を発表した。これが映画化されたのが「暁の脱走」で、山口淑子、池部良主演で評判だった。この映画のテーマこそ「奔敵」である。

これに似た話を聞いたことがあった。あくまで兵隊の噂だから真否は明確ではないが、兵隊の噂というのは得てして真実を伝えることが多かった。本人は優秀だったが、幹部から睨まれて進級しない。ある日、将校の乗馬を奪ってそれに乗って奔敵したのである。追跡したが、八路軍が迎えに来ていたので断念したという。接敵地帯では双方の密偵が往来しているので、密偵を通じて八路軍と連絡を取っていたものと思われる。おそらく朔県以西の接敵地帯での出来事と思う。その後、元の部隊長に挑戦状を送ってきたという後日談まであった。一兵士が陸軍に対してというより、国家に挑戦したこの話に、皆は相当痛快がっていた。これもやはり兵隊を大切にしなかったことに起因する事件だと思う。

内地帰還

いよいよ内地帰還の日が近づいて来た。それは万年一等兵と自称していた不遇な連中がすべて進級したことで分かった。彼らは自分の意思でもなくて、四年間も戦地で働かせられながら、二つ星に据え置かれるという無茶な人事の犠牲者だ。兵隊を大切にしなくては、真に強い軍隊は出来ないとつくづく思う。兵隊はそういうシステム、そういう国家を守るために勇敢に戦うのである。陸軍省兵務局の連中は、自己の出世には一生懸命だったが、真の国防ということを忘れていたのだ。

四年兵の勤務割も楽になった。帰還の日が近づくにつれ、四年兵の顔付きまでも柔和に変わって来た。四年の戦地勤務を終え、無事に親兄弟の待つ故郷に帰還出来るのだから当然である。後を託す三年兵も逞《たくま》しく成長して、後顧の憂いはさらになしと言った心境である。心優しい彼らは、外出の際は菓子などを土産に持って帰り、われわれを心から慰労してくれた。良き弟分である。

昭和十七年十月二十日、大同站出発。作戦出動では常に貨車で馬と同居したが、帰還に当たっては客車が準備されていた。

さらば！　大同よ！　城壁よ、
朔風吹きすさぶ太行山脈に恨みを呑みし戦友《とも》よ！
オルドスの荒野に倒れし戦友《とも》よ！
瘴癘《しょうれい》の浙江の地に骨を埋めし戦友《とも》よ！
共にこの日を迎え得ざりし戦友《とも》よ！　皆、安らかに眠れよ！

帰還兵一同、口にこそ出さなかったが、心中は皆、同じ気持ちであったと思う。車窓から遠ざかる大同に別れを告げたのである。

同日、満支国境山海関通過、奉天を経由して二十四日、安東通過、ここから朝鮮に入る。鴨緑江に架かる長い鉄橋を渡る。渡り終われば北鮮、新義州、わが国土である。ここでは税関があって、その検査がある。帰還兵のこととて簡単である。二十五日、釜山着。翌日、釜山港出帆。船内一泊して二十七日、門司港上陸。ここから鉄路によって、名古屋到着。二十九日、輜重兵第三聯隊補充隊に転属。二日後の十一月一日、晴れて除隊となり営門を出た。

その後、皆はそれぞれ郷里へと急いだようであった。私は戦地の垢を落とす意味で名古屋に一泊した。新聞などで内地の生活が相当に窮屈になっていることは知っていたが、実際に四年ぶりに見る内地はデパートのショウケースなど、わずかばかりの商品が寒々と並べられていた。あまりに品物の少ないのに驚かされた。衣料の切符制など初めてお目にかかり、やはり四年の空白の間に、国民の生活は戦争の影響が重苦しくのしかかっていたのである。

われわれが浙贛《せっかん》作戦に参加している間に戦況は急転していたのである。この年の六月上旬、ミッドウェー攻略作戦で、聯合艦隊は主力空母四隻を一挙に撃沈され、日米は攻守その所を変えていたのである。

さらに八月七日、日本海軍が飛行場設営隊を送っていたガダルカナル島に米軍が上陸、ガ島の争奪をめぐって苛烈な消耗戦が続けられた。私が帰還したのはその真っ最中だったのである。このガ島の奪還に際しても、日本陸軍は兵力の分散逐次投入という拙劣な作戦で、多大な犠牲を出しながら奪還に失敗、その後じりじりと米軍に追い詰められていくのである。

昭和十九年、日米最後の決戦は比島において戦われることになる。一年半後、その決戦場に送られることなど思いも寄らず、四年ぶりの内地の空気を吸いながら、帰還の喜びと同時に慣れぬ内地の生活に一種の戸惑いを覚えつつ、名古屋から郷里へ向かったのであった。

第二部——南溟《なんめい》の戦場

陸軍省恤兵部《じゅっぺいぶ》勤務

名古屋から行橋へ帰ってみると、身内にも色々と変動が起きていた。やはり四年という時間の長さを噛み締める結果になった。小田の伯母（母の姉）が亡くなり、伯母と一緒にいた小田文彦も亡くなっていた。文彦は伯母の子供ではなく、母や伯母の義父に当たる小田治六の孫、すなわち母たちの義理の弟の子であった。その父が失踪していなかったので、伯母が子供として育てたもので、私とは血の繋《つな》がりはないが、従兄弟の関係であった。同じ年で、幼稚園から小学校卒業まで一緒だった。中津商業を出て金融機関に勤めていた。背は低かったが、がっちりして運動神経も良かった。

徴兵検査では第二乙種だった。私が入隊した後まもなく召集が来て、小倉の部隊に入ったが、即日帰郷で帰され、その後、胸を病み一年ばかりの療養の後に亡くなったそうである。彼の祖父治六は三島屋という大きな陶器店を経営しており、経済的には困ることはなかったが、実父母とは遂に会うこともなく、ある意味では不幸で短い一生だった。

自分自身のこれからの問題であるが、私としては復学を第一に考えていた。在支四年、漢民族の歴史を是非勉強してみたいと考えるようになっていた。政治経済より史学を学びたい。

そのためにも上京が先決と考えていた。兄の喜三は今のような時代は、都会の生活は窮屈でむしろ田舎の方が暮らし良いのだと、しきりに郷里に腰を下ろすことを勧めた。そして結婚まで勧めるのであった。兄は女の子ばかりだったから、どこかに私に頼る気持ちがあったのかも知れない。

結婚問題が出たので、入営前に親しくしていたK・A子のことを思い出して聞いてみた。兄の友人である細川氏が彼女の近所なので調べて貰うと言っていたが、それきりになってしまった。最近は文通も途絶えていたし、除隊したばかりで、職もない相手では話の進めようもなかったのであろう。それよりも私としては復学が優先する問題だったので、それをしおに躊躇なく上京したのであった。

すぐの姉の文が三田に住んでいたので、当座そこに身を寄せ、まもなく付近の四国町の下宿に移った。姉の家の近くに住む鈴木という人の世話で、陸軍省恤兵部に勤めることになった。鈴木氏と私の前任者が知人で、かねてから後任を捜していたのだった。

その頃、陸軍省は市ヶ谷の旧陸軍士官学校跡に移転していて、部長は陸相秘書官の兼務であった。ただ窓口は三宅坂の旧陸軍省跡に国防部と並んであった。恤兵部高級部員の川崎中佐とお会いして、前職が大同の第二十六師団で、朔県の大隊長であったことが判り、お互いに奇遇に驚いたものである。かくて東京での軍属生活が始まった。恤兵部では、軍人・軍属への慰問のための金品、国防部では兵器関係の寄付を受け付けていた。

三宅坂窓口には双方の部員各一名、女子従業員が二名、給仕一名、礼状書きの書家が二名、窓口として制服の将校が必要で、予備役の緒方さんという少佐がその椅子にいた。住友銀行麹町支店から行員二名が毎日出張して来ていて、金はすべて銀行員任せであった。

私の仕事は献金者名簿の作成と銀行の預り証を持って、市ヶ谷本省の経理に届けるだけであった。あの時代わざわざ三宅坂から市ヶ谷まで、毎日、私専用のハイヤーが予約してあった。それもガソリン車だった。木炭車では市ヶ谷左内坂の急坂が登れなかったからである。本省の係は近藤曹長という主計下士官だったが、温和な人で仕事の面では楽だった。

戦地にいる頃はしばしば恤兵部からの慰問袋の支給を受けたが、国民は窮迫を告げる生活の中から、よく献金するものだと思った。旗日などには献金者の行列で、感謝状書きの書家が弁当を食べる間もないくらいであった。

国防部の方には、時たま変わった品が持ち込まれていた。家重代の家宝の銘刀とかいうものであったが、結局、熔かして鉄にしても大した価値はないのだが、どのような処置をしたのであろうか。係の人の話では、例えば「関の孫六」と言っても、鑑定の結果はほとんど贋物《にせもの》が多いということだった。

私の上京の第一の目的は復学であったが、この頃はすでに文科系の学校ではほとんど授業が行なわれず、勤労動員に駆り出されているのが実情であった。それから間もなく昭和十八年一月には米英楽曲レコードの演奏が停止された。四月には六大学野球リーグが解散した。六月には学徒の勤労奉仕が法制化された。

九月には文科系学生生徒の徴兵猶予が停止されたのである。こちらはすでに兵役は終えているが、学問をするという雰囲気ではなかったのである。米国では開戦の翌年に多くの学生が志願して、大学は空っぽになったというから、それでも日本は一歩遅れたのかも知れない。ミッドウェー敗戦は当局は発表しなかったが、国内ではあちこちで敗戦がささやかれていた。昭和十八年二月にはガダルカナル島の日本軍は撤退した。大本営は転進という用語を使ったが、退却ということは皆、知っていた。

欧州戦線でも独逸軍の頽勢《たいせい》が目立って来た。昭和十七年十一月からスターリングラードのソ連軍は反撃を開始し、翌年一月末にはスターリングラードの独軍は降伏した。

国内の物資不足も激しくなっていた。衣料は切符制になっており、年間一人百点の切符が支給された。背広上下で五十点、ワイシャツ一枚二十点だった。私は長い野戦の生活から帰還したばかりで、すべて新調しなければならなかったが、とても点数だけでは間に合わなかった。義兄が帰還祝いに国民服を贈ってくれたが、その知り合いの洋服屋が生地見本を持参したが、それらは店頭にはないものであった。価格も相当だったと思うが、闇経済の実情を見せられた思いだった。

一日、大同時代の聯隊長だった宮下秀次中佐を訪ねた。当時は陸軍士官学校の馬術部長の職にあったが、快く会ってくれた。同年兵だった坂井清次曹長も、大同から呼ばれて助教として働いていた。「久し振りだから馬に乗っていかんか?」という部長の勧めで、部長の正馬、副馬に坂井と共に騎乗して、相武台の原野を縦横に馳駆した。実に爽快で、忘れていた乗馬の楽しみを思い出した。

かねて抱いていた復学の望みも絶たれ、独裁的な東条政権と暗鬱な戦時下の生活に、心中何かもやもやを感じていた私は久し振りの乗馬である決心をした。それは四年間を過ごした蒙疆への復帰であった。

その頃、町議をしていた兄が陳情か何かで上京して来た。またしきりに結婚を勧めていたが、別に具体的な話でもなかった。それよりも、すでに日本脱出を決意していた私はその話を切り出した。兄はそれならと、兄の友人である簡牛凡夫前代議士に会うことを勧めた。簡牛氏の弟さんの耕三郎氏が蒙疆政府の政治顧問をしているというのである。

そこで、さっそくに牛込の簡牛邸を訪ねた。当時、簡牛氏は大政翼賛会常務時代の知人である小磯国昭大将が朝鮮総督に就任し、朝鮮にも翼賛会組織に似た国民総力朝鮮連盟を発足させ、氏はその事務局次長に就任していた。

私の依頼を聞いていた簡牛氏は、おもむろに口を開いて私に翻意を勧めたのである。日本人は南方を攻略すると、すべて異口同音に南方、南方と叫ぶ。一種の新しもの好みのところがある。それもよいが、今は脚下照顧《きゃっかしょうこ》、まず自分の足下を固める時である。朝鮮は一番日本に近くて、またこれほどお互いに気持ちの離れた場所はない。

辞去する時には完全に同氏の論旨に納得していて、京城赴任を快諾した。当時私は満二十五歳、簡牛氏は二回りの年長であったが、私を対等に扱ってくれた。同氏の人間的魅力が私を引きつけていたのである。

恤兵部勤務も短くして終わったが、三宅坂グループの人々は大いに私の転職を祝ってくれた。十八年四月赴任と決まったので、その前に一度帰郷することにした。その前に神田に行ってレディメイドの背広を買った。すでにその頃の洋服生地はスフ入りのべろべろした代物だった。行橋に帰ってそれを着て白川金清さんと会った。彼は中学で二年先輩、松江高から東大独法に入ったが病を得て帰郷、当時は京都《みやこ》高女で英語を教えていた。

彼と会って積もる話をした。その時、彼は私の着ている洋服を褒《ほ》めてくれた。こんなのべろべろですよと言ったら、それでも行橋では入手出来ないと言った。中学生時代はよく彼のお古を頂戴したことを思い出して、何となく可笑《おか》しかった。しかし、それが彼と最後の別れになった。終戦後、復員した時は、すでに亡き人の数に入っていたのである。

京城に向け出発する前に久留米にいた二郎兄を訪ねた。当時、兄は久留米師団兵器部の高級部員だった。京城赴任の話をして旅費二百円の借用を申し込んだ。その頃の兄の階級は少佐だったから、月給は二百三十〜二百四十円くらいではなかったかと思う。そこに二百円の借金は無理かなあと思った。その夜は久し振りに兄弟水入らずで愉快に杯を交わした。翌朝、出勤前に兄は、「おい、これ」と封筒を渡してくれた。嫂《あによめ》には内密のようだったが、だいぶ無理をさせたのではないかと思った。

京城時代

かくて昭和十八年四月、再び朝鮮海峡を渡って京城に着いた。

朝鮮連盟事務局は総督府と同じ構内にあった。事務局は総務、練成、宣伝、文化、連絡などの各部に別れ、私は連絡部に所属した。職員の構成は多彩で、旧総督府の役人上がり、朝鮮で長く文化運動に携わった人、満州国の新民会の流れを汲む人、神宮皇学館出の神道系の人、それに箇牛氏が主宰する運動に携わってきた人など、種々雑多であった。

事務局総裁は波田陸軍中将、最近十九師団長を退いた人で、時節柄、軍人だったから、この職に就いただけで、実質は箇牛氏が切り盛りしていたようだった。人物のスケールの差は明らかで、職員もそれは意識していたようだ。

私の配属された連絡課も変わった人物が多かった。課長の吉村氏は元憲兵大尉、箇牛門下の大東氏以外は皆、朝鮮人で、李家氏は京城帝大卒、実に知識が豊富であった。玉村氏は悠然たる物腰態度、いわゆる「両班《ヤンパン》」の出とはこういう人を指すのかと思った。金斗禎氏は山口高商在学中に治安維持法に引っ掛かり逮捕下獄、獄中一冊の参考書もなく、「独伊枢軸側勝利の必然性」という一書を著わして周囲を驚かせたと言う。

課員同士チームを組んで鶏林八道を回った。私は間もなく召集を受けるのだが、短期間であったが、これは実に良き勉強になった。

連盟には、前述の金斗禎氏のように思想犯の前歴の人が他にもいた。これらの人の採用はすべて箇牛氏の裁量によって進められたようだ。日本敗戦後、朝鮮は南北に分断されたが、彼らは北に走った。中には閣僚として高位についた人もいたようである。連盟の朝鮮人職員の中には日本の大学に学んだ人も多かった。南川氏（中央大）、金岡享培氏（明治大）、金岡元培氏（日大）などがそうで、皆、名家の出で、私とは話が合い、特に両金岡氏とは大の仲良しだった。

連絡課員として全鮮を回る中、色々面白い体験をした。

大邱に出張した時、宿で食事を運んで来た女中さんが「あら、佐々木さんじゃありませんか？」と言う。しかし見覚えのある人ではないので、けげんな顔をして聞いてみると、その女性は以前、京城の家政婦会にいて、箇牛家で一時期、働いていた人だった。箇牛家に行くたび、お茶やお菓子を運んで貰っていたのだが、顔はよく見ていなかったのだ。しかし、先方はちゃんと覚えていてくれたのだった。広いようでも世間は狭い。

昭和19年1月、機関紙「練成する朝鮮」の表紙となった筆者の写真。背景は「朝鮮総督府」

「悪いことは出来ませんね」と、お互いに感心しあったことだった。

全羅南道の最南端、木浦市のさらに南にある島を訪ねたことがあった。ここは同時に朝鮮半島の最南端でもある。切り立った崖に古松が枝を張り、内地の海岸の風景にそっくりである。ただ一軒、日本人経営の小さな宿があって、そこで出された岩海苔の油焼きは実に珍重に値する味だった。全羅南道で驚いたことには、田舎の街道筋で米が自由に枡で量り売りされていたことである。さすがに穀倉地帯であると感心した。

江原道には金剛山という霊山がある。連盟ではここにみそぎ道場を作っていた。私も一度だけ助彦役で奉仕したことがあった。朝早く起き出してみそぎをすると神気玲瓏《しんきれいろう》、実に爽やかな気分になったものである。やはり深山には霊気というものがあることが実感された。

京城では初めの頃、並木町の曙館という下宿屋に入っていた。同じ行橋の出身で小学校の教員をしていた大東茂樹氏は、以前から箇牛氏の精神運動に共鳴していて、連盟にも私よりも前に来ていた。その大東氏の部屋に同居していたのである。箇牛邸にも近く便利だった。曙館の隣室に益田馨という人がいて、京畿道庁に勤めていた。毎日顔を合わせるので挨拶だけは交わしていたが、ある時、話をしてみたら、同じ福岡県の出身であることが判った。筑後の山門郡で、年齢は私より一、二歳上らしかった。そのうち結婚して内地から夫人を迎えられた。

学問の道には帰れなかったので、もっぱら小遣いは書籍の購入に充てていた。歴史関係が多く、山鹿素行全集、吉田松陰全集、徳富蘇峰の日本国民史など、街の歴史学者として有名だった白柳秀湖の著作などを読みふけった。蔵書が増え過ぎて、それが原因で後に下宿を変わった。

当時の朝鮮は、日本内地に比較して遥かに物資が潤沢だった。下宿から連盟事務局への通勤の通り道だった本町通りは賑やかな商店街だが、赴任した頃は相当に多くの商品が並べられていて驚いたものである。戦局が逼迫《ひっぱく》するにつれ、やはり品不足は徐々に現われてきたが、それでも三坂通りの菓子屋ではある時間帯に限れば、甘いものが入手出来たのである。現在の日本では世界中の品が店舗に溢れているが、戦時中は一切のものが欠乏していたのである。飽食暖衣の現在では、想像も出来ないくらいである。

二・二六事件の村中孝次氏の夫人の令弟が京城電軌におられるということを兄から聞いていたので、一度お訪ねした。朝鮮事情でもお聞きするつもりだったが、至極短い表敬訪問に終わった。

姉ナヲの知人で、やはりカナダからの帰国者で牛島艶子さんと言う方がおられ、キリスト教関係のお仕事をしておられた。娘さんが二人いて、姉の純子さんは女学校を卒業したばかり、妹さんは在学中で、息子さんは慶応に在学中だった。何度かお訪ねしているうち、下宿の件でお世話になることになった。竹添町の畠山さんという煙草屋の二階で、床の間付きの広い部屋で、だいぶゆっくりすることが出来た。

私の所属の連絡課は男性ばかりだったが、文化課や宣伝課には女性職員が多かった。文化課にいた吉田恵美と親しくなって、よく映画を見に行ったりした。坂妻の「無法松の一生」、黒沢明監督の「姿三四郎」などその頃に見たものである。彼女は米国系のミッション・スクールの梨花女専文科を卒業後、連盟に入ったのであった。

食事には朝鮮ホテルや半島ホテルを使った。朝鮮ホテルは朝鮮鉄道局の直営で、重厚な煉瓦建ての建築で、東京で言えばさしずめ帝国ホテルに相当する。半島ホテルはモダンで瀟洒《しょうしゃ》な高層ビルで、どちらも当時京城の代表的ホテルであった。日本内地ではとうてい考えられ

朝鮮時代

ないような豪華な食事が出来た。おそらく輸送力を利用して満州辺りから材料を運んだものと思う。東京では外食といえば雑炊、それも長い行列をして、やっと在り付けたものである。

その頃、南方戦線では空、海において激烈な消耗戦が展開され、生産力に勝る米軍の優勢は確定的であった。十月にはマキン島、タラワ島の日本軍守備隊が玉砕した。十二月にはラバウルに来襲した敵機の大編隊を、わがラバウル航空隊の大活躍により、来襲敵機の八割を撃墜した。われわれは手に汗を握る思いで戦況に注目した。しかし敵はラバウルにとらわれず、これを放置して、ニューギニアに上陸した。米軍はこの戦術を「蛙跳び戦術」と称した。

文科系学生、生徒の徴兵猶予が停止され、昭和十八年十二月には全国から三万五千名が陸海軍部隊に入隊した。いわゆる学徒出陣である。翌昭和十九年二月、内南洋のトラック島が米機の大空襲を受けた。連合艦隊司令部のある場所である。すでに敵はわが領土に迫って来たのである。

四月になって、大政翼賛会への連絡事務で東京へ出張することになった。すでに敵潜は朝鮮海峡にも出没していて、関釜連絡航路はすこぶる危険であった。たまたま箇牛夫人の御母堂の容態が悪く、その見舞いに夫人が帰国されることになり、ちょうど良い機会というので御同行することになった。

出発の日、京城駅の一・二等待合室のソファーに腰を下ろしていると、マントを羽織った陸軍の将校が、「おやっ、四郎さん、佐々木さんじゃないですか?」と声をかけて来た。

こちらもいささか驚いて相手を凝視した。矢永達三君だった。行橋で小学校では一年下級だった。なかなかの秀才だったが、豊津中学を経て浜松高工(現静岡大工学部)卒業後、目下は兵技将校として朝鮮軍司令部に勤務しているとのことだった。

列車が京城駅を発車して間もなく、矢永君の呼出しがあり、食堂車に席を移して四方山《よもやま》の話にふけっている間に釜山に着いた。

関釜連絡船も無事、海峡を渡り、夫人を恙《つつが》なく東京まで送り届けることが出来た。

召集・結婚

東京到着後、まもなく箇牛夫人の御母堂は亡くなられた。戦時下でもあり、しめやかに葬儀も執り行なわれた。当時、牛込の箇牛留守宅には、夫人の令弟の遠矢二郎氏が留守居役として入っていたが、その当の遠矢氏にも召集が来て、中支の南京に駐屯しておられるとのことだった。したがって、遠矢夫人の文子さんが単身でお姑の看護と留守を守っておられたのであった。遠矢氏は慶応出の東宝の社員で、夫人の文子さんは元東宝の女優さんだった。

およそ一年ぶりの東京で訪ねたい人や場所も沢山あったが、そんな悠長な考えは吹き飛ばされてしまった。電話で箇牛氏から第一報が伝えられた。四月二十七日の夜だった。平壌部隊に五月一日入隊という召集の知らせだった。当時は航空便もなく、列車と連絡船の乗り継ぎでなければ帰れない。その切符もなかなか入手は困難な時代であった。

二郎兄の同期生の宮崎さんが麴町憲兵隊にいるのを思い出し、電話で事情を話して切符の件を依頼した。折返し電話があり、出発日の何時に東京駅に憲兵下士官が行くから、彼と落ち合って処理するようにという返事だった。

切符の件が一応、落着したので、三田の姉のところに行き久闊を叙したり、入隊の別れを述べたりした後、芝居の切符は入手出来ないか訊《たず》ねた。私に今回の召集は危ないかも知れぬという予感があったのだ。せめて最後になるかも知れぬ観劇のチャンスを持ちたいと思ったのである。姉が色々と知人に電話してくれて、幸いに浜町の明治座の切符が入手出来た。

この時の明治座のプログラムは前進座出演で、歌舞伎十八番「暫《しばらく》」と真山青果の「将軍江戸に帰る」の二本立てで、長十郎の徳川慶喜、翫右衛門の高橋泥舟というキャストだった。あるいはこれが見納めになるかも知れないという気持ちがどこかにあって、その夜の観劇は演劇好きの私には印象深いものになった。

ちなみに明治座は昭和二十年、米軍機の空襲により焼失したのである。

翌日、東京駅で落ち合った憲兵曹長の取り計らいで、無事、京城までの切符を手にして特急の人となることが出来た。二等車（現在のグリーン車）は鮨詰めであった。隣席の人は五十年配の紳士だった。駅弁や何か食べ物などの物売りの出ている駅では、若い私が素早くホームに降りて買い求め、それらを隣席の方にもお分けした。その頃は売っているものがあればその場で買わなければ、果たして次はいつ買えるか判らなかったのである。

代金を差し出されたがお断りすると、恐縮されて名刺代わりにと言って、一冊の書物を下さった。その書物の著者、森清人氏であった。歴史学者としての氏のお名前はかねて聞いていたので、喜んで頂戴した。確か詔勅の研究で著名であった。こちらも名刺を差し出して、色々と話が弾んだ。

当時「公論」と言う時局雑誌があったが、その掲載記事で評判になっていた人物に関する裏話などをお聞きした。それらに関して最近は暴力団のような人物が「右翼」と称して、軍部に取り入っているが、本物の右翼が迷惑をするなどと、実例を挙げて説明して下さったが、興味津々で車中退屈する間がなかった。森氏は京都駅で下車された。

関釜連絡船も敵潜に襲われることなく無事に釜山港入港。二十九日には恙なく京城に帰着することが出来た。三十日には勤務終了後、会議室で私の壮行会が開催された。同じ連盟から文化課の三吉明氏も召集を受けていた。彼は騎兵科の下士官だった。在鮮の在郷軍人に対する相当に大規模な召集があった模様である。

壮行会の後、箇牛氏に挨拶すると、「佐々木君、生きて帰って来なさいよ。戦争もそんなに長うはなかですよ」と言われた。理由は聞かなかったが、氏は政治家として日本の継戦能力の限界を見極めていたのであろう。

私に召集令状が来て帰京するまでの数日の間に、吉田恵美との挙式の話が具体化していた。

昭和12年3月当時の妻

いずれ将来はそうしようと思ってはいたが、召集入隊を直前にしての挙式には若干の躊躇があった。しかし、恵美の固い決意がそれを進行させたものであると知ってからは、強い反対も言えず事態の進行に逆らわなかった。

壮行会などのすべての行事が終わった後、私たちは京城神社の神前で式を挙げた。私の身内でこの式に連なったのは長兄のみ、恵美の父は京城帝大医学部の職員として、当時蘭領インドネシアの現地大学の接収・管理のため出張不在で、母と姉弟たちが列席した。

人間の運命の不思議さをしみじみ思う。もし私が来鮮せず東京に残っておれば、召集を受けることはなかったであろう。何しろ陸軍省職員である。しかし、妻との出会いもなかったわけである。さらにさかのぼれば、箇牛邸の訪問がなければ渡鮮もなかったことになる。

箇牛氏訪問の因は蒙疆であり、蒙疆行きの決心は宮下中佐を訪ねて、相武台での野外騎乗に発したのである。

箇牛氏との出会いも運命的なものを感じる。令弟への紹介の依頼のために同氏を訪ねたのであるが、逆に氏の説得にあって渡鮮することになったのである。

連盟事務局での勤務は僅か一年で召集を受けることになったが、これが機縁となって、戦後、箇牛氏とは深い絆で結ばれることになるのである。

妻恵美は私の出征後、当時、北鮮咸興の姉のところに身を寄せていた私の母に会うこともあって、同地の女学校の教諭の職に就くことになる。このため、敗戦後は三十八度線以北からの引揚げで辛苦を嘗《な》めることになる。

運命の糸は見えざる神の手に握られていることはよく理解出来るが、また禍福はあざなえる縄の如しで、何が良かったか、悪かったかは短い期間では判断は出来ないものである。

挙式の翌朝、昭和十九年五月一日、私は妻一人に見送られて京城駅を出発して平壌に向かった。二人のその先に、如何なる運命が待ち受けているかも知らず、列車の窓から手を振っていた。

二人が再会するのはこの時から二年八ヵ月後の、昭和二十二年一月であった。

平壌部隊に入営

昭和十四年の一月に現役兵として在大同の輜重聯隊に入隊して、三年十ヵ月、野戦の体験をつぶさに味わい内地帰還、名古屋留守隊を満期除隊したのが昭和十七年十一月であった。

今また召集により平壌部隊に急ぐ今日は、昭和十九年五月一日である。満期除隊から数えて僅かに一年五ヵ月、その間に生起した諸々の出来事を思い浮かべながら、これからの展開も私なりに予想していた。二度目の御奉公であるし、多分、戦地行きでなく留守隊勤務ということになるのであろう。さすれば、慌《あわ》ただしく挙式だけを済ませた妻も呼んで、京城にそのままにして来た荷物の処置などの相談も出来るなどと考えていた。

かくて平壌秋乙台の輜重兵第三十聯隊の営門を潜った。その瞬間に私の甘い予想は雲散霧消した。兵舎の二階から多くの縄梯子がぶら下がっているのが目に入った。輸送船からの避難訓練である。南方行きとすぐに判断出来た。

地名を記した立て札があり、その下に行く。と、いきなり「おう、佐々木、来たか、来ると思って待っていた」と声をかけられた。

振り向けば、中島直規伍長の姿がそこにあった。大同で四年間一緒だった同年兵である。浙贛作戦では、乗馬を撃たれて倒れた私を救出した戦友である。

「何だ、お前か、いつからここに？」

「昨日よ、下士官は一日早かったんだ」

「また一緒になったなあ」

「うん、それに柳沢さんがいるんだ。後で落ち着いたら連れて行くよ」

中島が除隊後に来鮮して、徴兵制施行の決まった朝鮮の学校で軍事教練の教官をやっているということは聞いていた。柳沢さんは当時大尉で、大同時代は聯隊の功績調査室に勤務していた。その頃のことなど思い出していると、また後ろから、「佐々木さんじゃありませんか」と声をかけられた。

見れば、京城並木町の下宿、曙館で隣室にいた益田馨氏であった。話によれば、益田氏は補充兵で以前三ヵ月の教育を受けた一等兵だそうだ。

「何しろ、よろしくお願いします」と頭を下げられた。

思わぬところで、思わぬ人たちとの再会、それが召集の第一日だった。

後で中島と一緒に柳沢大尉を訪ね、またお世話になりますと挨拶をした。出動部隊の編成主任だと多忙そうだったので、適当なところで辞去した。

二日後には動員完結して、私は南方出動部隊へ編入された。中島に会って、「柳沢さんは、どうして俺を出動部隊へ入れたのかな」と言うと、彼はさも意外そうに、「柳沢さんが佐々木はどうするかな?」と俺に聞くから、「彼は張り切っていますから、南方行きを志願するでしょう」と答えたと言う。

私は思わず中島の顔を見直した。(こやつめ、正気かな)と言う気持ちだった。

しかし、今さら柳沢大尉を訪ねて編成替えを依頼する気にもなれなかった。内心、中島の要らざる口出しというより、取りようによっては悪意による追い出し工作に腹に据えかねたところもあったが、何も言わず運命に従った。

しかし、人の運命は自分ではどうしようもないものがあるのだ。この時、南方に出動した聯隊の総兵力は七百九十三名で、このうち、四百九十五名が戦没した。三名のうち二名が死んだことになる。いかに激甚な消耗率であったかが判る。

ところで、平壌に残留した者は終戦後、ソ連軍の進駐によりシベリアに送致され、強制労働を課せられたのである。統計がないので、何名が送られ、そのうち何名が無事帰還したかは不明である。シベリアにおけるソ連の強制労働は過酷なものであったから、自分自身にとって、どちらが良かったかどうかは判断は出来ない。中島自身はシベリア送致の前に、鮮服を着て脱走、昼は隠れ夜歩いて三十八度線を突破して帰国した。

比島派遣に決定

私が入隊した第三十師団は昭和十八年六月に新設されたもので、朝鮮半島北辺の守りを兼ね、対ソ有事の際に備えた師団であった。戦闘力の歩兵三個聯隊は十九師団（司令部・羅南）から、七十四聯隊（咸興）及び七十七聯隊（平壌）、それに四十一聯隊（広島県福山）を加えた編成であった。この福山四十一聯隊は元来、広島の第五師団管下にあって、歩兵十一聯隊（広島）、同二十一聯隊（浜田）、同四十二聯隊（山口）らと共に精鋭部隊の名が高かった。

大東亜戦争が開始されて昭和十七年八月、南海支隊（支隊長・掘井富太郎少将）に編入され、ポートモレスビー攻略の目的を以て、東部ニューギニアのパサブアに上陸した。しかし、スタンレー山脈の分水嶺を越える頃から補給が尽き、支隊は後退した。退路は連合軍によって遮断され、撃つに弾丸なく、食うに食なき部隊は連日消耗し、聯隊二千余名が十分の一の二百名になって、軍旗を奉じて辛うじてラバウルにたどり着いたのである。

ようやく戻って来た聯隊を待ち構えていたのは改編命令で、これにより第三十師団に転じ、平壌に移って来たのであった。

われわれの輜重兵第三十聯隊は、聯隊本部は輜重兵第九聯隊（金沢）と第二聯隊（仙台）、第一中隊（輓馬）は輜重兵第三聯隊（名古屋）、第二中隊（輓馬）は輜重兵第八聯隊（弘前）、第三中隊（自動車）は輜重兵第六聯隊（熊本）という文字通り寄集め部隊だったのである。秘匿部隊号は「威豹12032部隊」。「威」は南方軍、「豹」は三十師団のそれぞれ秘匿号で、南方軍直轄の第三十師団の意味であった。

今回の召集は在鮮の予備役、補充兵役のものをごっそり掬い上げ、さらに朝鮮人の特別志願兵を加えたのが変わった点であった。本来が寄集め部隊で、しかも編成以来一年も経過せず、内部の融和もまだ図れぬままで、そこに動員によって新分子を加えたのであるから、現役師団を体験した私には、最初からこの師団の戦力には疑問を持っていた。その後の展開は私の予想通りであった。

員数だけ揃えれば部隊や組織は出来上がるが、即戦力の発揮というわけには行かないのだ。郷土部隊の強さとか、部隊の伝統の強みとかいった軍隊の形而上の重要さがこの編成には欠けていた。陸軍省も参謀本部も、それどころではない状態に追い込まれていたのであろう。

五月八日、部隊編成終了後、僅か四日目には部隊の一部は平壌を出発、乗船地釜山に向かった。

この時の編成は次の通りであった。

聯隊本部　聯隊長吉村繁次郎中佐以下四十名。

第一中隊　中隊長久野勘一大尉以下四百六十五名。

第二中隊　中隊長山下三千雄大尉以下百四十四名。

第三中隊　中隊長新井多計夫中尉以下百四十四名。

合計七百九十三名で、このうち朝鮮人志願兵が二百三十五名いた。

五月八日に釜山に向け出発したのは乗船準備要員で、本隊出発は五月二十四日であった。すでに日は暮れていて、暗黒の中を黙々と行進した。沿道にはいつの間にかびっしりと人が並んでいた。部隊の行動は秘匿されているはずだが、それが漏れていたのかも知れない。平壌及びその近郊に在住の家族もいたのであろうから、密かに見送りに来たのであろう。時折、朝鮮語で呼びかける甲高い声が響いたが、誰も答える者はいなかった。志願兵も多数いたので、暗闇のなかで本人を見つけられなかった家族が、堪《たま》り兼ねて兵士の名前を呼んだのかも知れない。朝鮮人としては、身内の出征を見送るというのは初めてのことだ。

釜山までは貨車輸送だった。北支時代には馬と一緒の車内だったが、今回は人員のみで楽だった。そのうち車内演芸会が始まったが、弘前師団管下の兵隊が多いだけに、美声揃いの民謡には驚いた。青森、山形、岩手の出身者が多いのだから、民謡の名手が揃っているのも無理はない。お陰で釜山まで退屈せずにすんだ。

翌二十五日釜山着。直ちに御用船神州丸に乗船した。この神州丸は船尾が開口式になった上陸用舟艇母艦であった。輸送指揮官は捜索聯隊長の名波敏郎大佐である。

神州丸は一万トンの巨船であるが、六千五百名の将兵が乗船したので、船内の居住性はなきに等しかった。船室は上下三段の板の間に仕切られ、立っては歩けない高さである。さらに装具類を吊るしてあるので風通しは悪く、横になっても足も動かせない狭さであった。

入隊以来だんだん日が経つにつれ、兵隊同士、顔や名前も覚えて来た。予備役は予備役同士、話が合うようになる。熊本出身の藤崎定志上等兵もその一人だった。彼は現役除隊後、朝鮮巡査を奉職していて召集を受けた。つい最近、結婚したばかりのほやほやで、しきりに惚気《のろけ》を言って皆から冷やかされていた。しかし、彼はそのたびに嬉しそうに笑っていて、至極善良そうな感じの人だった。彼に限らず、召集者には朝鮮巡査奉職者が多かった。農家の二、三男で、軍役を終えた人たちにとっては格好の勤め口だったのであろう。

釜山を出港した乗船は一度、門司に寄港した。そして六連沖で船団を組んだ。五月二十七日、ちょうど海軍記念日であった。三十隻に近い大船団で一路、南下した。護衛艦の中には摩耶級の巡洋艦の姿もあって、大いに安堵感を与えてくれた。

台湾沖で対潜戦闘

船室の中は物凄い暑さで、とうてい長くはいられない環境だった。こういう時には古兵らしい勘が働く。上甲板はすでに兵隊で一杯、しかも上から太陽が照りつける。船底は厩舎になっていた。周囲が厩舎で、中央に乾草類が集積してあった。厚手のキャンバス地で作った通風筒が上部から降りて来ていた。これこそ絶好のわが居住地として、通風筒の出口をこちらに向け、乾草上に寝そべって悠々と昼寝をしていた。

船団は敵潜を警戒して沖縄列島沿いに南下していった。それでも僚船一隻が魚雷攻撃を受け沈没した。まだ白昼、沖縄の島々が見えている時だった。別の僚船が横付けして、乗員たちはそれに乗り移った。兵隊でなくほとんどが軍属だった。支那事変では経験しなかった戦闘である。敵の姿は見ることもなく、数千トンの僚船が音もなく沈められて行くのだ。近代戦の凄さである。

六月一日、わが居住地に獣医部の下士官がやって来て、「何だ、このざまは！」と怒鳴りつけて来た。馬のための通風筒であって、人間様のものではないというわけだ。しかし風は動いているのであって、われわれがそれを止めているわけではない。しかしこの下士官にはそれが判らない。ただそり返って怒鳴るだけだ。

召集以来の悪い予感が今まさに的中した。この男、階級は軍曹だったが、計算すれば昭和十六年か、せいぜい十五年徴集の年次である。さすれば、われわれが三年兵あるいは四年兵当時の初年兵である。原隊であればこんな態度はとれないのだ。

下士官の方が先輩に対して、「○○さん、こんな風にお願いします」とむしろ下手に出るのだ。そうすると、「よし、判った」でうまく行くのである。

「軍隊は階級だけじゃない。めんこ（食器）の数がものを言う」――この言葉はこの辺りの機微を表わしているのだ。この聯隊はあっちこっちの寄集め部隊だから、ただ階級章だけで解決しようとする。しかし、それでは絶対うまく行かないのだ。

私はこの若輩下士官の態度にぐっと来るものがあったが、喧嘩するわけにも行かないので、分隊の兵隊たちに向かって、「おい、みんな、船室に戻るぞ」と言って、船室に上がった。夜間は灯火管制で、すべての窓は閉め切られ、蒸し風呂さながらの船室で、寝返りも打てない空間の中に兵隊たちは転がっていた。

その深夜、突然、船内に対潜警報が鋭く鳴り響いた。敵潜発見の合図である。一瞬、船内は大きくどよめいた。素早く通路に降りて甲板へ逃げ出す奴がいる。次の瞬間、皆もそれに習おうとする。その後は収集出来ない大混乱だ。

その時である。船体に大きなショックを受けた。「魚雷命中!」と、誰もそう思ったにちがいない。続いて爆発音が響いた。船室全体から、悲鳴に近い声が暗黒の中に沸き起こった。

私は分隊の兵隊に声をかけた。

「皆、慌てるな、出る時は皆、一緒に出る。皆、纏《まと》まれ、名前を言い合って、後ろの者は前の者のベルトの後ろを摑《つか》め、そして番号をかけろ、ひょっとして海に飛び込むかもしれんが、泳げない者はいるか？　その者は泳げる者たちで囲んでやれ、よいか判ったか？」

これでだいぶ落ち着いた。周囲の他の隊でも、私の発言を真似るところが出て来た。

ちょうどその時、船内放送がアナウンスを流し始めた。

「船内の皆さん、落ち着いて下さい。この船は沈みませんから、落ち着いて下さい」

それは六月二日のちょうど午前二時だった。場所は台湾東海岸の火焼島沖で、船団は米潜水艦の攻撃を受けたのであった。船団が退避行動中に後続の有馬山丸が神州丸の船尾に接触した。神州丸の船尾には備砲隊がおり、また潜水艦攻撃用の爆雷も搭載している。両船接触の際に備砲隊に火災が発生し、それが爆雷に引火した。最初船体に受けたショックは有馬山丸との衝突時のもので、次の爆発音は爆雷のそれであった。

夜が明けて上甲板に出てみると、備砲隊は全員が吹き飛んでしまって影も形もなかった。頭髪のついた皮膚の一部とおぼしきものが、前部甲板のあちこちにこびりついていた。おそらく備砲隊員のものであろう。

船室から逃げ足の早いのがいて、対潜警報を聞いて素早く上甲板に出た途端、爆風で飛ばされたのもいた。逃げ足の早いのが良いか悪いか、全く生死を分けるその差は予測出来ない。また船室内の狭い通路で転んで、後に続く数百人に踏まれて死んだ者もいた。われわれはど真ん中で動くに動けず、腹を決めてじっとしていたのが幸いした。

一番被害の大きかったのは船底の厩舎だった。爆風で鋼鉄は飴のように湾曲し、鉄骨には各所に肉片がこびりついていた。船倉内の遺体も完全なものは一つもなく、手足や顔のないものもあった。確認は認識票によって行なった。藤崎上等兵の遺体も確認された。馬はほとんどが腹部破裂で、見るも無残な姿だった。

第一中隊だけで戦死四十五名、戦傷二十六名、馬匹《ばひつ》は二十六頭が犠牲になった。藤崎上等兵の新妻も、いずれこの知らせを受けるだろうが、どんなにかショックを受けることか、わが身に引き比べて、思い半ばに過ぎるものがあった。

昨日までは私も、船倉の厩舎をわが居城として鎮座していたのである。獣医部の下士官とのひと揉めがなければ、昨夜もそこにいたはずである。私を追い出したあの下士官は一体、何であったのか。(ここにいては危ないよ。早く船室に帰りなさい)と勧めに来た神仏の使者ではなかったのか。まさに戦場における生死の差は間一髪である。

スクリューを失った神州丸は、巡洋艦に曳航されて基隆《キイルン》に入港した。負傷者は基隆陸軍病院で手当を受け、遺体は陸軍墓地に運んだ。矩形の大きな穴を掘って埋葬した。遺体の腕だけを切断し、これを火葬に付して遺骨として処理した。

陸軍病院では、他部隊の者も一緒に治療を受けていたが、朝鮮人志願兵も相当いて、彼らは一様に「哀号《アイゴウ》、哀号《アイゴウ》」と叫んでいた。風俗習慣の相違であるが、耳慣れない声にやや異様な感じを受けた。

数日後、後続の船団の「うすりい丸」と「阿蘇丸」に第一中隊、第二中隊とそれぞれ分乗し、主力は比島に向け出発した。一部が基隆に残留して現地で馬匹の補充を受け、師団を追及することになった。残留人員は各隊合わせて百八十八名、第一中隊はS少尉以下四十五名であった。私もその中に入っていた。

船の墓場 魔のバシー海峡

基隆滞在中の宿舎は、海辺に建てられた大衆旅館を借りきってその二階が充《あ》てられた。海岸は遠浅で、地引き網などをやることもあった。

ここから妻あてに送金依頼の手紙を出した。その便りによって、私がすでに平壌を出発して、現在この地まで来ていることを判らせるつもりもあった。

兵隊たちは碁を打ったり、将棋を指したり無為に過ごしていた。こういう生活をしていると、軍隊は途端に士気が弛緩して来る。しかし、幹候出身の若いS少尉は、特別にそれに対して何らかの処置を講ずることもなかった。師団病馬廠のT少尉と別室にこもったままだった。このT少尉は獣医部だが、関西人で中年の応召将校で、ざっくばらんな人だった。

ある時、居室で軍刀の操法をしきりに稽古しているのを見た。余計なことだったが、一応のところだけ教示した。有難うを繰り返し、別に気取ったりするところのない人だった。

基隆滞在は約一ヵ月、七月上旬、われわれ残留隊も次の船団に便乗して比島の原隊を追及することになった。出発前、私は台北の軍司令部に兵器受領の命を受けて出張した。

中隊には若い補充兵が若干いた。この連中も果たしてこの戦争で無事、日本に帰れるかどうか判らないのだ。この機会に少しでも楽しませてやろうという思いで、まだ幼い感じの残る若い兵隊を選んで連れて行った。全員の名前は忘れたが、釜山から来ていた砂田宗義君と山本天権君の記憶はある。

軍司令部で兵器受領を終わって、さて飲みに行くのにこれらを携行するわけには行かない。とにかく駅まで行こうと駅に来てみると、憲兵の姿が見えた。これが一番安全だと即座に思った。その憲兵に近づいて、「海殁部隊ですが、今日は兵器受領に来ました。数日中に乗船出発の予定ですが、若い連中に最後の楽しみをさせてやろうと思っています。列車出発まで、兵器を預かってもらえませんか?」と単刀直入に切り出した。

物分かりの良い憲兵で、二つ返事で承諾してくれた。駅前の憲兵詰所に兵器を預けて入船町の料理屋に飲みに行った。この憲兵のお陰で、台北での時間を有効に過ごせたのである。砂田も山本も心底、嬉しかったようで、何度も礼を言われた。後に二人ともミンダナオ島の土と化した。

基隆からの便船は、西寧丸という大連汽船所属の八千トン級の船だった。船倉を厩舎にして新たに受領した馬四百五十頭を積載した。このうち輜重隊の分は四十頭である。兵員はわれわれ三十師団の残留隊百八十八名のほかに、航空隊、船舶工兵などが同乗した。前の神州丸に比べれば、だいぶゆっくりしている。船倉中央に乾草類を積み上げて、その上にわれわれは陣取ることにした。見ていると、兵隊たちは神州丸の時のことを参考にして、いざという時、直ぐに退避出来るよう上甲板に寝ているものが多かった。

宮内義人上等兵と私とで、この乾草ベッドを占領していた。宮内は広島県雙三郡出身、同じく在鮮召集兵で、彼もまた朝鮮巡査だった。われわれも念のため非常の場合を考慮して、上甲板に上がれるロープは用意した。

西寧丸は一度北上して台湾西側を南下、高雄港に入港した。ここで数日待機して、船団の集結を待って出発することになった。内地では砂糖は貴重品であったが、ここでは倉庫に溢れていた。内地に送りたくとも船がないのであった。また乾燥バナナも道路に溢れていた。これも送れないので乾燥することによって、幾らかでも保存が出来るようにしていたのである。その他パイナップル酒などもあった。飲んでみたが案外、強い酒であった。

高雄から航空隊が乗船した。彼らが積み込む貨物を見ていると、ビール、カルピスなど日本内地ではまずお目に掛かれないものばかりだった。宮内が、「おい、佐々木、見てみろ、さすが航空隊の給与は違うなあ」と羨まし気に言う。宮内の当番兵のように、いつも腰巾着の沢田米蔵一等兵（岩手県宮古市出身）も一緒にその貨物を眺めていた。

また高雄から民間人の団体も乗り込んで来た。この一行はすべて台湾人で、タイに農業指導者として派遣される技術者の集団であった。その中に紅一点、若い女性がいた。農業技術者の兄と二人で、彼女はバンコックの大使館でタイピストとして勤務する予定という。

バンコックに行くのに、なぜマニラ行きの船に乗ったのか、不思議な思いもしたが、この頃は行けるところまで行って、それから先は便船任せという状況だったのであろう。むくつけき男ばかりの船中に、たった一人のこの台湾娘が乗船したことで、何となく華やかな空気が生まれた。

七月十六日、船団は高雄出港、一路マニラを目指して南下した。われわれが基隆に滞在している間にも戦局は急迫していた。六月十五日、米軍はサイパン島に上陸、守備隊は洞窟に籠もって戦ったが、七月七日、バンザイ突撃で玉砕、住民のほとんども自決した。サイパン失陥の結果、ここを基地としてB-29の本土空襲が始められたのである。

高雄出航の翌日、宮内がにやにやしながら水筒を差し出した。

「何だ?」

「いいから飲んでみろ」

飲んでみたら甘い。カルピスだった。

「お前、早いところ、やったなあ」

「沢田の奴だよ」

昨日、航空隊の貨物の搬入を見ていた沢田がさっそく失敬して来たようだ。輜重隊は輸送補給が任務だから、自分たちの輸送する貨物には絶対の責任を持つ。しかし、他隊の貨物になるといささか観念が違うようだ。軍隊では、この種のことを「員数を付ける」と言った。「そっちの水筒も出せ、入れさせるから」と、宮内は私の分もカルピスを作らせた。

その夜のことである。眠っていた私を宮内が揺り起こした。

「どうしたんだ?」と聞くと、「おい、おかしいんだ。誰一人、この辺りには寝ていないんだ。今、俺は見て来たんだが、全部、上甲板に移動しているんだ」と言う。

「そうか、それなら俺もちょっと様子を見て来るよ」と答えて、私は通信士室に行ってみた。乗船以来、オペレーターと何度か言葉を交わして親しくなっていた。彼は佐賀県出身のまだ若い人だったが、この船で何度かラバウルにも行っており、敵潜の魚雷攻撃も何度か体験していて、その折の話なども聞いていたのである。彼に会って、特別に今夜、危険という情報があるのか聞いてみるつもりだった。

都合よく彼は在室していて、私の質問に笑いながら、

「どこにいても同じですよ」という。二言、三言、言葉を交わし、「それじゃ、おやすみなさい」と言って、別れ際に「今、何時ですか?」と聞くと、「もうすぐ八点鐘(十二時)で

す」と答えた。

そのまま船倉に降りて行った時、見張員の甲高い声が聞こえた。

「航跡、はっけーん！」。そしてややあって、ずしーんと船体にショックを感じた。素早く腕時計を見た。時に二十三時五十一分。第三船倉に魚雷命中である。私たちは第二船倉にいたが、非常の場合の集合場所は船尾と決められていた。

急いで装具を身につけ、「おい、水筒を忘れるなよ」と宮内と言い交わしながら、船尾に急いだ。その途中、船橋のタラップを登りながら前方を見ると、左側を航走していた僚船に魚雷が命中した。船橋から第三船倉に降りてもう一度振り向くと、すでに船影はなかった。「おい。見たか、あれが轟沈だよ」と宮内と言い合った。第三船倉にはすでに海水が満ちていて、その中であっぷあっぷやっている兵隊もいた。

集合場所の船尾で待機していたが、肝心のS少尉が姿を見せない。そのうち船尾は他隊の兵隊も多いので、宮内とも相談して船首側に戻ることにした。その間にも船団の僚船に次々に魚雷が命中して、炎上したり、中には火薬や弾薬のためか、花火を打ち上げるように猛烈に火の手を吹き上げる船もあった。われわれの船団だけでも一体、何隻沈められたであろうか。

見ているだけでも十隻以上はあった。全体ではバシーの海に沈んだ船の数は相当な数であろう。まさに船の墓場であった。

乗船の沈没が確実でも、軍隊では輸送指揮官の命令なくして退船することは出来ない。それは一種の逃亡と見なされるのだ。われわれの乗船西寧丸の輸送指揮官は、乗船部隊の中で最上級の将校、つまり船舶工兵隊の某中佐である。

船橋の高級船員に向かって、「そこに将校の方はいませんか?」と聞いたが、「いない」という返事であった。次第に船は沈んで行く。命令次第、いつでもすぐ飛び込めるように、輜重隊の兵隊を舷側に向け二列に並ばせた。最後尾は私と宮内である。

その時、高雄から乗船した台湾人の兄妹二人が泣きそうな顔をして現われた。そこで二人を呼び止めて、わが隊の最先頭に入れてやった。飛び込む時は一番先にと言うと、やっと笑った。

船橋の上から船員が、「兵隊さん、海面までどのくらいありますか?」と聞く。「後、一メートルそこそこだ」と答えると、「皆さん、すぐ飛びこんでくださーい」という声が返って来た。

そこで列の先頭から飛びこみ始めた。ただこの場合、続々とは飛び込めないのだ。高雄待機中に退船訓練をやってみた。まず筏などの漂流資材を投下する。続いて兵士が飛び込む。武装しているので、その重みである程度沈み、浮き上がって来るまでに少し時間がかかる。もし次々に飛び込むと、浮上して来る兵士に次の者が衝突するのだ。空身で飛び込むのと違って、案外に時間が掛かるのである。

真っ先に飛び込んだ例の台湾人兄妹は、筏の上に女性が座り、兄たちがその筏に捕まって漂流を始めた。やれやれである。隊では泳げない兵隊を優先させて飛び込ませたが、救命胴衣を付けているので、何とか浮いて筏につかまっている。真夜中であるが海面は薄明るく、よく見える。

宮内が急に私の袖を引いた。「何だ！」と聞くと、彼は何も答えず、「あれを見ろ」と言うように船橋の方を指差した。それを見て彼の意味するところを直感した。魚雷は船の進行方向右側の第三船倉に命中した。右舷から浸水しているので当然、船は右に傾く。船橋は大きく傾斜しているのだ。このままでは全員が退船する前に船は横倒しになるだろう。兵隊たちの最後尾にいるわれわれは当然、間に合わない。二人は何も相談せずにすぐ結論を出した。

「船が沈むぞ。飛び込めるところから飛び込め、急げ！」。兵隊たちにそう怒鳴って、われわれは船首まで走った。そこしか飛び込める場所はなかった。船首にはトラックが積んであった。そのトラックの荷框《がきょう》（荷台）の上に上がって、海面を覗いて見た。第三船倉に浸水しているので、船首は持ち上がっているわけである。驚くような高さである。

「おい、凄いな、大丈夫かな？」と宮内と顔を見合わせた。

「ワッ！　凄い！」。いつの間にか沢田も来ていた。「仕方ない、行くぞ！」

三人が腹を決めて、そう声をかけた瞬間である。広大な海面が急に衝立《ついたて》のように私の眼前に盛り上がって来た。それは西寧丸が右に急傾斜して転覆沈没した瞬間であった。

大きな波に呑み込まれたような感じがして、そのまま遠くへ連れ去られたような気持ちであった。次の瞬間、私は一人でぽっと海面に浮き上がっていた。辺りの海面を見回したが、人影のようなものはない。前方を見ると、西寧丸が船尾の方はすでに海中に没して、船首を大きく持ち上げた格好で、次第に海中に引き込まれて行くところだった。

私は思わず両手で腹部を覆った。巨船沈没の際は海中で爆発を起こして、漂流者がその爆風の被害を受けるということを聞かされていたからである。しかしそれは杞憂に終わった。何か爆発音のようなものは聞こえたが、私の位置から船までは相当に距離があったからである。つい直前まであの船に乗っていた私が、どうしてこんなに離れた場所にいるのか不思議に思った。

それでも乗船沈没の時間を見ておこうと腕時計を見たが、時計はなかった。野戦用というので時計は保護ケース付きにしていたのだが、バンドもケースもあるのだが時計だけがなくなっていた。おそらく波の力でケースの蓋が開き、時計も波の力で持ち去られ、その後、再び波の力でケースの蓋が閉じられたのであろう。

漂流十時間

沈没寸前の乗船から放り出されるようにして、深夜のバシー海峡にただ一人、漂流を続けていた私は、これからどういう展開が起こるかを色々と考えてみたが、何も纏まらなかった。ただ救命胴衣はある時間しか効力はない。その有効時間の間に適当な漂流資材を見つけることが大切だということに思い当たった。

そう思ったので改めて海上を物色していると、遥かかなたでまたもや僚船が炎上するのが見えた。あれで何隻目だろうか。これだけ敵潜水艦の跳梁を許すようであれば、戦争ははっきり負けだなあと感じた。サイパンはすでに失陥して南支那海、東支那海、バシー海峡などの海域には、敵潜はおそらく群れをなして網を張っていたのであろう。

真夜中の海であるが次第に闇にも慣れて、目を凝らすと人頭のような黒いものが見えた。

「おい、そこに誰かいるのか？　名前は？」と思わず声をかけた。

そして飛び込む時に一緒だった宮内か沢田かも知れないと思った。しかし違っていた。船の乗組員で烹炊《ほうすい》（炊事）にいたというまだ若い十八歳の少年だった。それでも広い海面にただ一人でいるより、傍《そば》に人がいるというのは気持ちが違う。そのうち、船倉の蓋に使う厚い板が流れて来たので、二人でその両端につかまって漂流を続けた。

そのうちにだんだん人影が見えて来て、五人、十人と集まって来て一つの漂流群が出来た。その中に海軍の兵曹長がいた。備砲隊の指揮官だったようだ。彼にこれからどういう風になりますかと聞いてみた。朝になって、まず飛行機が飛んで来て敵潜を制圧する。次にマニラか台湾から駆逐艦が救助に来るだろう。ただし、船があればの話だよと、心細いことを言う。

次の船団がここを通過することはありませんかと言うと、この航路は普通通らない航路なんだと言う。しかし、なるべく漂流者は多く固まっているようにと忠告してくれた。これは後になって思い当たることになった。

次第に海が荒れ、波が高くなって来た。ぐーんと持ち上げられると遠くまで見え、あちらこちらに幾つかの漂流群が見えた。波の底に沈むと、すり鉢の底と同じで何も見えない。

その揺れる波に酔って、あちこちでゲーゲーやり出した。最後には何も吐くものがなくなり、悲鳴を上げる者もいた。

海面をこちらに向かって勢い良く泳いで来るものがある。あっ！　馬だ。馬も何頭かは助かっていたのだ。しかし、人も馬に抱きつかれては困るから、近づく馬をしっしっと追い返す。こちらを追われた馬は別の漂流群に向かう。そこでも同じように追い返される。馬は心臓の力が続くまで同じことを繰り返し、最後は遂に力尽きるのだ。軍馬として人間に利用され、最後は見捨てられるのだ。翌朝になって、波間に漂う死馬の姿を見て、何とも言えない気持ちになった。

漂流して一体どのくらいの時間が経ったのか、いきなり暗闇の中に一条の探照燈の光が射した。さては救助艦が来たのかと喜んだ。他の漂流群も同じとみえて、歓声のようなものが海面を渡って聞こえる。しかしライトはすぐ消えた。しばらくしてまたライトが点《つ》き、今度は海上を嘗《な》めるようにして薙《な》いだ。離れた場所の漂流群が元気づいて、一斉に軍歌を歌い始めた。「嗚呼《ああ》、堂々の輸送船……」である。われわれも何となくざわついた。

その時である。「馬鹿野郎！」と一喝された。声の主は海軍兵曹長である。あれは救助艦ではない。そんなに早く来られるわけがない。あれは敵潜が浮上して漂流者を射殺しようとしているのだ。そんなことも教育されておらんのか。陸軍の馬鹿野郎め、早くあの軍歌を止めさせろと立腹するのであった。しかし、漂流群同士の間隔は相当あり、怒鳴ったくらいでは声は届かない。諦《あきら》めた兵曹長は、なるべく向こうと離れるようにしろと言い、皆で一生懸命泳いだ。

その次にサーチライトが二本になった。さては敵潜二隻が浮上して来たのかと思う間もなく、二本のライトが海上で交錯した。しかし、ライトで捕捉には成功しなかった。他の漂流群から大きな溜息が漏れ、こちら側はほっと胸を撫で下ろしたのであった。

海上の朝は早い。急に明るくなった海面を見ると、夥《おびただ》しい漂流物が潮流に乗って流れて来る。私はふと思い出して水筒のカルピスを飲むことにした。沢田が航空隊の荷物の中から失敬して来たものだが、積載した荷物はすべて海の藻屑となった今となっては、かえってよかったではないかと勝手な理屈をつけながら、水筒を口に当てた。ところが意外、水筒の中身はすべて海水と入れ替わっていたのである。「渇しても盗泉の水は飲まず」という諺が思い出された。

この後どのくらい漂流するのか、まず何か食べ物を補給しておくことが大切と思った。そう思って流れて来る漂流物を眺めた。浮いている梱包は多分、糧秣関係の公算が強いと考えた。そのうち一つを開梱してみたら、見事に外れた。それは編上靴だった。その次は蚊取り線香だった。浮くはずである。

陽が上がると避《よ》けるもののない海上では、太陽は容赦なくかんかんに照りつける。たちまち皆、真っ黒に焼けた。そのうち遥か彼方に軍艦の姿が見えた。皆、歓声をあげた。これで助かったぞと言う思いである。ところが、また兵曹長から注意された。漂流群をもっと大きくして固まれと言うのだ。海防艦や駆潜艇が漂流者を救助する際、エンジンを止めるのは、その艦艇自体にとっては非常に危険だから、少人数の漂流群は見捨てる場合もあると言うのだ。

海防艦が近づいて来た。しかし停止しない。ただ、周囲を回るだけである。こちらは半ばじれったい思いで、しかし半ば安心しながら艦の動きを見守っていた。

しばらくその状態が続いて、やがて艦は停止した。艦上から長いロープをつけた浮きがいくつも投げられた。

「泳げる者は泳いで来い！」。艦上から海軍の下士官が怒鳴る。私は泳いで艦に近づいた。近づくと艦上から竿が下ろされたので、これに摑まり上にあがった。

「大丈夫か？」と年配の兵曹が聞きながら、こちらの顔色を見る。

「大丈夫です。有難うございました」と答えた。その途端、「おい、佐々木、よかったのう」と肩を叩かれた。振り返れば宮内であった。

「何だ！　貴様、先に来ていたのか」と、万感を込めて二人はしっかりと握手した。

「俺が案内する」という宮内に従い、烹炊に行って温かい飴湯を頂戴した。海中に十時間もいたので、いくら空腹でも固形物は与えられない。まず消化の良い、かつ栄養に富む飴湯が支給されたのである。続々と拾い上げられる兵隊たちで、狭い艦上は一杯になった。

いつ戦闘が開始されるか予測の出来ない状況の中で、海軍の邪魔にならぬよう、私たちは一隅に固まって海上を見ていた。

われわれの漂流群の救助が終わると、海防艦はエンジンを始動して走り始めた。海面一帯の無数と言ってよいほどの漂流物、溺死して腹を出した軍馬の姿、昨夜以来の出来事が遥か以前のことのように脳裏を去来する。

あっ！　まだいる。数名の兵士が筏につかまって、こちらに向かって懸命に手を振っている。しかし艦は止まらない。当然、海軍の連中にも目に入っているはずだ。ここで停止して、彼らを救助している時に一発、魚雷を食えば元も子もなくなるのだ。漂流中に海軍の兵曹長が口が酸っぱくなるほど言っていた、「とにかく固まれ、なるべく大きく固まれ」と言う言葉を思い出していた。

しかし、あの手を振っている兵隊たちはどうなるのだろう？　せっかく助かっていながら、みすみす放置される。戦争の非情さを目の当たりにした思いであった。昨夜一晩だけで十隻にあまる巨船がこの海に沈んでいる。釜山出発以来の僅かの間に体験する近代戦の悽惨さを、マニラに向かう海防艦上で私はかみしめていた。

マニラ上陸

海防艦はマニラに入港した。私たちは兵站に収容された。上陸後、二名が戦死したことが判明した。確か朝鮮人志願兵だったと思う。西寧丸の非常集合場所に姿を見せなかったS少尉も無事だった。彼は魚雷を受けた直後、直ちにカッターを下ろして輸送指揮官らと共に、これに乗艇して退船していたことが判明した。結局、将校団だけが逸早く退船して、兵隊は放りっぱなしにされていたわけである。

戦争も終末期を迎えて、幹部の質の低下は掩《おお》うべくもなかった。口さがない兵隊たちは、S少尉を「マッカーサー少尉」と呼んでいた。

「アイ・シャル・リターン」の一語を残して、数万の兵士をコレヒドール要塞に置き去りにしたまま豪州に逃避した米将マッカーサーになぞらえたのである。個人的素質もあると思うが、もし聯隊が郷土部隊の編成であったら、このような事態は起こらなかったと思う。寄集め部隊では非常の事態になると、はっきりその弱点を暴露するのである。

マニラ兵站には約一ヵ月滞在した。その間、埠頭その他の使役に従事した。その間には外出も出来たのでマニラの市街も見物した。商店では日本内地にはすでにないような洒落《しゃれ》た品物もあった。商品と言えば、デパートのような場所から偕行社へ商品を運んだりしたこともあった。

埠頭に行くたびに、海歿部隊が上陸するのにぶっつかった。中には顔の皮がむけて赤ん坊のような皮膚の連中がいた。漂流中に油を被って陽に焼かれると、ああいう風になると聞かされた。

しかし、毎日これだけ沈められているのでは戦にはならないと思った。まさに一方的にやられるだけだ。近代戦は総力戦と耳にタコが出来るくらい聞かされた。国内に物資が乏しく、四面環海の日本が、消耗戦に巻き込まれたらまず勝算はない。軍人は単細胞だからやむを得ないとして、この国の支配層の人間は何を考えているのだろうという疑問が絶えず頭にあった。

マニラ市内には、軍人軍属用に大きな甘味の店、「甘党陣屋」があった。さすが砂糖の輸出国だけあって、皆、久し振りに超甘のぜんざいや餅を食べた。高雄でもそうだったが、この埠頭でも砂糖が山積で、南国の太陽に照りつけられて溶け出していた。

ケソン・ブリッジの近くを歩いていたら、喫茶店からコーヒーの香りが漂って来た。喫茶店と言っても日本と違いオープンだから、挽《ひ》いている豆の香りが外に匂うのだ。日本では飲めなかった本物のコーヒーの味を味わうことが出来た。しかし、マニラでは何といってもアイスクリームにとどめを刺す。暑い国だから、冷たいものの調理は発達していると思った。日本でアイスクリームと言えばバニラ一本槍だが、ここでは実に豊富な種類のフルーツ・クリームにお目にかかった。市内の繁華街エスコルタで食べたクリームは、生まれて初めてのものだった。

雛《ひな》に返る寸前の卵を材料にした比島独特の料理もあったが、いささか悪食のきらいもあって手が出なかった。海岸沿いのブールバードを名物のカルマタ（乗合い馬車）で走ってみた。ここで見るマニラ湾の夕焼けは有名だが、それは見ることが出来なかった。それまでの外出時間がなかったからである。

こう書くと、マニラは実にのんびりしているようだが、実際の治安は非常に悪化していたのだ。ルソン島でも反日ゲリラの活動は盛んで、兵隊の単独行動は禁止されていた。女に付いて行った兵隊が殺されたという会報を、兵站で聞いたこともあった。

十四軍司令部の付近に大きな立て看板があり、それには「汝の心田を耕せ」と書いてあり、横に英訳文が添えてあった。フィリピン国民に対するものであろうが、異様な感じを受けた。司令官か幕僚の趣味かも知れないが、実に傲慢でまた見当違いも甚《はなは》だしいと思った。スペインは教会を作ってくれた。アメリカは学校を作ってくれた。では日本は何をと日頃、比島人は言っていたそうである。しかも近年はアメリカの物質文明にすっかり馴染《なじ》んでいたこの国民の協力は、これでは絶対に得られないと思った。

兵站司令官は年配の召集将校で、温和そうな中佐だった。われわれ海歿部隊に対しても至極、優しく接してくれていた。ある時、兵隊の一人がサン・グラスを買って来てかけていた。マニラでは現地人もよくサン・グラスをかけていた。ところが、司令官はこの兵隊を厳しく叱責した。白人は目が弱いからかけているのだ。優秀な目を持っている日本人が、なぜ白人の真似をするのか。近いうちに米兵と戦わなくてはならぬ者が、そんなことでどうするのかと言って、激しい見幕であった。これは戦況が急迫して来たなあと思った。

後で考えれば、サイパンを失い、その責任から七月十一日、東条内閣総辞職、二十二日に小磯内閣が登場、大本営はサイパン奪回を断念しており、サイパンを失えば次の米軍の来攻地点は比島である。こういった情勢が兵站司令官をして、あの態度に駆り立てたのであろう。

マニラ上陸後、私は急に熱発したことがあった。顔が赤くなり発疹が続き、関節や筋肉が痛んだ。軍医の診断はデング熱だった。やはり蚊の媒介による伝染病で、大したこともなく数日で軽快したが、さすがに熱帯だけあって、色々な病気があるものだと思った。

マニラ滞在は短期間であったが、いささかでも観光的気分も味わい、良き命の洗濯が出来た。後にして思えば、それは次に始まるミンダナオ島での地獄の試練の前に、神が与えたほんの僅かなプレゼントだったのである。

ミンダナオ島上陸

八月中旬、マニラ港を出発してミンダナオ島のカガヤン港に向かった。乗船は千トン足らずの小型船だったが、島伝いに航海するので、島の多い比島では潜水艦に対する恐れはほとんどなかった。

途中、セブ島のセブ港に寄港した。ここには海軍の航空部隊がいて、海面すれすれに飛行する特攻の訓練をやっていた。予備学生が大部分で、中に大岡子爵（大岡越前守の子孫）もいると言う話を聞いた。

ミンダナオ島のカガヤン港に入港したのは八月末だった。思えば五月末、釜山出港以来、途中二度の敵潜の攻撃を受けながら、基隆、マニラと寄り道をして三ヵ月の行程を費やして、

ようやく目的のミンダナオ島に上陸したのである。

カガヤンはミンダナオ島北部の西海岸にある街で、ここを起点として島の中央部を縦貫し、舗装された幹線道路が南部のダバオに通じていた。椰子林の多いきれいな街であった。

先行した師団主力はミンダナオ島の北端のスリガオに上陸した。輜重聯隊はスリガオから南方十三キロのアノマルに進出してここを宿営地とし、師団各隊の警備地区内の展開の輸送

に当たっていた。それらは自動車中隊の分担で、馬を失った第一中隊は工兵隊に協力を命じられ、スリガオ飛行場建設工事に汗を流していたのである。
われわれがカガヤン到着以前にゲリラとの戦闘で、すでに師団には若干の犠牲者が出ていた。聯隊でも第三中隊長新井中尉以下、数名の戦死者を出していた。
比島攻略戦でコレヒドール要塞が陥落した時点で、武装解除を受けたのはウェーンライト中将指揮下の部隊だけであった。ビサヤ地区（比島中部）、ミンダナオ島の米比軍はシャープ少将の指揮下にあり、これらの中核部隊は完全武装のまま山に入り、組織的なゲリラ部隊として活動を続けていたのである。
ミンダナオ島では、ファーチグ大佐を指揮官として

在オーストラリアのマッカーサーの指令を受けていたのである。その後に進駐した日本軍は、このようなゲリラ部隊の存在に対する認識を欠いていたのではないかと思う。

八月になって、軍の機構、編成が大きく変わった。それまでわが三十師団は第十四軍（軍司令官・黒田重徳中将）の隷下にあったが、十四軍は第十四方面軍になり、その下に第三十五軍（司令部セブ、軍司令官・鈴木宗作中将）が新設され、中南比の作戦を指導することになり、三十師団もこの三十五軍の隷下に入ることになったのである。師団の警備計画も変更され、主力はスリガオ地区からカガヤン、マライバライ地区に移動することになった。スリガオ東南地区に分散展開した物資機材は、再びスリガオに集められ、輸送船の到着を待っていた。

第一中隊の佐々木茂助軍曹の指揮する一個分隊は、スリガオ——ブツアン——カガヤン道の道路補修のため、カガヤン東北方四キロ地点のタゴロアンに宿営して任務に当たっていた。折しもカガヤンに上陸したわれわれは、この分隊に合流した。

タゴロアン北方の台上にはデルモンテ飛行場があり、その周辺は有名なパイナップル栽培地で、見渡す限りパイナップル畑が連なっていた。

作業の余暇にパイナップル畑に潜入して大いに戦果を挙げた。こちら側が日本軍用、向こう側がゲリラ用と、いつの間にか自然と区割りが出来ていたようである。時たまどちらかが深入りして、真ん中で鉢合わせして双方で驚くこともあるという話だった。

しかし、双方で近い地域の果実を取り尽くして、奥に入らなければ美味《おい》しい果実は入手出来にくくなって来た。そのためゲリラとの遭遇を覚悟の上で、武装して畑の中を這って行くという始末になって来た。まさに虎穴に入らずんば虎児を得ずである。

パイナップルは、もぎたてはすぐには食べられない。数日寝かせて熟《う》れるのを待って食べる。とげの部分を避けて螺旋状に皮を剝く。早くから来ている連中は実に上手だ。われわれもすぐに上達した。陣中一刻の楽しみである。

われわれがそんな時間を過ごしている間に、米軍の反攻のスケジュールは着々と進行していたのである。ハルゼー大将の率いる第三艦隊の機動部隊（四個群空母十七隻）は八月二十八日、メジュロを出撃、その一個群は三十一日から小笠原空襲を開始し、主力三個群はパラオ、ヤップ海域に近づきつつあった。

一方、マッカーサー麾下の極東空軍司令部は九月一日、豪州ブリスベーンからホーランジャに進出、同日ミンダナオ島ダバオをB－24五十七機を以て本格空襲を行なったのである。

カガヤン大空襲

九月九日、タゴロアンの宿舎でいつものように朝を迎えた。微かに爆音が聞こえた。誰かが「凄い飛行機だぞ、あれを見ろ！」と海の方を指差した。目を凝らすと、遥かな海の上空を約四十機の編隊が飛んでいる。

「ホーランジャに行った帰りかな。それにしても、日本にもあんなに飛行機があるんだなあ」

「いやあ、今まで温存してたんだよ。これでいよいよ攻勢に出るんだなあ」と言ったような会話が交わされていた。まだ誰一人として、それがわれわれの頭上に攻撃をかけて来る敵将ハルゼー麾下の機動部隊とは思いもよらなかったのである。

「おい、まだ来るよ。あれを見ろよ」

四十機ばかりの編隊のその後ろからまた別の編隊が、豆粒のような大きさであったが続いて飛行しているのが確認出来た。

最初の編隊群がカガヤン上空に近づいた。タゴロアンからはカガヤン港は手に取るように俯瞰《ふかん》出来る。急に編隊が崩れてダイブする姿勢に変わった。そして地上に向かって突っ込んで行った。機銃音と爆音が聞こえ、誰かの「あれはグラマンだ！」という悲鳴に近い声が響いた。

グラマンだけでなくカーチスも混じって、米機動部隊の艦載機群が今、カガヤン上空を乱舞しているのだ。爆弾投下、猛烈な機銃掃射、ちょうど師団の兵器資材を満載した船舶がスリガオから到着して港内に停泊しており、埠頭周辺には荷下ろししたばかりの貨物が堆積されてあった。たちまちそれらから火が噴き上げた。タゴロアンから見ていて、カガヤンの阿鼻叫喚が手に取るようだった。わが方から邀撃《ようげき》する飛行機は一機もいない。

数機の敵機が、われわれの宿舎の上空を低空で飛び去った。はっきりと星のマークが見えた。

搭乗員の顔も見たという者もいた。「あれはデルモンテの飛行場を狙って行ったのだな、飛行場に電話してみろ」というので、すぐに誰かが電話した。

「敵の空襲です、今、こちらも空襲を受けています」と狼狽した返事が飛行場から返ってきた。

一連の空襲が終わった後、われわれは直ちにカガヤンに急行して、徹夜で輸送船からの荷下ろしにかかった。輸送船は関西汽船所属の紅丸であった。かつて、姉妹船の紫丸とともに瀬戸内海の女王と謳われたクリーム色のスマートな船体も爆撃を受けて、無残な姿に変わっていた。

夜になっても余燼《よじん》が燻《くすぶ》っていて、あちこちで火の手が上がった。ドラム缶が誘爆してドーンと噴き上げることもあった。吉村聯隊長はすでにこの時、スリガオからカガヤンに到着していて、部隊の指揮を取っていた。輸送船から下ろした物資を、次の空襲に備え、自動貨車によって次々と散開させたのである。

この日、九月九日、ミンダナオ島のカガヤン、スリガオ、ダバオの各市が一斉に空襲を受けた。第三十師団の警備地区の変更で一度展開した各隊の兵器資材をスリガオ港に集積して、輸送船によりカガヤンに移送する真っ最中の空襲であった。この空襲により、第三十師団の戦力はがた落ちになった。野砲十六門、速射砲四門が失われ、その他重火器の定数は五十パーセント以下になった。米軍としては、最も効果的な時期を狙った空襲である。もちろん十分に偵察も行なわれたであろうが、ゲリラの通報も当然あったのである。

ところが翌九月十日、思わざる事態が発生したのである。

敵上陸の大誤報

カガヤンが空襲を受けた九日、ダバオも同様に早朝から艦載機が来襲、十五回、延べ三百五十機に達した。十八時、代谷海軍特別根拠地隊司令官は、「敵は明十日朝、上陸の算あり。邀撃態勢に移るべし」と命令した。

この時、ダバオ市の三分の一が炎上中であった。原田第百師団長は服部参謀長をダバオ市に派遣し、大部の住民と部隊を避難させるようにした。夜に入り、ダバオ市から多数の軍民が西方山地に避難した。

十日早朝、またもや艦載機百五十機が来襲して、焼夷弾を投下、市内は炎々たる火炎に包まれた。原田師団長はこれを望見して、前夜、市民を避難させてよかったと思った。

八時三十分、サランガニ警備隊は、「湾口に上陸用舟艇多数見ゆ、陸軍と協力、水際にこれを撃滅せんとす」と発信した。十二時十五分、代谷根拠地隊司令官は、隷下部隊に「敵ダバオ上陸開始」と電報した。

十五時頃、退避途中の代谷中将は、陸軍の第百師団司令部に立ち寄った。寺岡第一航空艦隊司令長官も来部した。敵上陸の報に疑念を持った服部参謀長は質問を連発した。代谷司令官は、「私及び幕僚が敵の上陸を目撃したのではないが、部下の報告を信じた」と答えた。代谷司令部の大野参謀が「私が見てきます」とサイドカーに飛び乗って、ダバオ南端のサンタナ埠頭まで行ったが、平穏そのものであった。

白い波頭を敵舟艇と見誤った誤報であった。水鳥の羽音に驚く平家と同じである。それにしても、この代谷提督の逃げ足の早いのには驚く。なぜ確認を取らなかったのか呆れるばかりである。

この時、陸軍関係はこの誤報について一信も発していなかった。この後、海軍中央部は第一航空艦隊司令長官とダバオ特別根拠地隊司令官の更迭を発令した。

この件は単なる誤報だけでは終わらず、大きな後遺症を残した。敵を易々とハルマヘラ地区（モロタイ島）に上陸させ、また十二日〜十四日の間、航空、船舶の大量損耗を招くことになった。哨戒の不十分さなどで、なけなしの海軍七十機、陸軍五十機を喪失、また機動用艦船二万七千トンを撃沈された。ダバオ敵上陸が誤報と分かった、緊張の後の一瞬の弛緩が原因であった。

大本営では、敵比島上陸の場合を想定した捷一号作戦計画を準備していた。われわれの上部軍である三十五軍でも捷一号に基づく鈴一号作戦指導要領（ダバオ上陸時）と鈴二号（レイテ上陸時）を準備していた。敵ダバオ上陸の報に、すわこそと在セブの鈴木軍司令官は鈴一号を発動して、隷下諸部隊に命令を発した。結局、誤報と判明して取り消されるのだが、この時、第三十師団長には「可能最大の兵力を率いカガヤン地区出発、カバカン、キパウエ地区へ急進」とされていた。

米軍側では三月十二日付の統帥部の命令として、ニミッツ軍のパラオ上陸（九月十五日）、マッカーサー軍のミンダナオ上陸（十一月十五日）を命令していた。その後、マッカーサー大将は独自に十月十五日タラウド、十一月十五日サランガニ、十二月七日ミサミス、十二月二十日、レイテ上陸の準備命令を下していた。

レイテ上陸が早まった裏面には、次のような理由があった。九月九日、スリガオを空襲した空母ホーネットの搭乗員T・チラー少尉は、墜落してレイテの原住民に救われた。そしてその時、レイテの日本軍の守備が手薄であることを教えられた。少尉の報告は第三艦隊司令長官W・ハルゼー大将に届き、ハルゼー大将は太平洋方面米陸軍総司令官D・マッカーサー大将及び米統合参謀本部に、予定されているミンダナオ攻略の中止とレイテ進攻の促進を進言したのである。

私たちは五月、釜山出発以来、数次の海難に遭《あ》い、ようやく八月下旬、ミンダナオ島に上陸したのであるが、その上陸旬日の後には敵機動部隊の空襲に遭うことになった。誤報に終わったが、今や米軍反攻の真正面に立たされていたのである。矢継ぎ早の事態の急変に遭遇して来たのであるが、これまで比島防衛について大本営や現地軍は一体、何をしていたのだろうかという疑問が湧き上がって来た。

泥縄の比島防衛

大東亜戦争が開始された昭和十六年（一九四一）十二月に比島攻略に当たったのは本間雅

晴中将の率いる第十四軍（第十六師団、第四十八師団、第六十五旅団）であった。マニラ陥落後、第四十八師団はジャワ攻略作戦に参加のため転進、バターン攻撃には新たに第四師団が参加したが、昭和十七年六月には同師団は内地帰還した。

昭和十七年八月頃の全比島の配備は、次の通りであった。

ルソン島　北部・第六十五旅団　南部・第十六師団（十五個大隊）

ビサヤ（中比）　永野支隊（五個大隊）

ミンダナオ　第十独立守備隊（三個大隊）

大本営では比島には独立守備隊を置くという基本構想を持っており、さらに永野支隊を本属の仏印の第二十一師団に復させるため、昭和十七年九月、中比に第十一独立守備隊（本部・歩兵四個大隊）の新設を発令した。しかし、この守備隊の全兵力が集結を終わるのは翌十八年一月となるのである。大本営はこの第十一独立守備隊がまだ二個大隊で、訓練も団結も十分でないにもかかわらず、十一月、永野支隊を本属師団に復帰させた。このため、中比のゲリラの跳梁《ちょうりょう》は急激に活発となった。八月一日付で軍司令官は本間中将から田中静壱中将に交代した。

昭和十七年末、教育総監部部員岡田安次中佐が第十四軍作戦主任参謀に転補された。着任して初めてゲリラが跳梁し、事態の容易ならざる比島であることを知った。

昭和十八年一月、第十七独立守備隊（歩兵四個大隊編成）を十四軍隷下に入れる旨、大本営より第十四軍に大命があった。大本営は比島を三個独立守備隊とする（第十六師団及び第六十五旅団は比島から抽出転用する、あるいは大本営の戦略機動予備とする）考えに立っていたのである。

ところが一月上旬、比島を視察した大本営の櫛田正夫大佐の報告により、比島に関する認識を新たにすることになる。

昭和十八年三月下旬、当時在比兵力は第十六師団、三個独立守備隊、並びにラバウルに転進した第六十五旅団の残置した二個聯隊であった。大本営は岡田参謀を東京に招致、南西方面作戦計画を説明した。その要点は比島の第十六師団は年度前半中に討伐を終わり集結、南方全域に対する大本営の戦略予備とする。なお、ガダルカナルから北部ソロモンに撤収した第二師団を比島に至らせ、比島において再建する。以上であった。

岡田参謀は三月二十二日、二十八日の両度にわたり比島の状況について報告を行なった。その際、同参謀は、「治安の回復を焦慮する軍司令官の真の気持ちは、第十六師団と第六十五旅団の二個聯隊に関し、使用許可期間を一年延長されたい希望である」旨を報告した。

昭和十八年五月五日、東条首相が来比、バルガス長官以下に比島独立に関する日本の腹を伝え、翌六日、ルネタ公園における民衆感謝大会に臨み、市民を激励した。

その翌日、ガダルカナル撤収の丸山政男第二師団長以下、憔悴しきった将兵を乗せた船がマニラ湾に入って来た。

同月十八日、中比に戦闘司令所を推進、討伐を督励していた田中軍司令官が病に倒れ、危篤状態となり、マニラに後送された。

十九日、新軍司令官に南方軍総参謀長黒田重徳中将が充てられた。

昭和十八年七月、第六十五旅団の第百二十二聯隊がマーシャル、ギルバート方面に派遣されることになり、八月二十四日、マニラから出発した。

昭和十八年九月から十一月までに比島では諸事輻輳《ふくそう》した。

（一）第二師団がジャワ、南西に転用。九月大命、十月出発した。

（二）十月十四日、比国独立。即時軍政撤廃。討伐打切り。

（三）第十六師団司令部の南移と同師団部隊のレイテ島進出。

（四）絶対国防圏域決戦に伴い比島に四十三個の飛行場整備の任務付加。

（五）第二方面軍（豪北決戦のため）司令部ダバオに進出。

（六）船舶兵団司令部がセブに、第五船舶輸送司令部がダバオに設置された。

（七）比国政府の威令が及ぶのは三割の地域という状況、南方全域の戦局の緊迫感などから、第十、第十一、第十七の各独立守備隊及び第六十五旅団の残置する歩兵百四十二聯隊を解体して独混三十、独混三十一、独混三十二、独混三十三の各旅団に改編する。旅団は歩兵六個大隊、砲兵、工兵、通信隊からなる。歩兵は計二十四個大隊となるが、このうち九個大隊は内地編成でその来着は遅延したのである。

昭和十九年に入って米軍のマーシャル上陸、トラック空襲、マリアナ空襲と中部太平洋は危急の状態になった。陸相、海相はそれぞれ参謀総長、軍令部長を兼任した。比島の黒田十四軍司令官は、比島の兵備増強を具申するよう岡田参謀に命じていたが、同参謀は、「弱音の具申は不可」との考えから躊躇《ためら》い続けていた。しかし二月中旬に至り、遂に決断して具申案を携行して東京に向かった。

三月二日、岡田参謀は兵備増強を要請した。時に比島の兵備は一個師団と四個旅団、しかも四個旅団は未充足の状態であった。航空は実在一個中隊に過ぎなかったのである。

要請の内容は、(一)外敵防衛兵力として最小限約七個師団、(二)内敵――ゲリラ――抑圧兵力として二十四個大隊、(三)航空は取りあえず空輸一個師団、飛行二個師団。

これに対して、東条総長は「一個師団と四個旅団の現兵力では困っていることは分かっているが、最善を尽くせ」と述べ、要請を却下した。

軍司令官から兵備増強の具申を命じられながら、これを「弱音の具申」としていた岡田参謀の思考は理解に苦しむ。これから八ヵ月後には敵将マッカーサーの率いる米第六軍がレイテ島に上陸する。第一次上陸兵力のみにて十七万四千名、この作戦用の艦船は七百一隻、その内訳は戦闘艦百八十三隻、船舶五百十八隻であった。戦闘艦の中には空母十七隻、護衛空母十八隻、搭載機数合計千五百機であった。レイテ島の守備についていた第十六師団は、半日で吹き飛んでしまうのである。

日本の参謀の先見力の欠如というか、あるいは当時、大本営自体へのこういった具申を「弱音」と見なす空気が強く、岡田参謀も自己に対する評価の低下を恐れての処置であったか、いずれにしても作戦中枢の弱体ぶりを物語るものである。

東条参謀総長も、「困っているであろうが、最善を尽くせ」などと間の抜けたことを言って、その舌の根も乾かぬ三月三十日、米陸軍機と機動部隊がホーランジャとパラオを空襲し、一挙にわが航空兵力を破砕し、古賀聯合艦隊司令長官以下、多数の幕僚が生死不明となった。周章狼狽した大本営は、第三十二師団（在上海）の南比東岸派遣と十六師団のレイテ進出を決定した。

三月下旬、南方軍の陣容が一新された。総参謀長に飯村穣中将（陸大校長）、総参謀副長に和知鷹二中将（第十四軍参謀長）、高級参謀に堀場一雄大佐（第二方面軍高級参謀）が補せられ、和知中将の後任には諫山春樹少将が第十四軍参謀長に補せられた。

四月四日、「米軍は半月ないし一ヵ月後に攻略部隊を伴い、折返し来攻を予想する」との参電に接し、和知副長は黒田軍司令官に対し、南方軍総司令部がマニラに進出するから、第十四軍司令部のセブ進出と、第十六師団をレイテ、サマール両島とし、第三十三旅団（見城旅団長）を南部ルソンとするよう強く要請した。

軍司令官はこれを拒否して激論が続いたが、翌五日、「軍司令部のマッキンレー（マニラ南東部）移駐を了承するならば、第十六師団をレイテに出してもよい」と述べるようになった。和知副長もやむを得ないとした。ここにおいて牧野第十六師団長に招電が発せられ、六日、牧野師団長は軍司令部に出頭、見城旅団との警備交代を命じられ、十三日、空路タクロバンに進出した。

この間、原田旅団長はセブ島のゲリラ地帯に不時着した福留繁聯合艦隊参謀長以下の救出のため、一個中隊をダバオから海軍艦艇により出発させると共に、第三十二師団の来着までの間のミンダナオ東岸配備に移っていた。

第三十二師団長石井嘉穂中将は十三日、マニラに飛来し、諫山軍参謀長と共に十七日から二十日にわたりミンダナオ東岸を空中視察した。同師団の上海出発は二十一日となった。

ところが、この三十二師団は結局、比島には来着しなかった。大本営が南比に部隊増援を部署していた四月上旬はまだ〃松輸送〃期であった。松輸送というのは中部太平洋緊急展開輸送を主としたもので、その輸送基点は大連と釜山にあり、すべて満鮮部隊を転用するものであった。松輸送に対し、豪北輸送を〃竹輸送〃と呼んだ。

このため第三十二師団が待機する上海への配船が遅延すると考え、その代わりに在鮮第三十師団を動員して南比に配置することになり、同師団に十五日内命、二十日動員下令となった（この結果、私なども召集されたわけである）。

第十四軍と上部機関

比島においては南方軍と第十四軍が屋上屋を重ねる嫌いがあって、意思の疎通を欠く点があった。大本営は四月十二～十三日、台北に参謀を派遣し、南方軍、第十四軍、第二方面軍と会同連絡を行なった。この時、大本営参謀は、「第三十二師団はハルマヘラへ、代わりに第三十師団が南比に輸送される」旨を南方軍に連絡した。しかし、第十四軍はこれを知らなかった。諫山第十四軍参謀長は、石井第三十二師団長と共に十七日～二十日の間、南比の空中偵察に出かけている。やがて黒田軍司令官は、「軍司令官が知らぬ間に隷下、指揮下の第三十師団がミンダナオに向かっていた」と不満を述べるようになった。

米軍は五月十七日、サルミに来攻、聯合艦隊は「あ号作戦開始」を発令し、寺内総司令官は二十日、マニラに進出した。

五月二十七日、米軍はさらにビアクに来攻、聯合艦隊と南方軍は「渾作戦」を発動した。しかし、この作戦も意の如く進まず、中旬には敵はサイパンに上陸を開始した。二十五日にはサイパン奪回断念のやむなきに至り、今や比島はサイパンからの敵来攻に直面するに至ったのである。時に比島の兵力は二個師団（十六、三十）と四個旅団（三十、三十一、三十二、三十三）に過ぎず、しかもその配備は南東面していた。

五月三十一日、第十四軍は兵団長をマッキンレーに会同して作戦計画を開示し、

一、各兵団は飛行場造成を継続しつつ六月末までに一応の防衛態勢を完了し、

二、七月末までに飛行場造成を完了、

三、八月末までに地上戦備を完了すべき旨を命令した。

この命令は大本営、南方軍の意図を受けたもので、第十四軍は航空基地軍、あるいは航空援助軍として位置づけられたものであった。

しかし、黒田軍司令官の考えはこれとは違っていた。むしろ上部の考え方に不満を持っていた。彼は軍参謀岡田大佐に対し、「南方軍の作戦計画の丸写しでは駄目だ。わが海空戦力が無力化した後の作戦を主として計画し直せ」と命じ、また「航空で決勝出来るのならば、

第十四軍は不要だ。第十四軍としては、わが空海戦力壊滅後の作戦を計画すべきだ」と注意した。

要するに、軍司令官は、「敵は最初からルソンに来攻する。第十四軍はマニラ東方山地に籠城の止むなきに至る計画を主とすべきである」との考え方であった。

黒田中将については戦後、比島戦で敗れたのは彼が在任中、何もやらなかったためだと言われていた。しかし事実は反対で、現地軍の兵備増強の具申を上部で却下していたのであり、飛行場造成についても、黒田軍司令官は反対で「こちらで造って敵に献上するようなものだ」と言っていた。後日、レイテに上陸した米軍は、わが方で造成した飛行場を短時日に占領して利用し、わが軍は自分で造った飛行場群のため苦戦を招いた。

また第十四軍司令部の移転に反対だったのも、南方軍総司令官の寺内元帥の性格を総参謀長として仕えた経験からよく知悉《ちしつ》しており、マニラに進出しても短期と読んでいたのである。現に寺内総司令官がマニラに着陸した時、出迎えた黒田軍司令官に「そのうちすぐ昭南（シンガポール）に戻る」旨を述べている。

またマニラを捨てて東方山地に籠城する作戦も後日、山下軍司令官も同様の経過を辿ることになった。いずれ空海の戦力は崩壊することを予想し、早くから堅固な陣地を構築しておれば、比島陸戦も形を変えたものになっていたと思う。大本営や南方軍の単なる強がりから、後になって兵力を次々に投入したが、制空権、制海権を失った後では、ただ単に犠牲者の数を増やしただけに終わったのである。

大本営が比島に真剣に目を向けたのは七月中旬であった。「絶対国防圏」が崩壊したので、次は比島か台湾ということになって慌てたのである。それが「捷号作戦準備」である。

七月二十八日、従来の第十四軍を拡大して第十四方面軍を興《おこ》し、その隷下に第三十五軍を新設した。従来の二個師団（十六、三十）と四個旅団を、旅団をすべて師団に改編、在満の戦車第二師団と第八師団、蒙疆から第二十六師団を招致することになった。

しかし新設の四個師団は、従来の警備旅団を急に編合して師団と称したに過ぎず、作戦師団としてはお粗末なものであった。大本営でもそれは気づいており、別に在満の第一師団を上海に待機させ、「捷第一号作戦」を発動の場合、三日以内に現地に進出出来るよう配置した。それでもこの数字は、五月に南方軍が要求した十七個師団の半分、その実力は三分の一程度の評価であった。

第二十六師団は私の現役時代の原隊であるが、六月下旬、大本営は支那派遣軍に対し二個師団を速やかに集結、転用の準備をするよう連絡、七月四日、第二十六師団及び第六十二師団を大本営直属とす、と発令され、第二十六師団は七月十九日頃に大同出発、八月二日頃に釜山乗船、逐次、門司に前進、大船団を編成した。

輸送船十五隻、満州から比島に転用の重砲隊などを含み、部隊として三万五千名、便乗者二千六百名、計三万七千六百名、護衛として特に空母「大鷹」以下十三隻が守りについた。十八日、門司発、十七日朝、高雄発、敵潜の集中攻撃を受けて支離滅裂、輸送船四隻沈没、一隻中破、さらに後もう二〜三時間でマニラという時、海防艦三隻が撃沈された。十八日二二時三〇分、空母「大鷹」も沈没した。

結局、八月二十二日、独歩十二聯隊本部と五個大隊がマニラ着。九月三日、独歩十一聯隊本部と一個大隊がマニラ着。独歩十三聯隊本部と一個大隊は全歿、二個大隊は遭難後、台湾に収容されたのである。

第八師団は敵潜跋扈《ばっこ》の海域を突破出来ず、鹿児島湾に退避していた。戦車第二師団に至っては、その輸送は全く開始されていなかった。すでにこの時期においては、たとえ比島に兵力投入を決定しても、その輸送が困難になっていたのである。第十四方面軍の作戦については、比島戦の最後まで上部機関との意思疎通を欠くことになる。

事態急転、敵レイテ上陸

第十四方面軍の下に第三十五軍が新設されたことで、師団にも大きな変化が起きた。ミンダナオ島における両角師団長の統一指揮は解かれ、第三十、第百の両師団は共に軍直轄となった。第百師団を、ダバオ、サランガニ、コタバト、ダンサラン各一個大隊とする。

第三十師団は東岸の二個聯隊を撤し、第百師団の後詰め的にカガヤン、マライバライ地区兵力七個大隊、スリガオ、ブツアン各一個大隊とする旨の命令が下達された。この頃、第三十師団司令部はまだスリガオにあり、命令実行の段階で九月九日、カガヤン、スリガオ方面海上で損耗を来《きた》したのである。

第三十五軍では、敵来攻はダバオ第一として、わが師団はその意図により中部ミンダナオに進出していた。カガヤン空襲の後、われわれは資材の揚陸や道路補修に従っていた。敵機は連日のように飛来していた。制空権を失った地上軍ほど悲惨なものはないことを実感した。空襲に曝《さら》された兵隊たちは、自動車のエンジン音にも怯《おび》える有様だった。

ある日、焚火の周りに集まっていた時、兵隊の一人が「アメリカなんかを相手にして戦争を始めるなんてまるで無茶だ。日本とは生産力が大人と子供ぐらい違うんだから」と言い出した。眼鏡をかけたインテリらしい兵隊だ。さらに「シンガポールが陥落した時、和平すれば良かったんだ」と続けた。

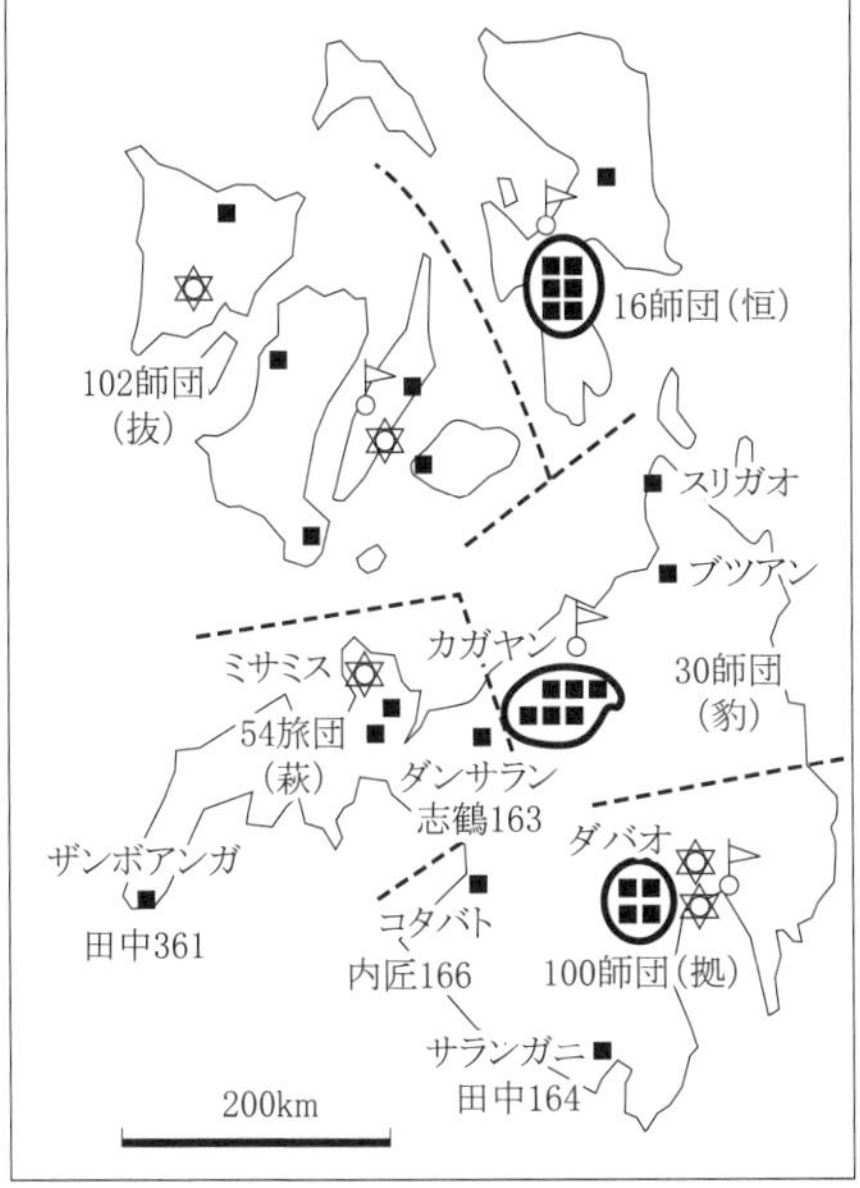

第35軍兵力配置図
＝19年８月８日＝

私は一通り雑談が終わった後、その兵隊に向かって聞いた。

「君は学徒兵か？」

彼は私の質問に、そうだと答えた。

「さっきの君の話は全くその通りだが、ここは軍隊だぞ。よほど気をつけろ。誰に聞かれているか分からないぞ」

私の注意に、彼は苦笑しながら

うなずいていた。それが佐々木英二君だった。彼の父が当時、有名だった作家の佐々木邦氏であることを後で聞いた。彼も遂に生還出来なかった一人である。

両角師団長は九月二十一日、カガヤンを出発、南進の途に就《つ》いた。私はその途中で師団長の巡視と訓示を受けた記憶があるが、場所はどこであったか定かでない。その時、師団長は「もう間もなく敵と戦いを交えるのだ」という意味のことを、案外、静かな口調で言われた。

輸送用船舶の損耗で待機を余儀なくされていたわが中隊主力が、九月末、機帆船によりようやくカガヤンに到着した。思えば六月初旬、基隆で一別以来、三ヵ月ぶりの再会である。

十月一日、カガヤン出発、先行の聯隊主力を追及した。毎日、徒歩行軍で、敵機が低空で現われるとジャングルに退避した。マライバライ、キパウエと通過して三日にはオモナイに到着した。

聯隊長吉村中佐はオモナイに駐留して、二、三中隊及び他の独立自動車中隊を指揮し、カガヤン～カバカン間、さらに前方のダバオ、ピキッド方面の輸送を実施していた。

われわれ第一中隊は、もっぱら道路補修作業に駆り出されていた。この頃、飛来して来る敵機は、双発双胴のロッキードが多かった。サランガニ敵上陸の公算大なりというので、われわれは二十四日、さらに南進した。途中、カバカンで来攻する敵機数機と遭遇した。部隊は直ちに道路両側のジャングルに退避したが、路上に海軍のトラックがあり、その上から高射機関銃で応戦するのを見た。なかなか勇敢だと思った。

十月六日、第十四方面軍司令官黒田重徳中将が罷免《ひめん》され、満州の第一方面軍司令官山下奉文大将が転補された。大東亜戦争の緒戦でマレー・シンガポール攻略で勇名を馳せた山下将軍の起用は、一般将兵の喝采は博したかも知れないが、決戦目前でのこの交代人事は果たして適切であったか疑問である。

前軍司令官黒田中将は、「ダバオやタクロバンなぞに夢中で飛行場を造っているが、あれは結局、アメリカ軍のために造ってやるようなものだ」と指摘していたそうだが、事実その通りになった。大本営や南方軍から見れば、その指示通りに動かぬ軍司令官は首にしてしまえということであろうが、戦局のその後の推移を見れば、むしろ現地軍の言にもっと耳を傾けるべきであったと思う。

山下大将がクラーク・フィールドの飛行場に着陸したのは十月六日夜、南方軍司令部で着任申告を終えたのは翌七日であった。米軍がレイテ島に上陸するのは、それより僅かに十三日後の十月二十日である。武藤参謀長はまだ着任していなかった。

山下大将は、赴任直前までは関東軍の主作戦方面の方面軍司令官であった。対ソ方面は、ウラジオストックから満洲里（満洲西北端）までの直距離約一千二百五十キロ、これに対し比島は北のバタン島から南のホロ島までの直距離約一千五百キロであった。満洲には網のように鉄道が敷設されているが、比島は諸島が海で寸断されていた。満洲には約十年の作戦準備期間があったし、すでにゲリラもいなかった。

山下大将は赴任直前、大本営で服部卓四郎第二課長から作戦関係の説明を聴取した。その時、同課長に「比島に島はいくつあるか？」という意味深長な質問を発している。

服部大佐は、特に山下大将への説明において「比島作戦指導は七月の要領案の通りであり、地上決戦はルソンにおいてのみ行なう」旨を述べた。このことは爾後の経過にも鑑《かんが》み、重要な意味を持つものであった。

十月十二〜十三日、敵艦載機延べ二千機が台湾方面に来襲した。この機動部隊に対し、わが海・陸の航空部隊が連続攻撃した。これを台湾沖航空戦と呼称して、その総合戦果が十月十六日、大本営から発表された。その戦果累計は次の通りであった。

轟撃沈　空母十一、戦艦二、巡三、駆一

撃　破　空母六、戦艦二、巡四、艦種不詳十一

軍艦マーチを前奏に、この大戦果が発表されるや国民は驚喜した。天皇は聯合艦隊に嘉賞の勅語を賜り、東京、大阪では祝賀国民大会が開かれた。しかし、実際の戦果は重巡二隻大破だけであった。訓練未熟の搭乗員が友軍機自爆を敵艦轟沈と見誤り、あるいは海面着弾を命中と誤認したためであった。海軍側でもやがて戦果を疑問として調査検討して、撃沈は一隻もなしとする結論に達したが、陸軍側には通報しなかった。大戦果を信じた参謀本部では、今こそ敵撃滅の神機至るとして、レイテ決戦を決意するようになった。

十月十七日早朝七時、レイテ湾口スルアン島の海軍見張所は、平文で「戦艦二、特空母二、及び駆逐艦群近接」と速報、次いで「〇八〇〇敵上陸開始」と発信して連絡を絶った。しかし、第十四方面軍や、第三十五軍では、先の台湾沖の戦果が頭にあるので、その損傷艦が台風を避けて避難して来たものと考えたのである。大本営も「南方軍の確報待ち」と言った程

度の反応であった。聯合艦隊はさすがに真相を知っているだけに大本営とは異なり、「敵はレイテ方面に本攻の算大なり」と判断した。

レイテ島では十八日、敵機四百機の来襲があり、別に戦艦四、巡洋艦九隻以下で約一千発の艦砲射撃を加えた。陸軍の第四航空軍と海軍の第一航空艦隊では、鋭意、敵情の捜索に当たっていたところ、十八日一二二〇（十二時二十分）、遂に敵の大船団を発見するに至った。これで、従来の敵上陸に対する否定ないし半信半疑の考え方は一挙に吹き飛んだ。それでも、四個師団も来攻していると考えた者は上下を通じて誰もいなかった。

十月二十一日、南方軍総司令部の作戦参謀甲斐崎三夫中佐が第十四方面軍司令部を訪ねて、「レイテで決戦をやったらどうか。そのため兵力を増派しては」と言う。第十四方面軍では、即座に「それは本来の作戦計画に反する、第一レイテに兵力を送る船がないではないか」と首を振った。ところが翌二十二日、突然、南方軍の寺内元帥は山下大将に命令した。

一、驕敵撃滅の神機到来せり

二、第十四方面軍は海、空軍と協力し、なるべく多くの兵力を以てレイテ島に来攻せる敵を撃滅すべし

参謀たちは憤然とした。事前の相談も連絡もなく、急に兵力をレイテに回せと言っても容易なことではない。元来、手薄な兵力を分散し過ぎているくらいである。西村参謀副長が命令の再確認を求めるべく南方軍司令部に向かった。この時、樺沢大尉が同行したが、部屋の外で待っていると、「寺内閣下の気にさわったとみえて、次第に声が高くなって、とにかく、

やれと言ったらやれ」と言う寺内の声を聞いている。

山下方面軍司令官は、三十五軍に対してレイテの敵撃滅を命じた。一方、方面軍参謀部では、南方総軍経由、参謀本部に次の要求を具申した。
一、飛行機毎日三十機
二、船舶三十万トン
三、ルソン島増援兵力三個師団
回答はなかった。どうやら南方総軍で握りつぶしたらしい。おそらく南方軍の幕僚たちは、参謀本部に良く思われようとしていて、単なる命令の取次ぎだけに終始していたようだ。

師団にレイテ戦参加の命令

私たちがオモナイから南進の命を受けたのは二十四日である。しかし、二十日にはすでに米軍はレイテ島に上陸しているのだ。何も知らずにそのまま南下を続け、二十五日、ダバオ西方のディゴスに到着した。ここに着いて初めて敵のレイテ上陸を知った。ディゴスは整然とした椰子林の多いところで、トバ酒（椰子酒）も豊富で、鶏を肴《さかな》にくつろいだ数日間であった。

ダバオからディゴスにかけて敵上陸に備え、無数の地雷が敷設《ふせつ》されていると聞かされた。三十五軍司令部としては、あくまで米軍上陸はミンダナオ南岸地区と予想していたようだ。

三十五軍から、わが三十師団にもレイテ戦参加の命令が下されて、三十一日、またもやカガヤンに向け引き返すことになった。輸送の貨車はなく、またもや徒歩行軍である。ディゴスからカガヤンまで二百九十キロの里程である。

敵四個師団が十月二十日、一挙にレイテ島に上陸してからその後の詳報は、セブの第三十五軍司令部には届かなかったのである。レイテの通信施設は上陸前の台風で破損しており、司令部としてはレイテの第十六師団からの報告だけが頼りであった。しかし、二十三日までに第十六師団の歩兵聯隊長は三人中二人が戦死、軍旗一旒が奉焼されるという状況であった。

二十一日夜、第三十五軍の情報参謀渡邊利亥少佐は装甲艇でセブ出発、レイテの第十六師団司令部に向かった。二十三日オルモック着、リモン峠経由、二十六日、ダガミで牧野十六師団長と会見しているが、この時すでに師団としての組織的戦力は失っていた（戦後マニラのキャンプで、私はこの時の模様を渡邊元参謀から聞いた）。

この頃の通信状態は、すこぶる悪かったようである。両角師団長は二十五日、軍司令部からの作命を受信しておらず、ダバオの原田第百師団長から「祝決戦参与」の電報を受けて驚いた。両角師団長は直ちに第三十五軍に照会した。二十七日の十九時になって、「三個大隊を率いてレイテへ前進」の軍命令が二十四日に発令されていることを知り、歩兵七十七聯隊、砲兵一個大隊、工兵一個中隊を率いてレイテに前進することになった。

吉村聯隊長は各自動車中隊や他の独立自動車中隊を併せ指揮して、戦闘部隊のカガヤン輸送に努めた。われわれは徒歩で連日、敵機の跳梁する中をカガヤンに向かった。昼間は敵機の攻撃が執拗で歩けず、夜行軍になることもあった。兵隊一人がジャングルに逃げ込むのを見るや、周囲にガソリンを撒《ま》いて焼夷弾を打ち込んだりした。かくてカガヤン北方のアグサンに到着した。

われわれの到着前、十月二十五日にはカガヤンから歩兵四十一聯隊が海軍の艦艇輸送によりレイテに前進していた。軽巡「鬼怒」、駆逐艦「浦波」及び高速輸送艦五隻で、聯隊長炭谷鷹義大佐の率いる二個大隊二千五百五十名で、二十六日早朝にはオルモックに揚陸成功した。オルモックから反転する帰途、ハルゼー麾下の機動部隊により、「鬼怒」、「浦波」は撃沈され、残余は浮遊中の将兵を救助してマニラに向かい、爾余の輸送計画は挫折した。

十一月四日、先の四十一聯隊に続いて歩兵第七十七聯隊の第三大隊長野中勇少佐指揮の二個中隊と機関銃中隊だけがカガヤン発、五日オルモックに到着した。この輸送は第一師団のレイテ島への揚陸の後、余力を生じた大発によるものであった。

十一月二十四日、歩兵第七十七聯隊の新郷大佐指揮の聯隊本部と第二大隊（大隊長・林国弘少佐、第六中隊欠の三百七十六名）が機帆船三隻で出発、残余（第一大隊、第三大隊を除く）が機帆船四隻と漁船一隻で翌二十五日、カガヤンを出発した。聯隊長直率のものは三十日、セブ島タポゴンで三隻中の一隻を失い、十二月九日、レイテ島パロンポンに着いた。

両角師団長以下師団諸隊は、「レイテ進出の準備をなし、乗船の入港を待つべし」との命でアグサン海岸で待機を続けた。軍装検査を受けて明日、乗船と言いながら、予定の船が入港しないということが再三あった。

ある時、何かの記念日であったが、中隊全員が整列して中隊長は勅諭を奉読し始めた。しばらくすると、轟々たる爆音が聞こえ、B－24の大編隊が頭上を飛んで行く。動くに動けず、早く勅諭が終わらないかと気が気でなかった。幸いに爆撃機の編隊はそのまま飛来し去ったが、全員、冷や汗ものだった。

レイテ地上決戦へ

大本営はレイテ島に米軍上陸の報に接するや、まず南方軍に「捷一号」発動を命令した。南方軍はこれを第十四方面軍へ、方面軍はさらに三十五軍に命令を発した。しかし作戦の根本的な方針には、大本営、南方軍と方面軍との間に食い違いがあった。南方軍は大本営の言いなりで、従来の「ルソン決戦、レイテ防戦」の方針を一擲《いってき》して「レイテにおいて地上決戦」に変更された。大本営から作戦主任の杉田一次大佐がマニラに飛び、寺内南方軍総司令官と会見して大本営の意図を告げた。

南方軍では九月中旬頃から「レイテ決戦論」が台頭しており、もしビサヤ地区が敵に占領されたら、その空軍の跳梁を許すことになり、ルソン決戦は成立しない。故にビサヤ地区に敵来攻せば、一挙にそこで決戦すべきだというのであった。したがって、杉田大佐の携行した大本営の新作戦は大いに歓迎された。

しかし、これらの結論は「台湾沖航空戦の大戦果」の上に立てられたもので、敵上陸兵力を過小に見積もり、さらに上陸軍を支援する機動部隊も弱小なりとの誤判断によるものであった。

山下大将の第十四方面軍は、南方軍の方針に不同意を示した。大本営ではレイテ決戦の作戦方針に基づいて、海軍と協定し、ルソン島の二個聯隊を軍艦で輸送することにしていた。

山下大将は、「航空戦に勝てる公算があるのか?」、また「海上決戦に勝てるのか?」と反論し、「人が身体に合った服を着るように、ルソンの聯隊は皆、その編成装備に合った陣地を造っている。今、急にレイテに派遣しても意味をなさない」というもので、着任したばかりの方面軍の武藤参謀長も、「まず輸送しなければならないのは軍隊よりも軍需品である。軍隊を送るのは空海の戦果を見てからのことだ」と反対した。

山下大将は特にマニラ赴任直前に、参謀本部で服部作戦課長と「ルソン島決戦」の作戦方針を確認して来ている。最終的には寺内と山下の会見になるが、この時も山下は、「台湾沖航空戦の戦果がいかに大きいか知らないが、米軍が大規模を以てレイテに来攻したところを見れば、彼には余力あり、相当の自信をもって上陸を企図したものと考えるを至当とせねばならない。簡単に彼の空軍戦力の減耗を判断して、作戦変更の基礎とすることは危険至極に非ずや」と質《ただ》している。

方面軍作戦参謀会議の結論は、「万が一にもレイテ決戦に失敗したら、相次いで来るルソン本島の決戦もまた敗北に終わるであろう。果たして然らば、成算少なくして、しかも比島全局の作戦を覆すような新計画は、この際に取るべき良策ではない」というのであり、着任したばかりの参謀長武藤章も、大局から判断してこの説を支持した。戦局の展開は後日、方面軍が心配した通りになったのである。

二十一日、方面軍は、「速射砲一個大隊なら出しても宜《よろ》しい」と言い、その命令を下達した。次いで三十五軍隷下のミンダナオ島のビサヤ地区から七個大隊を注入することに決した。最後は南方軍司令官寺内元帥から、「とにかくやれ！」と言われれば仕方がない。方面軍も遂にレイテ決戦に踏み切るより仕様がなかった。ルソン島からの兵力抽出には反対したが、移送途中の第一師団と第六十八旅団をレイテ島に直接輸送することになった。なお、最後にはルソン中部にいた方面軍の旗本兵団の第二十六師団もレイテに注入することになる。

空・海の特攻

元来、大本営や南方軍では、米軍比島に来攻せば基地航空隊の強みを発揮して、航空兵力によりこれを叩くという考えであった。黒田司令官当時の第十四軍は飛行場造成軍であった。黒田司令官は、「敵のために飛行場を造ってやるようなものだ」と言っていたが、レイテ島の五個の飛行場のうち四個までが米軍に占領され、そのためレイテ守備の第十六師団は苦戦することになった。

大本営や南方軍の構想によれば、十月十九日、レイテ沖に敵大船団を発見した時点で攻撃すべきであった。しかしそれをしなかった。というより出来なかった。十九日の在比陸軍航空兵力は可動六十五機、喪失十四機、大破二十四機で、発進は二十三機に過ぎなかった。海軍航空は十八日、可動三十五機、発進八機であった。こういう状況では、敵の大船団が続々と進入して来ても、如何ともし難いのであった。

十月二十日、第一航空艦隊の指揮権を継承した大西瀧治郎中将は、台湾沖航空戦で大損耗を来した海軍航空の実情を知り尽くしており、悲壮な決意をもって特攻隊編成に踏み切ったのである。

一方、陸軍航空も台湾沖航空戦に参加したことと、敵の大空襲により第四航空軍の状況は前記の通りであった。

大西中将は、「真に国を救う者は大臣でもない、大将でもない、一にお前たちが米空母を撃沈する以外にはないのだ」と訓示して、自らの責をもって特攻を要望した。すでに操縦者たちは特攻を必須のものとして具申していた。かくて神風特別攻撃隊二十余組が立ち所に編成された。

陸軍においても二十一日、岩本大尉以下二十四名の特攻隊員任命が行なわれ、この日から海軍特別攻撃隊は出撃を開始した。しかし、思うような戦果は得られなかった。敵艦上空には多数の護衛戦闘機が待機しており、かつ各艦の防空火器は日本のそれと比較して格段に向上しており、弾幕というよりシャワーのように打ち上げられたという。

空の特攻に対して海の特攻も行なわれた。レイテ湾殴り込みといわれる聯合艦隊が全力を挙げての特攻作戦である。その作戦計画は次のようなものであった。

一、第一遊撃部隊（指揮官・栗田健男中将）はサンベルナルジノ海峡を通って、二十五日黎明、敵の上陸地点に突入して敵を撃滅する。
二、西村艦隊（指揮官・西村祥治中将）及び志摩艦隊（指揮官・志摩清英中将）はスリガオ海峡を進んで二十五日黎明に敵上陸地点に突入し敵を撃滅する。
三、小沢部隊（指揮官・小沢治三郎中将）はルソン東方海上に敵機動部隊を引きつけ、レイテ湾突入部隊の作戦を容易にする。

栗田艦隊がリンガ泊地（スマトラ沖）を出港したのは十月十八日、指定のブルネイ泊地（ボルネオ）に入港したのは二十日であった。ここでの打合わせで、全艦隊が同一方面から進入するよりも、東、北二方面から分進した方が有利との結論に到達し、西村艦隊のスリガオ海峡通過が決定した。栗田艦隊は敵潜に発見される危険はあるが、パラワン水道を通ってミンドロ島南側からシブヤン海、サンベルナルジノ海峡に抜ける千二百海里の航路を通ることにした。西村艦隊が危険承知で最短コースを選んだのは、航続力が弱い老朽艦だったからである。

この時の栗田艦隊の陣容は「大和」、「武蔵」を初めとする戦艦五隻、重巡十隻、軽巡二隻、駆逐艦十五隻で、西村艦隊は「山城」、「扶桑」の二戦艦に重巡「最上」、駆逐艦四隻であった。

囮《おとり》となって敵機動部隊を引きつける役目の小沢艦隊は海軍最後の機動部隊で、所属の空母は「瑞鶴」、「瑞鳳」、「千歳」、「千代田」の四隻、他に戦艦を改造して飛行甲板を取りつけた

「伊勢」、「日向」に重巡二隻、軽巡一隻、駆逐艦八隻からなる総勢十七隻という陣容であった。

第二遊撃部隊の志摩中将率いる第五艦隊は重巡「那智」を旗艦に、重巡「足柄」、軽巡「阿武隈」、駆逐艦七隻という小艦隊である。ところが、二十一日になって、聯合艦隊命令で駆逐艦三隻を高雄にある第二航空艦隊に提供することになり、パラワン島北のコロン湾に入港、二十四日〇二〇〇（午前二時）、僅か七隻という小部隊で西村艦隊の後を追って、スリガオ海峡に出発して行った。

かくして帝国海軍最後の総力を結集した「捷一号作戦」レイテ湾殴り込みは、四方向から目標を一つに絞ってその輪を狭めつつあった。

二十二日朝八時にブルネイを出発し、二十二時間後には栗田艦隊は旗艦「愛宕」、「摩耶」が敵潜の攻撃を受けて沈没、「高雄」が大破、駆逐艦二隻がこれを曳航してブルネイに戻った。

二十四日朝から敵機動部隊の第一次攻撃を受けた。正午に第二次攻撃を受けた。主として「大和」と「武蔵」を狙ってきた。第四次、第五次と連続して攻撃を受け、「武蔵」は魚雷十五本、直撃弾十三発、至近弾六発を食ったがなかなか沈まず、一九三五（午後七時三十五分）、左に転覆、二回の連続爆発を合図のように、その巨体をシブヤン海の底に横たえた。

一五三〇（午後三時三十分）、栗田長官は突然に反転を命じた。これはあまりに激しい空襲を避けるための行動であった。反転して一時間半後、一七一四（午後五時十四分）、栗田長官は再反転を令する。

一方、米機動部隊主力を率いるハルゼーは二十四日夕、北方に小沢機動部隊発見の報に囮とも知らず食いついていきた。ハルゼーはサンベルナルジノ海峡は、キンケイド中将の第七艦隊がやってくれるだろうと思いこんでいた。キンケイドは臨時編成の第三十四任務部隊が担当するものと思っていたのだが、これは実際には計画だけで編成されていなかった。

米軍の誤解のお陰で、栗田艦隊は二十五日〇〇二〇（午前十二時二十分）、サンベルナルジノ海峡を抜けていた。

ハルゼーを引きつけた小沢艦隊はよく任務を果たした。その代償として空母四隻の全部と軽巡一、駆逐艦二を失った。

スリガオ海峡を進んだ西村艦隊は、海峡入口で魚雷艇の攻撃を受けたが一隻の損傷もなく、二十ノットに増速してスリガオ海峡突入の態勢を取った。この時、米第七艦隊司令長官キンケイド中将は戦艦六隻を中心に海峡北口に備えていた。最前列に魚雷艇群、次いで三個の駆逐戦隊を配して日本艦隊の到来を待ち受けていた。

〇三一〇（午前三時十分）、まず魚雷攻撃が始まり、「扶桑」、「満潮」、「山雲」に命中、次いで「山城」、「朝雲」にも命中、次いで艦砲射撃が始まり、「最上」が艦橋を撃ち抜かれた。この時、米艦隊は十八分間にわたるレーダー射撃で、四十センチと三十六センチ主砲の砲弾を三百発、二十センチと十五センチの砲弾を四千発も撃っている。

結局、西村艦隊は全滅、駆逐艦「時雨」だけが小破したのみで脱出に成功した。

たとえ西村艦隊が全滅しても、栗田艦隊のレイテ湾突入が成功すれば作戦は成功である。「全滅を期して」が作戦の前提である。小沢機動部隊の犠牲によってハルゼーの空母群を引きつけている間に、栗田艦隊はすんなりとサンベルナルジノ海峡を突破した。

十月二十五日、日の出直前、「大和」の電探は敵飛行機を発見した。触接機である。間もなく敵機が姿を消した〇六四五（午前六時四十五分）、「大和」の見張員が三十五キロ彼方に数本のマストを発見した。それは敵空母であり、飛行甲板から飛行機が発進しているのが見えた。

栗田長官は全軍に「全速突撃」を命じた。戦艦が敵空母を射程距離内に捕らえたのである。こんな幸運はざらにはない。この時、一番敵空母に接近していたのは「金剛」で、距離二万四千メートルで第一弾を発射した。栗田長官はこれを正式空母と見たが、実際は護衛空母であった。栗田艦隊の眼前にいた敵は、第七艦隊の護衛空母六隻と駆逐艦七隻、計十三隻であった。この時、栗田艦隊は護衛空母「ガンビア・ベイ」ほか軽巡一隻、駆逐艦二隻を撃沈している。

この空母群を撃滅し、さらに後僅かでレイテ湾内の輸送船八十隻という好餌を目前にしながら、栗田艦隊はなぜか反転したのであった。戦後も種々議論の種になっている謎の反転である。海軍少将であった高木惣吉は、「勝者が敗者と共に戦場を後に退却した珍しい一例」と言っているが、「見敵必戦」の海軍精神からいっても、何とも残念な行動であった。

この戦闘で米空母の艦載機の攻撃で重巡「筑摩」が魚雷を受け、やがて沈没した。

私の小学校以来の友人服部習野君も、「筑摩」乗組で戦死した。彼の父は軍医で、習志野勤務中に生まれたので「習野」と命名された。父の死後、彼の母堂が京都《みやこ》女学校の教員として勤務中、行橋の小学校で同級だった。途中で母堂が小倉に転勤になり彼も転校した。中学でまた一緒になった。その後、彼は広島高校、京都帝大法科と進み、卒業後、内務省に入省した。

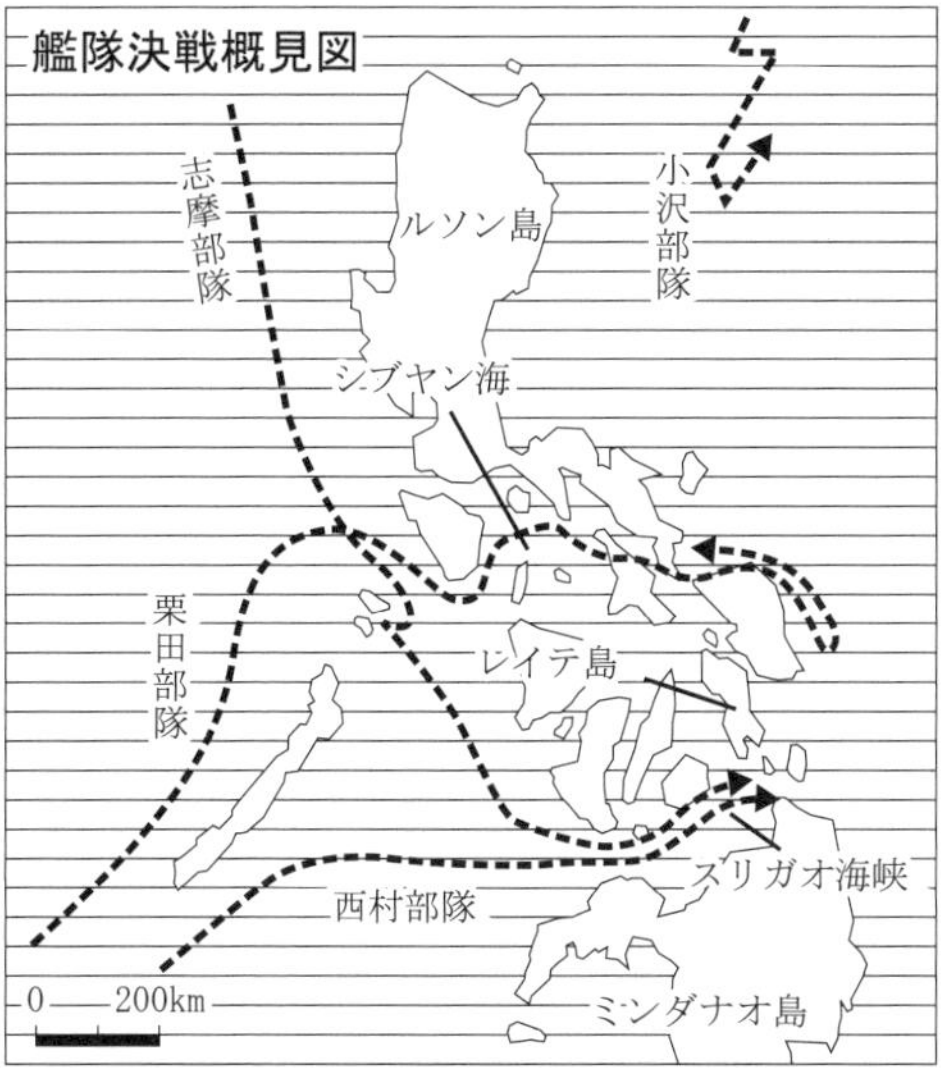

戦前は内務省が官庁の最右翼であった。さらに海軍に入り、レイテ海戦の時は「筑摩」の主計長だった。「筑摩」がやられて航行不能となり、彼は主計長として軍艦旗を奉じ、駆逐艦「野分」に乗り移った。この時、「野分」は「筑摩」の乗員数百名を救助している。「筑摩」は間もなく沈没、その後、「野分」も艦載機の攻撃を受け一弾が命中、瞬時にして艦は爆発、救助された「筑摩」の乗組員諸共、全員戦死したのである。

かつて「筑摩」に乗り組んだ人や遺族たちで、戦後「筑摩会」が結成され、鎌倉の覚園寺で毎年十月に慰霊祭が執行された。しかし、関係者も次第に高齢となり、平成九年を最後に慰霊祭は取り止められ、覚園寺の住職が位牌を守って供養することになった。私も最後の会も入れて二度ばかり参加した。

師団諸隊、レイテに奮戦す

わが師団から真っ先にレイテに派遣された歩兵四十一聯隊（第三大隊欠）は二十六日早朝、オルモックに到着、上陸した。上陸後、直ちに「ハロ方面より前進する敵を迎撃し、軍主力のタクロバン進出を容易ならしむべし」との軍命令を受けた。上陸して休む間もなく強行軍に移った。

ハロ方面から砲声が響いて来る。「早く行かねば」と張り切って行くうち、バレンシア南方まで来た時、敵機二機の来襲があり、銃撃を受けた。小銃で応戦していると、友軍機が来て空中戦となった。ところが、友軍機が撃墜された。それを目の当たりに見て、これからの戦局に不安を感じた。

その日はカナンガに宿営して、翌早朝出発。ところが、道路はジグザグに掘られて車両の通行は出来ず、橋という橋はすべて破壊されている。明らかにゲリラの活動である。小銃中隊は別として聯隊砲などの車両部隊は苦労した。折柄、雨天となり、道路は泥濘《でいねい》と化し、車両部隊の苦労は倍加する。夜、カブランに到着。

二十八日朝出発。ここから山地に入る。道路ばたの巨木を切り倒して道路を塞いでいる。

すべてゲリラの妨害である。ようやくリモン峠を越える。先行の第一大隊は、すでにカリガラで敵と交戦中であった。

二十九日、遅れていた歩兵砲中隊が聯隊本部に追及した。

翌三十日未明、トンガ付近で米軍と遭遇した。これは米軍二十四師団であった。まず敵戦車に対して聯隊砲で射撃したが、まるで歯が立たない。やがて戦車が引き返した後、猛烈な砲撃が始まり、聯隊砲二門も破壊され、兵員の損耗も激甚であった。この時、敵は軍砲兵二個大隊も加えて砲撃してきたのだった。

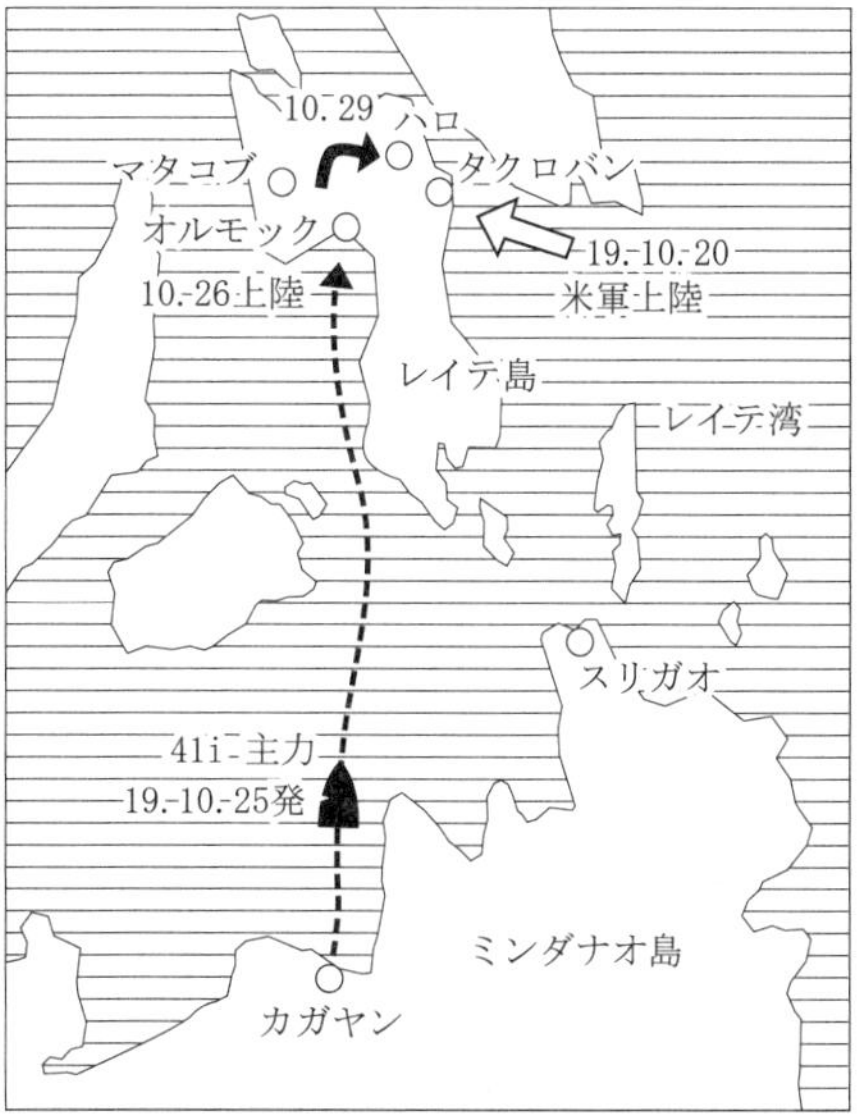

夜に入って聯隊本部の位置に集合して各隊の報告を聞くと、ほとんど半減以上の損害を受けていることがわかった。とにかく、負傷者を後方に退けることになり、トンガ――カリガラ道を後退させたのだが、その後、その結末は不明である。

炭谷聯隊長は、「優勢な火砲と戦車を伴った米軍と正面から対戦するのは不利である」という判断から、カリガラ西方の五一七高地に陣地を構築することにした。新陣地の配備が終わったのは十一月一日である。

二十九日会敵、三十日の敵砲兵の集中砲火で、歩兵四十一聯隊は事実上、壊滅的な損害を受けたのである。

炭谷聯隊長は、東部ニューギニアで豪州軍との戦闘体験を持つだけに、敵の戦法はよく理解していた。

「敵は計算づくで戦争しているのだから、無駄な抵抗は止めてまず壕を掘ることだ」と指導した。この五一七高地は戦術的には好点で、山地が海岸まで迫り、海岸もカリガラ平野も一望できた。しかしカガヤンから弾薬も食料も、身につけただけの量で、レイテ島に上陸してその後は遂に一回の補給もなかった。それでも米軍、ゲリラとその後も戦闘を続けた。

ハロ〜カリガラ道で歩兵四十一聯隊と戦火を交えたのは、米第二十四師団三十四聯隊である。米軍記録には、この時の四十一聯隊の健闘が残されている。

三十日午前八時、米三十四聯隊第三大隊の先鋒L中隊は、ハロの町外れで激しい日本軍の銃撃に遭遇、後退している。この時、四十一聯隊の第一大隊は前衛で部隊の先頭にいた。

米軍の先鋒中隊にはシャーマン戦車三輌が援護していた。しかし、日本軍の速射砲や重機の射撃が熾烈《しれつ》で、戦車は約二十分間、射撃をしたが後退した。日本軍の抵抗が激烈で、砲兵の援護射撃を必要と判断したからである。この時の戦闘では、日本軍の速射砲の弾丸が、敵M4戦車の砲身を通り抜け内部で爆発、米兵乗員は戦死を遂げた。

米軍は一度後退し、次に本格的な砲兵の援護射撃を伴って再攻して来た。この時には五十五ミリ重砲が参加している。

米軍の作戦図（自十月二十九日至十一月四日）

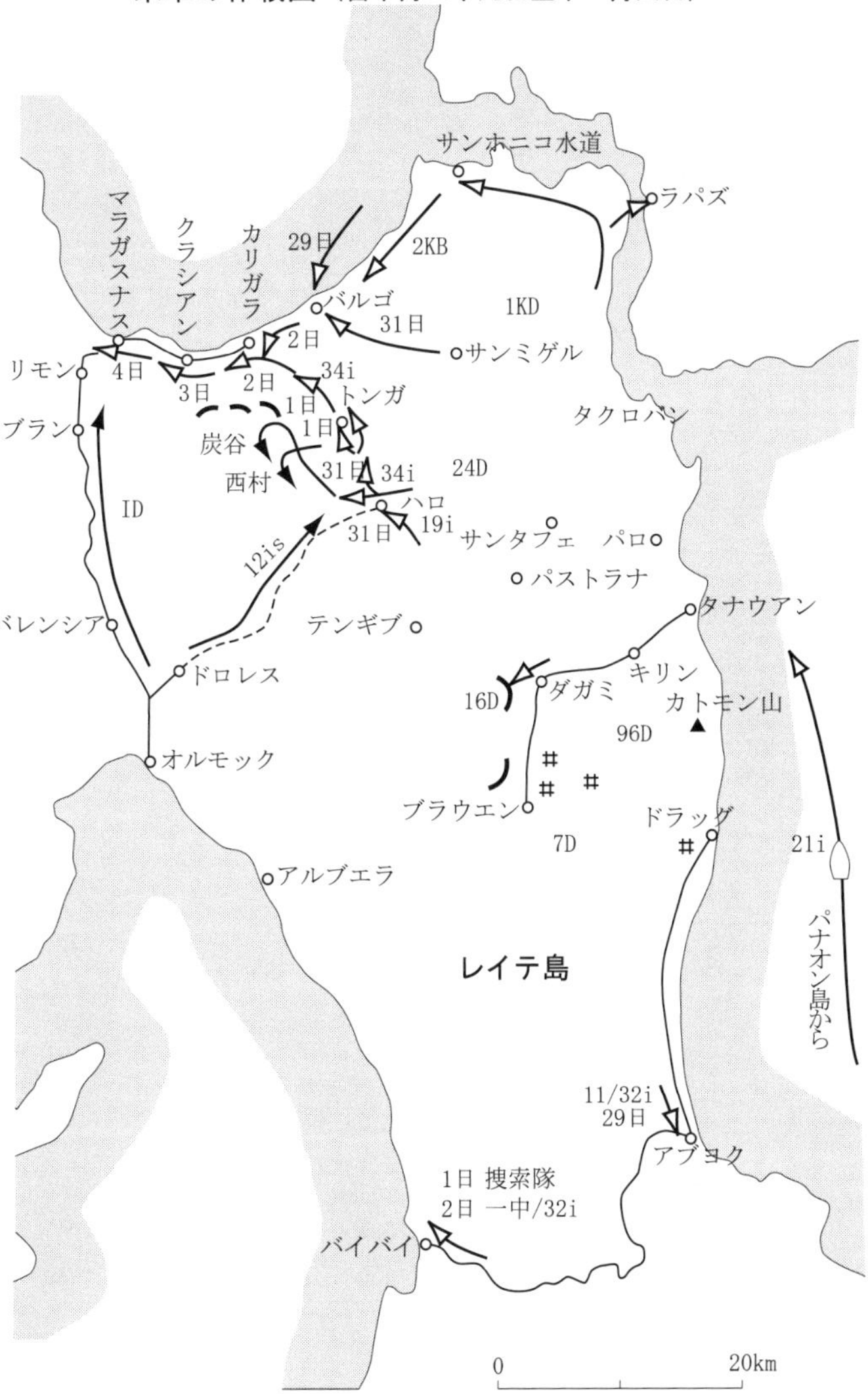

三十一日も日本軍の抵抗は激しく、戦闘は連続三時間も続いた。十四時三十分、米軍はある川の線で日本軍の激しい重機の集中射撃を受け、遂に百メートル退いて壕を掘り、対峙の態勢になった。その夜は大雨となり、米軍はずぶ濡れになる。その間に四十一聯隊は、カリガラ西南方の五一七高地へ移動を開始したのである。

米第二十四師団は一日になって、カリガラに進出するが、歩兵四十一聯隊の猛攻に懲《こ》りて、軍団砲兵二個大隊も加え、カリガラに猛砲撃を加えた。しかし、日本軍はこの時すでに五一七高地へ移動した後で、カリガラはもぬけの殻だった。

歩兵四十一聯隊は、十月二十五日にミンダナオ島のカガヤンを出発した時に携行した弾薬、食料だけで、以後一回の補給も受けず、後続の主力の到着を待ちつつ、この後も米軍やゲリラとの交戦に損耗を重ねながら、飢餓と疾病のために結局、消滅することになる。

歩兵第七十七聯隊苦戦す

十一月四日、歩兵第七十七聯隊の第三大隊長野中勇少佐指揮の二個中隊と機関銃中隊だけが、ミンダナオ島のカガヤンを出発、五日、レイテ島オルモックに到着した。野中大隊は後にブラウエン敵飛行場攻略作戦に参加することになる。

六日から米艦載機が続々と来攻して、わが方の輸送船舶の状況は惨憺たるものとなった。カガヤンに待機していた両角師団長以下、歩兵七十七聯隊の主力は輸送中絶となって、如何ともすることが出来なかった。

軍命令では第一師団をマニラからレイテに輸送した海軍の高速輸送艦が、カガヤンに来て、われわれ第三十師団をイビル（オルモック東南方四キロ）に急送することになっていた。ところが、イビル〜オルモック間は山を越えて、敵の長距離射程重砲弾の弾幕地帯となって上陸は不可能であった。

前述したように十一月二十四日、歩兵七十七聯隊の新郷聯隊長指揮の聯隊本部と第二大隊（大隊長・林国弘少佐、第六中隊欠の三百七十六名）が機帆船三隻で出発、残余（第一、第三大隊を除く）が機帆船四隻と漁船一隻で翌二十五日、カガヤンを出発した。聯隊長直率のものは三十日、セブ島タボゴンで三隻中の二隻を失い、十二月九日、レイテ島パロンポンに着いた。十二月七日朝、米第七十七師団はイビル南方に上陸、橋頭堡を設立するや一意オルモックに向かい北上した。

パロンポンに上陸したわが歩兵七十七聯隊の第五中隊と第二機関銃中隊が、機帆船でカモステ群島経由でこの時、オルモックに着いた。歩兵はこの隊だけで、友近第三十五軍参謀副長はこれを尚船舶隊長（オルモック防衛隊長）に配属した。結局、オルモック防衛の骨幹戦力となったのである。

歩兵七十七聯隊長新郷栄次大佐は結局、第二大隊の約三個中隊のみの兵力を率いてパロンポン——リボンガオ道を進んで十五日、ファトンに到着した。当日、三十五軍の軍命令でイビルの敵橋頭堡の攻撃を命じられる。攻撃発起は十七日十八時三十分と決められた。しかし、十六日、攻撃発起前に日本軍の前衛が崩れ、展開中の新郷部隊は敵の先制攻撃を受けることになった。

ドロレス方面に退いた部隊は二十四日頃、ドロレスを出発、バレンシア、リボンガオ地区で公道を突破した。公道上には敵の装甲車や砲兵などが充満していた。この公道突破時に混乱を来し、新郷聯隊長は本部及び軍旗護衛小隊を、やがて本部だけを指揮するだけになり、一月上旬、歩四十一聯隊の残兵と共に歓喜峯（軍司令部所在地）に到達する。時に新郷聯隊長以下十八名であった。

軍司令官は一月八日、兵団長を会同し、「自活自戦に徹底する」旨を命令した。しかし、レイテ島における米軍とゲリラのわが諸隊に対する攻撃は執拗を極めた。防戦のたびに死傷を生じ、奥地への退避は自活を困難にした。逐次、栄養失調に陥り、将兵は次々に倒れ、七月頃までにほとんど消滅した。昏睡状態に陥っていたごく少数の人員が米軍に収容された。

日本軍のレイテ作戦兵力は、七万二千五百名と概算される。レイテ島で米軍に収容されたものは約八百名である。レイテから転進したものが約九百名あるほかは、戦死、戦傷病死、自決などである。これに対し、レイテ上陸の米軍は最大時、二十五万七千七百六十六名、敵の戦死、三千五百名、戦傷一万二千名である（ただしこの数字は陸軍のみ）。

歩兵四十一聯隊の生存者は十名程度と推定される。歩兵七十七聯隊については不明である。

十二月十九日頃、軍司令官から両角師団長宛、次のような命令が下達された。

「第三十師団のレイテへの輸送中止」。さらに「第三十師団長は第百師団を併せ指揮しミンダナオ防衛に任ずべきこと、サランガニの歩七十四聯隊を撤収して差し支えなきこと」などであった。

方面軍より三十五軍宛「大発十隻を一月一日及び三日に出発させる」旨の電報があり、軍司令官は一月初め、地号作戦（レイテ島外への転進作戦）を計画した。輸送の順序として、

一、第一師団　セブ島北部、次いでネグロス島へ

二、歩兵第四十一聯隊　ミンダナオ島の第三十師団に復帰

三、歩兵第七十七聯隊　同右

とされていた。第一師団は方面軍から配属された師団でもあり、これを第一としたもので、一月十二日より、十九日まで四回にわたり将兵八百一名をセブに輸送した。爾後、輸送は中絶して第一師団の野砲兵第一聯隊長熊川大佐以下約二千名はレイテに残留した。歩第四十一聯隊、歩兵第七十七聯隊も同じ運命を辿ったのである。

師団は自活態勢へ

一月になって師団は自活態勢を強化することになり、再び内陸地帯へ移動することになった。カガヤン――アグサン――マライバライ――オモナイ――マラマグという経路を行軍したが、連日、敵機の攻撃にあった。在鮮召集の鈴木一上等兵は、敵機の銃撃を民家に退避して伏せたが、跳弾が命中して片目を失った。その後、逢うたびに隻眼《せきがん》の不自由さをこぼしていたが、それが心労の原因となったのか、ある日、熱発して翌日に急死した。実にあっけない最後だった。彼も朝鮮巡査だった。

中隊はマラマグ付近の旧牧場の野生化した牛の飼養を計画したが、難事業であった。

私はこの時、マラマグに行かず、マライバライに留まった。マライバライはブキドノン州の中心で、日本軍の飛行場もあった。高原地帯で、日本ではさしずめ軽井沢を思わせる土地だった。ここに聯隊のマラリアや下痢患者の体力回復を目的とした練成隊を作り、下士官を長とした一種の保養所だった。

このマライバライ駐留中、ある時、命令受領に行ったことがある。師団の主部隊としては野砲隊が駐留していた。その時、野砲隊の副官か大隊長と思われる少佐がレイテの戦況について説明した。

レイテ島の東岸タクロバンに米軍が上陸して、これをレイテの守備軍である第十六師団

（垣兵団）が迎撃した。さらにわが三十師団（豹兵団）より二個聯隊（実質三個大隊弱）が西岸オルモックに上陸した。これにマニラより第一師団（玉兵団）、第五十八旅団がオルモックに上陸、その後さらにルソン島警備の第二十六師団（泉兵団）がオルモックに上陸して戦列に加入した。この泉兵団は元来、内蒙地区に駐留していた現役兵団で、非常に強力な戦力であるが、目下の戦況は苦戦を強いられているというような説明であった。

十二月下旬には第十四方面軍では、すでにレイテ戦に見切りをつけているのに、一月になってこのような概況説明を受けるというのは可笑《おか》しいのだが、当時の日本軍の通信連絡はすこぶる不備であった。米軍のレイテ上陸時も、交戦中の第十六師団からの通信がなく、南方軍や大本営ではこれを以て戦局を楽観し、判断を誤ったのであった。

第二十六師団レイテ戦に

第二十六師団（泉兵団）は、私が現役時代の所属兵団である。私が現役を去ったのは昭和十七年の秋であった。そうしてみると今、比島に来ている同兵団の古年次兵は、私が四年兵当時二年兵であった、昭和十五年徴集の連中であろう。初年兵から四年兵までがこの作戦に参加しているものとしても、大体半数は顔馴染みの連中である。幹部は転属があるけれど、それにしてもやはり半数は知った顔であろう。懐かしい気持で一杯であった。

昭和十九年六月、サイパン陥落後、大本営は支那派遣軍より第二十六師団、第六十二師団の二個師団を抽出、直轄として掌握しており、まず二十六師団を比島に投入したのである。

しかし、二十六師団には悲運がつきまとった。大同を出発して釜山で乗船、玄海沖で大船団を編成、輸送船十五隻、空母「大鷹」以下十三隻の護衛艦という堂々の陣容で南下した。十七日朝、高雄を出港したが、十八日、バシー海峡で敵潜の集中攻撃により大損害を受けた。速吸丸、帝洋丸、帝亜丸、玉津丸が沈没、永洋丸中破、阿波丸小破に、空母「大鷹」、他の海防艦三隻も撃沈された。実に惨憺たる状況であった。

八月二十二日、独歩十二聯隊本部と五個大隊、九月三日、独歩十一聯隊本部と一個大隊がマニラに上陸した。独歩十三聯隊と一個大隊は全殁し（聯隊長、大隊長は海殁）、二個大隊は遭難後、収容されて台湾に向かった。この部隊は十月上旬、追及した。私の原隊である輜重兵二十六聯隊の乗船摩耶山丸は、この時は無事に八月二十二日、マニラに入港した。

師団は上陸後、独歩十二聯隊はリンガエン湾に、独歩十一聯隊はバレル、ジンガラン湾に至り、山縣師団長はタルラックに位置して、海没部隊の再建を図った。輜重聯隊も師団司令部と同じタルラックに駐留していた。

第十四方面軍では、軍司令官黒田中将は比島の決戦はルソン島においてやるとの信念の持ち主で、その手元に第十六師団を保持しておくつもりであった。しかし、南方軍の指導もあって第十六師団はレイテ守備に転じた。第二十六師団はかつて黒田中将が師団長として掌握した部隊である。当然、方面軍の旗本師団としてマニラに近いタルラックに置いたものであろう。軍司令官が更迭されて山下大将に変わっても、この考えは継承されていた。

レイテに敵上陸するや、これへの対応を巡って、方面軍と南方軍、大本営との対立が起こったことは前述の通りである。結局、満州から来着の第一師団、六十八旅団をレイテに投入したが、さらに旗本師団の第二十六師団までも投入することになった。台湾沖航空戦の誤れる戦果に目のくらんだ、大本営の重大なる誤判断、誤指導であった。

第二十六師団のレイテへの輸送計画は二転、三転する。当初の輸送計画は二十八日発令されたもので、これによれば三十日から十一月四日まで十便に分けて出発するようになっていた。ところが、翌二十九日に米艦載機の空襲があり、方面軍は全般の戦況に疑問を抱き、山縣師団長の出発を予定から削除した。さらに「レイテ決戦断念」の具申に発展した。これで南方軍との対立が深まることになった。

三十一日、独歩十二の一個大隊を今堀聯隊長直率で、海軍高速輸送艦三隻に分乗してマニラを出発したが、これらは無事オルモックに到着した。ところが、独歩十二の二個大隊や独歩十三の三個大隊を輸送した低速の海上トラックや機帆船利用の分は惨憺たる結果となった。すなわち大隊主力はオルモックに到着したものの、大隊長の船上戦死を初め多数の死傷者を出しての上陸となり、二個中隊はマスバテ島で乗船を撃沈された。

方面軍の抵抗もむなしく四日、結局、二十六師団の次の輸送計画が決定した。師団主力は金華山丸、香椎丸、高津丸などの優速船を用いる（四日、レイテよりマニラ帰着、折返し輸送）。また師団の残余、兵站部隊、多量の糧秣などは、せれべす丸など輸送船五隻を充て、六日夕出発とされた。ところがまた敵の空襲があり、重巡「那智」も撃沈される状況で、マニラ港での搭載は中止、師団各隊はマニラ埠頭から急遽、疎開する始末であった。

方面軍司令部の西村参謀副長以下がこの状況では、輸送はとうてい不可能と思い、南方軍司令部に行き、「レイテ決戦を断念すべし」と申し入れた。南方軍の太田船舶参謀が稲田船舶輸送隊長の意見を求めた。稲田少将は、「右顧左眄《うこさべん》すべきに非ず。断固としてレイテに戦力を結集すべきだ。この好機を捕捉出来なければ、この戦争は終わりである」と答え、山縣師団長は敵機の去った後、搭載再興の命令を下達した。

師団長以下、第二十六師団将兵は懸命に搭載を続けていた。師団の主力は優速三船に乗るが、一部は軍直轄兵站部隊及び軍需品と共に「せれべす丸」に乗船するものであった。

七日朝から雨が降っていた。台風接近の報があった。雨天のためか敵艦載機の飛来を見ず、師団長以下は営々と搭載に取り組んでいた。

方面軍参謀長武藤章中将は、南方軍総司令部に自動車を走らせた。

「すでに前日来、西村副長以下に申し入れさせたことであるが、レイテ決戦を断念すべきである」と飯村総参謀長に述べ、第二十六師団の搭載取り止めを求めた。

飯村総参謀長は和知、山口両参謀副長、第一課の主要参謀などを招致した。果てしなく議論が続いた。

マニラ港内の第二十六師団輸送用の船舶が去就に迷う状況を黙視し得ず、稲田少将は参謀長岩橋一男大佐を総司令部に急行させ、強硬に決行方を申し入れさせた。稲田少将は、「朝来雨、台風接近、これ船団突入のための天恵、決心の動揺、命令の変更は最も不可」とした。

結局、武藤参謀長は要領を得ないまま司令部を去った。第二十六師団主力を搭載した船団は、翌八日一〇三〇（午前十時三十分）マニラから出発した。

第二十六師団悲運の上陸

第二十六師団主力を搭載した優速船三隻は、台風のために空襲も受けず、九日夕、オルモック湾に到着した。オルモックには七日から山系を越えて長距離重砲弾が飛来していた。このためイピルを揚陸地とせざるを得なかった。

揚陸には大発を使用する。その五十余隻の大発を台風にさらわれぬように水際から遠く陸揚げしていたところ、台風が巻き上げた海浜の砂がこれを埋没してしまった。この大発を掘り出し、運び、泛水《はんすい》し得たのは僅かに五隻、しかもイピル海岸はオルモック桟橋とくらべものにならず、波浪はまだ高く、敵機は相次いで来襲した。

三船は九日夕方から戦爆二十五機の攻撃を受けながら、一八一五（午後六時十五分）泊地に入ったが、十日〇七〇〇（午前七時）現在、高津丸は人員のみ揚陸終了、金華山丸は人員のみ五十パーセント終了、香椎丸も概《おおむ》ね同様であった。護衛司令官早川少将は、天明後の惨状を慮《おもんぱ》かりこの時、「人員のみ揚陸、帰投」と決した。

〇八〇〇（午前八時）から大型機二十機が来襲し、一〇三〇（午前十時三十分）、金華山丸、香椎丸の人員揚陸終了と共に三船は反転した。かくて第二十六師団主力約一万名は、せっかくレイテに着きながら、死傷者を生じつつ、ほとんどが個人装備を持っているだけであった。歩兵でさえこの状態で、砲兵その他の部隊に至っては砲一門も、車両一両も揚陸出来なかった。

せれべす丸以下五隻の船団は、第二十六師団の一部及び軍直轄兵站部隊約二千名と軍需品を搭載して九日〇五〇〇（午前五時）マニラ発、せれべす丸は座礁、残船（西豊丸、天照丸、泰山丸、三笠丸）は十一日一一三〇（午前十一時三十分）頃、オルモック湾に到着したが、今少しで海岸という時、艦載機の来襲を受けて全没した。せれべす丸は乗員の一部は護衛艦艇に移乗してマニラに帰投した。その後、空襲により火災を起こし、同船は沈没した。

師団の装備を揚陸し得ずマニラに向け出発した三船は、イビルを出て間もなくB－25三十機の攻撃を受け、高津丸、香椎丸が沈没し、金華山丸だけが十一日一二〇〇（正午）マニラに帰投出来た。

この日、米索敵機の「船団発見」の報に来襲した敵艦載機の数は第一波は三百四十七機であった。同じ十一日、日本軍側は、海軍が発進させた機数は特攻機十一機と一般機十一機、、そしてこの特攻機のクラーク進発は一五四〇（午後三時四十分）以降であった。また、第四航空軍の冨永司令官が「機動部隊あり」と知り、特攻命令を発したのは夜に入ってからだった。いずれもわが輸送船団が撃沈されてしまった後の処置だった。

方面軍の反対意見にもかかわらず大本営、南方軍のごり押しでレイテ作戦に参加させられた第二十六師団将兵は、その約九十九パーセントが戦死した。このうち、約七十パーセントはレイテ島内戦死、二十九パーセントは海上戦死とビサヤ諸島漂着戦死とされている。生還は僅かに一パーセント、これらは輸送途中、カモステ島などに漂着したもの及び海難に遭いながら救助されてマニラに帰投したものである。

私の原隊である輜重聯隊では六百八十名が比島に上陸、このうち十六名が生還した。せれべす丸座礁の際、海軍艦艇に救助されてマニラに帰投した人たちであるが、ルソン島にもやがて米軍が上陸し、戦闘が開始され、日本軍は逐次、北方へ避退する。その間一切の補給はなく、ゲリラの蜂起とも戦い、飢餓と疾病に悩まされながら、逐次減耗して行ったのである。

ルソンから生還したのは佐藤稔、小林政敏らの諸君である。当時、香椎丸に乗船していてイビルに上陸した山内勇吉君は、レイテ島から奇跡的に生還した。彼の手記は、近代戦の凄まじさと日米戦力の格差を物語って余りある。

これら多数の将兵を死地に送り込んだのは大本営の参謀であった。特に参謀本部作戦課長の服部卓四郎大佐の責任は重大である。彼は台湾沖航空戦の偽りの戦果に惑わされた点もあるが、来攻した米軍の戦力を過小に評価し、反対にレイテ島守備軍の第十六師団の戦力は過大に見積もり、それがレイテ決戦発想の根拠となっていたのである。

この間の経緯を最初から追ってみると、いささか前述の部分と重複するが、概《おおむ》ね次の通りである。レイテ来攻はまず十月十七日〇七〇〇（午前七時）、湾口のスルアン島の海軍見張所の発した「敵艦隊来攻」、次いで「上陸開始」の報告に始まった。九月にダバオ敵上陸という海軍の誤報事件があり、現地軍ではまたかという気分であった。

大本営では同日、陸海両部作戦会同の席上、真田第一部長は緒論の結論を「捷号決戦方面は比島方面とす」と手帳に朱書した。梅津参謀総長は、この帰結に「結構だ。皇国の興廃を賭す」と述べた。十七日の敵機の来襲は比島に四百五十機、台湾に六十機であった。

翌十八日、レイテだけで来襲機数四百機、比島全体では九百七十五機以上で、その攻撃は熾烈を極めた。同日、大本営では「捷一号作戦」を発動した。

十九日朝、杉田一次大佐（第二課、作戦）一行は南方軍に連絡のため出発した。同日の比島来襲機数は七百二十機に達した。現地陸海航空部隊は鋭意、捜索に努めたが、昼頃、大船団がレイテ湾方面を目指しているのを発見した。大本営の構想は「敵機動部隊接近せば、わが基地航空隊の攻撃によりこれを撃滅する」ということになっていた。そのために比島の第十四軍（後に第十四方面軍）は、航空基地軍の性格を以て飛行場作りに追われていたのである。ところで、敵大船団発見の当日の発進機数は陸軍二十三機、海軍八機に過ぎなかった。

明くれば二十日、米四個師団が一挙にレイテ島に上陸した。この敵に対する判断も実に甘かった。大本営では、レイテ来攻部隊の空母は十六隻、正式空母と巡洋艦改装のものが七〜八隻、特設空母が七〜八隻でその機数は約千機、素質は不良としていた。これは台湾沖で撃沈した残存の空母をかり集めて来たもので、搭載機数も少ないし、素質も不良としたのである。大本営ではこちらは千百五十六機（陸軍六百十六、海軍五百四十）あり、これで決戦することに決した。

しかし、現地軍からは総攻撃開始二十四日、その機数陸海合計四百余機と報告して来ることになる。また敵機動部隊の空母は、正式空母十六隻・搭載機数約千百機、特空母十八隻・四百機で合計三十四隻、約千五百機が第一線に来ており、別にこれら空母の搭載機の補充を行なう空母が後方を往復していたのである。

また南方軍では、レイテ島が陣地構築が最も進捗していると判断していたが、第十六師団がレイテに集結したのは八月上旬であり、かつ飛行場確保の任務を与えられたため、水際の陣地で、かつゲリラ討伐もあり、せいぜい掩蓋銃座や壕を掘った程度のもので、第二線陣地は出来ていなかった。

それに対する米軍の戦法は、次のようであった。

十八日朝から四百機の艦載機が来襲、猛爆撃を加えた。午後から戦艦四、巡洋艦九、駆逐艦十を含む艦艇四十四隻が砲撃を開始した。この砲爆撃により電話線は寸断され、守地に帰った将兵は、自己の陣地があたかも耕されたようになっていて、壕が形跡もなくなっているのに茫然と立ちつくしているものが多かった。

翌十九日は天明から砲爆撃が開始された。この日はさらに熾烈を加え、砲兵陣地はすべて破壊された。死傷はすでに三～四割にも達していた。

かくて翌二十日、〇六〇〇（午前六時）から、戦艦六隻の巨弾、続いて接近してきた巡洋艦、駆逐艦の艦砲弾、さらに延べ五百回離艦した艦載機の爆弾、これらが十六師団の陣地を粉砕した。〇九四五（午前九時四十五分）、艦砲弾の射程延伸とともに数千のロケットを噴射する噴進砲艇、駆逐艦と共に数百隻の上陸用舟艇が押し寄せ、これらが海岸に達すると、引続き多数の水陸両用戦車が進撃してきた。これに少数の歩兵が随伴していた。戦車はその搭載砲、機関銃、火炎を以てわが火点を破壊、焼却しつつ進む。陸地内部には重戦車が出現する。その威力強大、わが三十七ミリ対戦車砲は効力がなく、肉薄攻撃を敢行するが、火炎と自動火器のため、ほとんど失敗している。

この日までの第十六師団の損害は、死傷累計五千に達していたと思われる。牧野師団長の指揮は中絶した。三十五軍の渡邊参謀は、セブからオルモック経由ダガミで牧野師団長と連絡が取れた。

「師団長がダガミで掌握している兵力は約三千、火砲も大部を失い、将校はほとんど戦死し、数ヵ月分の糧食弾薬を一挙に失い、食糧はすでに一週間分を残すのみということだった。師団がすでに統制ある戦闘を続行することは困難な状況に陥っていた」と言っている。

かかる状況を知りながら、なぜレイテ決戦を呼号して、兵力を死地に投じたのか理解に苦しむ。陸軍、特に参謀連中の間では、常に強気の論が幅を利かしたのである。全体がそうであるから、慎重論は弱気と見なされ、強硬な意見を吐くものが出世するという世界が出来上がっていた。大本営作戦課長の服部大佐の意見がレイテ決戦となれば、その他の連中もこれに迎合して真意は隠してしまう。

三十五軍の渡邊参謀の十六師団に関する情報も、十月三十日に来比した服部大佐の耳には達しているはずであるが、自己の発想に都合の悪い情報は無視しているのだ。自己過信というか、傲慢というか、普通の常識では判断出来ない異常な神経である。その結果は多数の将兵が無益な死を遂げることになるのであった。

第二十六師団を搭載した船団がオルモックに到着した同じ十一月九日、夕刻、マニラの寺内総司令官の宿舎において、陸海軍主要指揮官幕僚の顔合わせ的会食が開かれた。会食の席上、山下大将が飯村総参謀長に、「レイテ作戦の継続は将来、史家の非難の的《まと》になるぞ、すぐ止めろ」と、ほとんど叱りつけるような大声で言った。

総参謀長は寺内総司令官に山下大将の意見を報告し、翌十日、総司令部において南方軍、方面軍合同の幕僚会議を開いた。会議終了後、総参謀長は総司令官に、「どう致しますか?」と伺い、総司令官は、「レイテ作戦はどこまでもやる」と一言した。

翌十一日、総司令官、総参謀長、方面軍司令官、同参謀長の四人だけの席上で、総司令官は開口一番、「レイテ作戦続行」と言明した。数次にわたる第十四方面軍の意見具申は認められず、かくてレイテ作戦は続行されることになった。結果は前述の如き惨憺たるものとなった。

この件は飯村総参謀長がお膳立をして、山下大将を抑えつけた感じがするが、戦後、飯村氏とは何度か会う機会があったが、その真相は聞き損ねたままである。

南方軍総司令官の寺内元帥は、長州軍閥の権力者であった寺内正毅の息子である。昭和十一年当時、陸軍大将であった。部内の寺内評は我儘《わがまま》で、遊び好きのどら息子、よく大将まで上がれたものだというものであった。そこに起こったのが二・二六事件である。

事件処理で皇道派を一掃した統制派の幕僚グループが、次の広田内閣の陸軍大臣に寺内を担ぎ出した。そして閣僚の人選まで横槍を入れる。すべて幕僚の演出で、寺内は単なるロボットに過ぎなかった。これ以来、寺内の処世術は省部（陸軍省・参謀本部）の中堅、若手の機嫌を取ることであった。戦時中、元帥、大将が輩出したが、真に将帥の器は稀で、彼らのほとんどは幕僚グループに媚びることが立身出世の早道と心得ていたのである。

その寺内だから、大本営の意向には絶対随順である。かくて中央統帥部の独善的作戦指導の高いつけは、第一線将兵の命によって払わされたのである。方面軍が南方総軍司令官の「鶴の一声」によって、止むなくレイテ作戦続行に切り替えた同じ頃、オルモック湾に向かった第二十六師団の輸送船は、熾烈な敵機の空襲下に人員のみを辛うじて揚陸し、軍需品船団は全歿したのである。

高級指揮官の逃亡

十一月十三日、マニラに敵艦載機が大挙来襲した。マニラには六次にわたり延べ三百五十六機、クラークには五次にわたり延べ百二十機と報告されたが、朝〇七三〇（午前七時三十分）から、一六〇〇（午後四時）までマニラ上空は敵機の乱舞するところとなり、船舶の損害十三隻、七万トン、地上撃破も入れて飛行機の損害八十三機、燃料炎上三千本であった。

山下大将は寺内総司令官を訪問し、「比島は山下に任せ、速急に西貢《サイゴン》にお移り願いたい」と述べた。

十七日、総司令官は西貢に移転、総参謀長がマニラに残ったが、二十一日、総参謀長も西貢に移った。インパール作戦の収拾とか、仏印に対する警戒とかもっともらしい理由はつけるが、あれだけレイテ決戦を呼号して、数万の将兵を死地に投じておりながら、総司令官自らは安全地帯への逃亡である。

西貢の司令官公邸は、旧フランス総督の広壮華麗な大邸宅であった。この大邸宅に愛人である赤坂の美妓を招致していたのである。しかもその愛人を軍属として、軍用機に搭乗させて呼び寄せていたのである。こういうことは彼一人で出来ることではない。当然、東条陸相兼参謀総長の了解の下にやったことであろう。誰一人反対する者もいなかったということ、事ほど左様に当時の軍上層は腐敗、堕落していたのである。

第四航空軍司令官冨永恭次中将は東条陸相の下、陸軍次官として権力を振るった。サイパン失陥後、東条内閣は総辞職した。直ちに彼は南方軍隷下の第四航空軍司令官として比島に赴任した。彼の指揮下には第二、第四、第七の飛行師団があった。レイテに敵が来攻すると共に、敵機動部隊や輸送船団に対する体当たり攻撃が開始された。第四航空軍の特攻は六十二回、約四百機がこれに参加した。冨永司令官は出撃に当たり、「君たちだけを行かせはしない。最後の一機で私も突っ込む」と激励した。

やがて戦局はルソン島に移る。第十四方面軍はマニラを放棄し、山地に移動する。南方軍や大本営の従来の誤指導のため、十分な戦備が出来ず、かつ制空権もない地上軍は、無駄な出血を避けたのである。その時、形勢不利とみた冨永司令官は、戦闘機十機の護衛下に台湾に逃れたのである。台北郊外の北投温泉で、悠々と戦塵を洗っていたのである。さすがにこの破廉恥な行動には軍中央部も怒り、彼は東京に召還されて予備役に編入された。もしこれが普通の将兵であれば、軍法会議に付されたに違いない。

卑劣な上級指揮官、無能な参謀、こういう連中が軍を指導していたのでは、幾ら第一線の将兵が奮戦力闘しても戦いは勝てるわけはなかった。

同じ聯隊に同姓同名

マライバライにいる頃、聯隊本部所属の佐々木という上等兵がわれわれの宿舎にやって来た。聞いてみると、名前も全く同じ「佐々木四郎」である。彼は美校（現在の芸大）出身の学徒兵だった。郷里は弘前で、国では父親が映画館を経営しているとのことだった。東北地方は「佐々木」姓が多い。このため終戦後、私にある災難が降りかかって来るのだが、それは後の話である。

この絵描きの佐々木君を煩《わずら》わして、住民との物々交換用のヌード画を描いて貰ったり、後には手製の花札を作ってその絵を描いて貰ったりした。なかなか才気のある人物で、「小野の道風」を女性化して表現したり、アイデアでも楽しませてくれた。トバ酒（椰子酒）を飲んで歌ったり、踊ったりしていたが、なかなか芸達者で、皆を楽しませてくれた。東北人らしい色白で背も高く、肉の薄い鼻梁がよく通ったハンサムな青年だった。

この「佐々木君」とは、ミンダナオ島に米軍が上陸して師団が東部に転進した時、われわれ第一中隊と聯隊本部とは進路を異にして別れた。聯隊本部は北カバロング地区を目指して進んだが、彼はその中途で斃《たお》れた模様である。彼の最後については、一時、ゲリラか現地人の毒矢でやられたという風評が流れたが、戦後、聯隊本部で行動を共にしていた戦友の記録では、ある時期、彼も含めて学徒兵たちが次々に病死したということであった。

戦後だいぶ経ってからのことだったが、たまたまテレビで芸大教授で洋画家の野見山暁治氏が、戦争で散ったかつての学友を語る番組で、この「佐々木四郎」を取り上げた。どこで死んだのかも分からないが、本当に惜しい才能であったと嘆いておられた。そこでさっそく、その最後についてお知らせしたら、差出人も同じ「佐々木四郎」で驚きましたという返事が来た。

案外に世間は狭いもので野見山氏は福岡県出身で、同氏の父君は県会議員もしておられ、私も熟知の中であった。御子息（すなわち暁治氏）がフランス留学から帰国して、帰朝記念の個展をブリヂストン美術館で開催した折も、招待状を頂戴したこともあったのである。

マライバライ駐留の後半は、連日の敵機の襲撃を避けて、宿舎より離れた場所に壕を掘って退避した。朝のうちに二食分を炊爨《すいさん》し、昼飯を飯盒に入れ、それを持参しての壕通いである。相棒はやはり鮮内召集の岡田誉次上等兵だった。彼は朝鮮鉄道局に勤務していて、鮮鉄ラグビーチームのメンバーだった。上背は高い方ではなかったが、がっちりした体軀で、さすがラガーだけに股《もも》の太さは大きかった。毎日、壕の中でこれからの見通しなど語り合った。

茨城県竜ヶ崎の出身だった。

ある時、壕に行かず、ブキドノン州の州知事の家に遊びに行ったことがある。宿舎から近いところで、かねて知事の息子夫婦とは顔馴染みになっていた。息子の嫁にはスペインの血が入っていて、マニラのスペイン系のカレッジを卒業したということだった。玉蜀黍《とうもろこし》を原料にしたケーキを馳走になったりした。父親の知事も出てきてピアノを弾《ひ》いたり、一緒に歌を歌ったりして、久し振りにアットホームな気分を味わった。

ところが、それが軍医の耳に入ったらしく、喧《やかま》しく言われた。榊原という医大を出たばかりの見習軍医だったが、彼らは敵のスパイかも知れない。軍機が漏れるという心配をしたようだ。われわれが別に軍機を漏らすようなことをするわけもないし、第一、その頃の部隊に軍機などはなかった。部隊の日常は周囲の比島人が見ているわけで、隠すものは何もなかった。

比島人すべてがアメリカン・ライフを理想としており、それだけ親米的であったから、全部がスパイといってもいいくらいである。

日本占領下の比島大統領はラウレル氏で、当然、親日的と言われた。しかし、彼はケソン大統領の命に従っていたのである。ケソン大統領は開戦後、オーストラリアに亡命した。マニラからコレヒドール島に脱出する時、彼はラウレルに残れ、日本軍に協力して市民を守れと命じたのである。

ラウレルは泣いて同行を懇願した。もし日本軍に協力すれば自分は裏切り者になる。そうでないといっても誰も信用しない。その時、ケソンは「私が知っている。神が知っている。国家が知っている」と言い、ラウレルは涙をぬぐって別れを告げたと言う。ケソンの副官ロムロ少佐の言である。

日本はかつて比島独立運動の指導者アギナルドを応援したことがある。ただそれだけで、比島人は親日的であると思ったりしたら、とんでもない間違いである。戦争中の各地ゲリラの蜂起、戦後の反日行動、それは凄まじいものであった。スペインは教会を作り、アメリカは学校と病院を作ってくれた。日本は何も与えず、ただ奪うばかりであったから、これは当然と言えば当然の帰結であった。

ミンダナオ島に敵上陸

ルソン島に敵が来攻するのは早くとも来春の旨を、大本営では天皇に上奏していた。それは十二月三十日であった。ところが新年早々の一月二日、敵大船団がスール海を北上するのを海軍機が発見した。

一月六日、リンガエン湾内に入った艦船は艦砲射撃を開始、九日、上陸を開始した。来攻した敵軍は、マッカーサー総司令官隷下の第六軍（五個師団基幹）の十九万一千名で、一日にしてその四個師団が上陸した。三月三日、マニラは陥落した。

山下大将の方針は、マニラを戦火に曝《さら》さず解放するにあったが、岩淵海軍少将を指揮官とするマニラ海軍防衛隊は、マニラ死守の方針を堅持して徹底抗戦の態勢を採った。これに対して米軍は、早期占領と日本兵殲滅《せんめつ》のために、マニラ城内にある比島人の生命も顧みるべきではないとして、徹底的無差別砲撃を行なった。このため巻添えを食った住民の死者は十万人と言われ、マニラ旧城内は完全に瓦礫の原と化したのである。

同郷の親友、飯山順朗氏はマニラで戦死した模様である。明大商科を卒業後、満銀に勤務していたが、入隊して甲種幹部候補生となり、高射砲隊に配属されたとの葉書が在支中の私に届いたのが最後の消息であった。復員後、彼の家を訪ねた折、父君からマニラで戦死との公報があったと聞いた。高射砲隊であれば、おそらく飛行場周辺に配備されていたと想像出来るが、マニラにはクラークやニコラスなどの多くの飛行場があったから、そのいずれかで戦死したのであろう。惜しい友人であった。

米軍はすでにルソン島に上陸し、ミンダナオ島は戦場外に置かれた感じであったが、三月十日、遂にザンボアンガに米第四十一師団が上陸してきた。同地警備の萩兵団（独混五十四旅団）旅団長北条藤吉少将は、海軍警備隊も併せ指揮し善戦したが、四月一日、遂に陥落した。

一方、レイテ島にいた第三十五軍司令官鈴木宗作中将は三月二十六日、海軍の特殊潜航艇でタボゴン発、同夜セブ市に上陸した。軍司令官はミンダナオ転進の企図を堅持し、二十七日セブ発、三十一日タボゴン着、五十六名を率い、バンカー五隻に分乗し、四月十日ネデリン（セブ島北部）発、セブ、ネグロス両島間を南下した。バンカーとは、中をくりぬいた丸木舟のことである。

十六日夜、ネグロス、ミンダナオ両島間の最狭部〝シキホール島西方〟に差し掛かった時、潮流のため各艇は離れ離れとなり連絡を失った。

軍司令官艇は四月十九日、ミンダナオ海において敵機の攻撃を受け、鈴木中将は海上において戦死した。友近参謀長の艇は五日間漂流したのち、二十一日、ミンダナオ北岸のアグサン海岸に漂着し、捜索兵第三十聯隊に収容された。同参謀長は第三十師団を経て第百師団方面に至り、軍司令官の名において第三十五軍の統帥を継続した。

ミンダナオ島では四月十七日、ザンボアンガに続いてコタバト地区に米第二十四師団が上陸してきた。この地区には独立歩兵第百六十六大隊（大隊長・内匠豊中佐）がコタバトとその北方二十キロのパラングを警備していた。敵はまずパラングに上陸し、次いで同地からの陸路と、コタバトからの水路を東進して、二十三日にはカバカンに達した。カバカン付近では、工兵聯隊長の指揮する南地区隊、歩兵七十四聯隊の林大隊らが会敵し、戦闘を交えた。

五月七日、歩兵第七十四聯隊の堀田大隊はマルコから南下し、パルマ北方密林内道路両側に巧みに陣地を占領し、敵部隊の通過に際し、その先頭と後方に奇襲して大損害を与えた。

五月十日、遂にカガヤンにも敵が上陸した。ここにおいて師団長は、次の通り処置した。
一、ダリリグ——インバルタオ道上の各橋梁を計画通り破壊させた。
二、バリンガサグに向かい転進中の高木大隊（歩兵第四十一聯隊の第三大隊）にワロエに至り収米と師団主力への米輸送に任ずるよう命令した。

三、戦闘司令所を十一日、インバルタオからシラエ北側に移した。

いよいよ、われわれのいるマライバライも戦場となった。三方面に上陸してきた米軍から挟撃される形になったのである。師団ではマライバライ東方山地に陣地移動が予定されたので、各隊特に野砲隊の弾薬などの物資を輸送することになった。中隊はすでに馬を失っており、これらの輸送はすべて臂力搬送《ひりよくはんそう》となった。私は朝鮮でよく使用されるチゲに似た道具を使って運んだ。

折悪《おりあ》しくよく雨が降った。泥濘と化した道路を滑らぬよう苦労した。この時の搬送で、宮内上等兵はぬかるみに足を滑らして転倒した。路上にあった硝子の破片で膝を切り、直ちに野戦病院に入院した。しかし、この直後に師団はワロエに向かって転進することになった。道路もない密林内の転進で、野戦病院では自隊だけで精一杯で、患者を搬送する手段を持たなかった。結局、独歩患者は退院させて原隊に帰し、担送以上の重症患者は青酸カリを与えられて自決の道を選ばされたようである。

基隆から西寧丸に搭乗し、共に海没してバシー海峡を泳ぎ、海防艦に救助された宮内義人とはマライバライで別れて以来、遂に再び逢うことはなかった。

六月二日、師団長は要旨、次の如き転進の命令を下した。

一、師団は予定の如く主力を以てアグサン州ワロエ付近に転進し自活自戦、後図を策せんとす。

二、第一線各部隊は主力を以て六月八日一九〇〇（午後七時）以降、敵と離脱しワロエに

豹兵団の作戦図

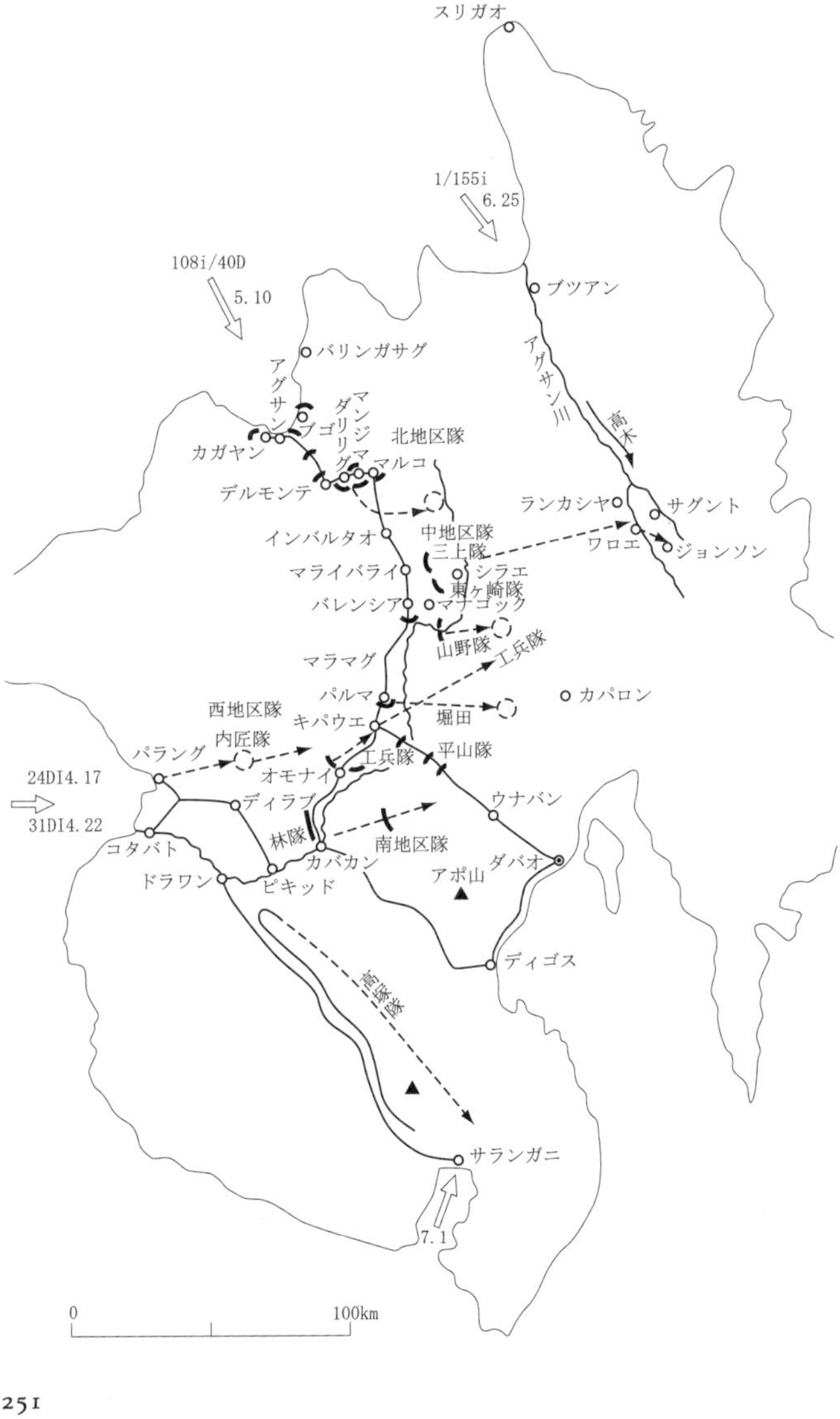
スリガオ
1/155i
6.25
108i/40D
5.10
ブツアン
アグサン川
バリンガサグ
アグサン
プゴ
マンジマ
ダリ
ゴリグ
カガヤン
北地区隊
マルコ
デルモンテ
高木
ランカシヤ
サグント
中地区隊
インバルタオ
三上隊
ワロエ
ジョンソン
マライバライ
シラエ
東ヶ崎隊
バレンシア
マナゴック
山野隊
工兵隊
マラマグ
パルマ
カパロン
西地区隊
キパウエ
堀田
内匠隊
パラング
平山隊
工兵隊
オモナイ
24DI4.17
31DI4.22
ディラブ
ウナバン
林隊
南地区隊
コタバト
カバカン
ダバオ
アポ山
ドラワン
ピキッド
ディゴス
高塚隊
サランガニ
7.1
0
100km

向かい転進すべし。

この時、師団の判断ではワロエに達するまでに二週間を要するものと見たのであった。豈《あに》図らんや、先頭部隊にして五十日を要したのである。重大な誤断であった。しかもゲリラの追跡、執拗な空襲、峻山嶮峡、千古の密林、湿潤地帯、食糧貧困地域内の転進であった。部隊の半数以上が転進中に死亡した。われわれは出発以来四ヵ月以上を費やしてワロエに辿り着いたのである。

マライバライからは、敵砲兵の砲撃下を逐次、敵と離脱しながらジャングルに入った。観測機が飛来してきて、観測結果を連絡しながら射撃して来るので、弾着は実に正確であった。弾着点を離脱した時は、やれやれの思いだった。

行軍の順序は工兵の道路啓開隊、歩兵第七十四聯隊、野砲第三十聯隊、師団司令部、輜重第一中隊、師団通信部、防疫給水班、後方警戒の歩兵部隊であった。

悲惨の極み、ワロエ転進

中隊の記録によると、平壌出発時の四百六十五名は転進直前、マライバライからシラエに集結した時点（五月末）で二百七十七名になっていた。それから五ヵ月後の十月中旬、ワロエ北方のサグントで米軍の武装解除を受けた時、その数は百九名で、転進途中の戦歿者は百六十八名を数えた。いかにこの転進が過酷悲惨であったか、この数字が雄弁に物語っている。

転進のまず最初の試練は、ブランギ川の渡河であった。六月一日、ブランギ川に当面する。川幅約四十メートル、山中の川だが滔々たる水勢である。

川辺に出るまでの途中の道傍に、兵隊の死体が転がっていた。おそらく先行した部隊の落伍者であろう。後続の部隊に踏まれて盛り上がった泥土の上に乗って、妙な姿勢になっている。この惨めな姿を家族が見たら、どう思うであろうか。支那事変では、友軍の戦死者の遺体は必ず収容された。しかし南方の戦場は様相を一変した。これが明日はわが身である。

ブランギ川を渡るために、われわれは褌《ふんどし》一つの素っ裸になった。装具類を頭上に載せて、二列縦隊になり、片手を前列の者の肩にかけ、ゆっくりと足で川底を探りながら渡った。

水勢は意外に急である。川底を子供の頭大の石がごろごろと流れている。深さは中流で胸まで水が来た。もし転んだら最後である。他隊の兵隊で、単独渡河の途中、水面下を流れる石に足を取られ、急流に呑まれる者も何人かいた。

患者は対岸に長いロープを二本わたし、板に載せてロープを引っ張って渡した。落伍しながらもここまで追随して来て、渡河できずに自決した者も他隊ではいたようだ。しかし、これはまだ序の口に過ぎなかった。

ブランギ川を渡って、しばらくは芋畑があった。食糧の補給がないので今や自活自弁である。芋畑は唯一の食糧の供給源である。しかし、先行の部隊が掘り出した後で、その掘り残しを僅かに捜して行くだけであった。

ある時、行く手に部落を発見した。その時はＳ少尉と一緒だった。Ｓ少尉とは小隊も別なので、何故この時一緒だったのか不明だが、多分たまたま同行したのであろう。部落があるからには、多分、何らか食糧もあるはずだと思って、道を急いだ。

部落の入口には三抱えもあろうかと思われる巨木が横倒しになっていて、道を塞いでいた。私はその上に上がり、ひらりと飛び降りた。その頃、軍靴が駄目になって地下足袋を履《は》いていた。瞬間、右足に激痛を感じた。鋭く先端を尖らせた竹槍が地下足袋を貫いて、足の甲までその先端が出ていた。地面に竹槍を埋めて、その上から落ち葉を敷いて偽装してあったのだ。明らかにゲリラの仕業である。これ以上は進めない。それよりも何より先に足の始末をしなければならない。

私は竹槍から足を引き抜き、タオルで緊縛して、付近を流れている川まで急行した。まず流れの中に足を入れよく洗った。血がどんどん流れる。ひょっとして毒物が竹槍に塗布してあるかも知れぬと思い、血の流れるのも構わずに傷口をよく洗った。傷につける薬を所持していなかったので、靴用の保革油の缶を取り出して、傷口を塞ぐようにたっぷりと塗布した。その上を殺菌ガーゼで覆い、三角巾でしっかりと縛った。緊急に外科薬の代用にした保革油の材料は豚脂である。

それから数日は右足を庇《かば》いながら歩いた。最も恐れたのは化膿である。内地では何でもないような傷でも、南方ではすぐに化膿する。そしてその化膿の部分がどんどん拡大して行くのだ。軍隊では、その病気を「南方潰瘍」または「熱帯潰瘍」と称していた。そのために足を切断した兵隊もいた。罷《まか》り間違えば命取りである。その実例は嫌というほど見て来た。しかも今は優勢な米軍と交戦して転進途中である。普通の治療は全く期待出来ないのだ。

数日たって、恐る恐る三角巾を取ってみた。有難や、傷口は塞がっている。手でそっと押さえてみたが、大した痛みはなさそうである。もし化膿でもしていれば、行軍には付いて行けない。この場合、落伍は即、「死」を意味するのだ。有り合わせのものを使っての素人の応急処置が、かくも見事に効を奏するとは思いもかけないことである。私はこれは天佑だとその時、思った。

京城で同じ下宿にいた益田馨氏も、転進する中にいた。彼も同じ福岡県人である。もう一人、県人で大塚実上等兵がいた。私よりも少し年長で、支那事変経験者、すぐに話が合うようになった。平壌でも大手に属する旅館、旭屋旅館の板前である。

ある時、原野一面に野生の春菊を見つけたことがある。食べられるものなら何でも口に入れていたから、この春菊も、さっそく腹に入れることになった。その時、大塚が注意した。こんなに大きくなってはどうせ美味《うま》くはないが、食べる前に「あく抜き」をすることが大切だというのだ。後になって、春菊を多量に食べると発狂するという噂が流れた。事実それに近いことが発生したようだった。大塚の知恵で、私たちはその難を免《まぬか》れたことになった。

総じて南方の植物は、毒性のあるものが多かった。現地でメリケン・ガビと呼ばれる芋があった。ガビというのは日本での里芋に当たるもので、メリケン・ガビはその巨大なものである。葉っぱも大きかったが、掘り出した芋は人頭ほどの大きさがあった。

食べるものがなくなり、これを食べることになった。最初に食べた者は即座に口が痺《しび》れて

抜きにした。美味いものではなかったが、毒性は消えていた。後はやはり手をつけた。飢えには抗し得ないのだ。その時は薄く切って、それをさらにあくけなかった。見るからに奇怪で、食用には不適という印象があったからである。しかし、最ものが言えなくなった。相当な毒性である。私はこのメリケン・ガビには、なかなか手をつ

名も知れぬ果物があり、鳥か猿が食べた跡があった。同じ動物が食べたものなら大丈夫だろうと言って、それを食べた者が急死した。その果物に毒性があったのかどうかは不明だが、鳥獣が食べたものでも安心は出来ぬと思った。しかし、餓死一歩手前の状態にあっては、それを食べた者を責めることは出来ない。

用便の後に使用するちり紙などは、一番になくなっていた。やむを得ず一同、木の葉を代用していた。ところが、木の葉の中にも毒性のあるものがあって、ある種の葉を使うと尻が真っ赤に腫れ上がった。葉の表面に微小な突起があり、それが針の役目をして毒汁を分泌するらしかった。

同じ小隊のY兵長がマラリアで熱発した。どうしても行軍に遅れる。そこで小隊長は大塚、益田の両名に付添いを命じた。第一日は遅れながらも本隊に追い付いて来た。二日目は遅れが目立って来た。患者の病状は全然、好転していないようだった。私は大塚、益田の両名に対し、「俺が先で待っていてやるから、必ず追随して来いよ。落伍は絶対するな」と何度も念を押した。

その日、最後の小休止をした地点で私は彼らの到着を待った。しかし、なかなか到着しな

い。後から来る中隊の者にY兵長の一行を見なかったかと聞くと、見たと言う返事なので、またしばらく待っていた。しかしやはり来ない。そのうち中隊の者もあらかた通過してしまった。その最後に来た者に尋ねると、彼らの姿は見なかったと言う。

私は不安になって、すぐ引き返して彼らを捜した。すでに中隊の兵士と行き合うことはなく、断続的に来る他隊の兵隊と会った。彼らにこういう三名を見なかったかと聞いたが、知らぬと言う返事であった。これ以上は私自身が本隊に遅れるので、諦めて追及した。

翌日も後方に気を配りながら、また中隊の誰彼なく三名の消息を尋ねたが知るものはなく、遂に姿を現わさなかった。おそらく進路を間違えたものと想像されるが、多数の部隊の歩いた道を間違えるはずはないとも思う。それ以来、三名は杳《よう》として消息を絶ったのである。患者の付添いを命じた小隊長は追及して来ないことに対して、捜索の手配もしなかった。

本来、部隊の行軍に当たって「後尾収容」の責任者を決めるべきであるが、それらも何の処置もしていなかった。幹部の質の低下、寄集め部隊の弱点などをさらけ出して余りあった。

部隊の行く手に、やがて密林の湿地帯が待っていた。前を歩いていた兵隊が後ろを振り向いた時、その眼が真っ赤になっているのに気がついた。それは蛭《ひる》のせいだった。樹上から音もなく降り落ちてきて、眼の中に入り込むのだ。そして血を吸うのである。ゲートルの間からも入り込んで来る。ゲートルを外して見ると、両脚に血を吸って真っ赤になった蛭が吸いついている。全然気のつかない間に、あらゆるところに吸いつくので始末が悪かった。

密林の中の行軍が続いたある時期から、道端で死んでいる兵隊が急に増えてきた。谷川の流れのあるところでは、ほとんどの死体は流れの傍にうつぶせになっていた。おそらくマラリアの高熱に耐え切れず、水を求めてこと切れたのであろう。余り日も経っていないのに、早くも眼や鼻に蛆《うじ》が沸いていた。

ある時、木立の向こうに小屋が見えた。近づいてみると、床の上に兵隊が六、七人、円陣を組んだ形で寝ている。何をしているのかと思って、なお近寄って見れば、それはすべて死体であった。殺されたのかとよく見たが、別に外傷はなかった。しかし、何故このように整然と並んで死んだのだろう。不思議に思ったことである。あるいは、同じ部隊のものが死体を並べてやったのかとも想像した。彼らは皆、歩兵第七十四聯隊の兵隊だった。

この時期になると、食糧がいよいよ欠乏して、兵隊が同じ兵隊を襲うようになった。ある兵隊はその日も芋畑が見つからず、芋の葉っぱばかりを飯盒に一杯入れて煮て食べた。翌朝の分も同じように飯盒に入れて、残り火の上に掛けて寝た。雨露を凌《しの》ぐだけの携天（携帯天幕）を頭上に張って、足下に残り火をというのが、当時の宿営の方法であった。

そこに後からやって来た兵隊が、芋が一杯入っている飯盒と思いこんで、これを盗んで逃げた。すぐ追いかけて取り返したが、その後は次第に悪質になって、寝ている兵隊を銃や手榴弾を用いて襲撃するようになったのである。同じ日本軍同士が、命懸けで食い物の取り合いをやるようになったのであった。

元来、日本軍は同一地区出身の兵士を以て編成されていた。それが支那事変の中途から師団の三単位編成に変わり、その頃から各地混成の編成になった。特にわれわれの第三十師団は、てんでばらばらの寄集め部隊である。私は平壌入隊の時から、とんでもない部隊に編入されたものだという思いであったが、その予感は的中した。自活自戦と表現は良いが、事実は敗戦であり、すでに正規の補給もなくなれば崩壊の寸前である。モラルの低下は蔽うべくもなかったのである。

餓死寸前の地獄谷

当時、日本軍が携行していた地図は実に杜撰《ずさん》なものだった。そのために平地と思ったところが山だったりということで、ほとんど当てにならず、将兵はエネルギーの無駄使いをさせられた。師団本隊の後を追随していたのでは、先行部隊の食い荒らした後で、食糧に有りつくことは非常に困難であった。

そこである時期、中隊はコースを変更した。その時は処女コースだけに、他部隊の手の入らない芋畑にめぐり合うことが出来た。しばらく周辺を捜して取り尽くすと、再び前進である。

道は下りになって、平地に出るのも近いのではないかという期待を持った。ところが、その辺りから急に畑がなくなった。開豁《かいかつ》地に出れば、必ず食糧は入手出来るはずだとそれを期待しながら、三日間、何も食べずに歩いた。ところが大きな滝にぶっつかったのである。

何とか降りる道はないかと八方偵察をやったが、結局、駄目だった。やむを得ず今まで来た道を引き返すことになった。しかも今度は登り道である。途中には食糧になるものは何もないことは、すでに明らかである。

三十代の髭面の召集兵が、「俺は女房や子供が待っているんだ。何としてでも生きて帰るんだ。頼む、引っ張ってくれ！」と泣きながら、坂道を這うようにして歩いた。この辺りでだいぶ倒れた。

途中で五、六人で小休止をした時、食べ物の話になった。そのころは完全に飢餓状態だったから、話はいつも食べものに落ちて行くのだった。

「俺は今何が欲しいかと言えば、やっぱり、握りだな、とろだよ、サビをちょっと利かしたやつ」と一人が切り出すと、後は、次々に料理の話題が出て来るのだった。

「おらは何と言っても鱈汁《たら》だ。大根をこの位の厚さに切ってな」と言い出したのは、岩手県出身の新沼高志兵長だった。

「鱈ってそんなに美味《うま》いか？」と誰かが聞く。

「美味いなんて、昔は将軍に献上したんだ」

会話が切れると、重苦しい沈黙が続く。現実を考えれば、今話したことなど絶対に実現出来ないことは、よく分かっているからだ。一粒の米すらない現状なのに、寝言を言っているようなものだ。そんな重苦しい空気を清算するように、一人が「さあ、出発だ、行こう」と声をかける。皆が重い腰を上げたが、一人だけ、じっと俯《うつむ》いたままである。

「おいッ！　行くぞ」と促しながらその肩を押すと、そのまま横に倒れた。おやと思って鼻腔に手をやると、すでに呼吸はなかった。僅か数分前まで元気に口を利いていたのに、朽ち木の倒れるようにあの世に旅立ってしまったのである。残った者も埋葬の穴を掘る余力はない。何か形見の品でもと身体を調べると、腹巻きの中に軍票が大切にしまわれていた。敗戦では一文の価値もないが、これで何か美味しいものでも買って食べるつもりでいたのかも知れない。心情を思うと哀れである。

新沼兵長の亡骸《なきがら》の上に毛布を掛け、黙禱して別れを告げた。温和な性格で、誰からも好感を持たれていた純朴な人柄だった。しかし、悲しみの感情はあまり沸かなかった。それは、いずれ皆、同じように、遅かれ早かれ死んで行くのだという気持ちが強かったからである。

最大の危機マラリア熱発

往復約一週間、何の食糧も得られなかったその谷を、誰言うとなく「地獄谷」と呼んでいた。地獄谷を抜け出してひとまず戻って来た地点で、食糧捜しをすることになった。といっても、一度すでに通過した場所でもあり、あまり期待出来るわけではなかった。そこまで来た時、私は高熱を発した。マラリアである。しかも熱帯性である。マラリアとひと口に言っても、病原菌によって高熱の出方が違うのだ。

隔日に熱の出るのを三日熱と言う。熱帯性は連日ぶっ通しに四十度の高熱が続く。最も悪性である。数日間、高熱が続いた後、脳症を起こして死ぬ。これまでもそれで倒れた患者を数多く見て来た。脳症を起こすと狂人と同じで、暴れ出して手がつけられず、患者は立木などに縛りつけられる。そうなって、翌日はほとんど死んでいることが多かった。マラリアには特効薬のキニーネしかないが、すでに医薬品の手持ちはなくなっていた。

高熱を出したからといって、休んでいるわけにはいかなかった。その頃、分隊が行動の単位だった。私の分隊の当時の生残りは六、七名だった。しかし、他人の面倒まではとうてい見切れなかった。結局は個人単位である。その日は朝から食糧捜しに全員出ることになっていた。私は一度は起き上がったものの、とても歩けるような状態ではなく、再び横になった。途端に皮肉な声が降ってきた。

「誰も病人の分までは、持って来てくれねーよ、なあ」と、これは分隊長のA伍長。

「うんだ。佐々木よ、俺たちのこと当てにしねーでくれよ。はっきり言っとくけど」と、分隊長の言葉に合いの手を入れたのは最年長の召集兵、O上等兵。彼は宮城県出身である。声は出さないが表情で、〃そうだ、そうだ〃と示しているのはK兵長とT一等兵である。分隊長のA伍長は現役で山形県出身、O上等兵とK兵長は鮮内召集で、宮城と山形の出身、T一等兵は現役でこれも山形の出身であった。

私の他に分隊に草浦治上等兵がいた。彼は広島県出身、広島高工（現在の広島大学工学部）を出て清水建設の社員だった。彼は戦後、清水建設の九州支社長となる。何となく東北組と西日本グループ、仕事の面で見れば、農村派と都会派と言った構図が出来上がっていたのかも知れない。

私たちにはそんな意識はなかったが、いつかO上等兵が「俺は町場《まちば》の人間は大嫌いだ。肌が合わねーんだ」と漏らしたことがあった。私は現役で四年間を支那事変従軍で送ったが、軍隊内のこのような雰囲気は初めて味わった。このO上等兵は、私よりも七、八最年長だった。朝鮮人志願兵に対しても、横柄な態度で接していた。在鮮日本人の一つのタイプだった。

私は彼らの暴言をただ聞くだけだった。反論をする気力もなく、ただ高熱に大きな吐息を吐きながら暴言を聞き流していた。やがて皆、外に出て行った。私はしばらく横になっていたが、やがて起き上がった。そして帯剣を締めて、携帯天幕を腰に巻いた。携帯天幕は一メートル二十センチ四方、丈夫な生地で風呂敷代用にもなる。外に出ようとすると、「佐々木上等兵殿、どこに行かれますか?」と声をかけられた。見ると、朝鮮人志願兵の木村一等兵である。毛布を被って寝ていたところをみると、彼も熱発したのであろう。

「芋探しでしたら、連れて行って下さい」という。彼もその分隊に置き去りにされていて、とても寝てはいられなかったのであろう。

「お前、大丈夫なのか? 歩けるか? じゃあ一緒に行こう」と二人で外に出た。

皆が行った方角とは正反対の方角を選んだ。熱発患者二人で、ふらふらしながら歩いて行った。休み休み歩くので、行程は捗《はかど》らない。畑らしいものは辺りにはなかった。しかし、道をなるべく逸れるようにして歩いた。しばらくして木立の奥にニッパハウスらしいものが見えた。

「とにかく、あすこまでは行ってみよう。それでなかったら、諦めて帰ろう」とニッパハウスを目標にして前進した。接近すると、どうもマイス畑のようである。マイスとは玉蜀黍のことである。

「やっぱりマイスだなあ、でも多分、実はないだろう」と、半ば諦めながら畑に入って驚いた。はち切れそうになった玉蜀黍が一杯になっているのだ。私はわが眼を疑った。今までに多くのマイス畑を見たが、こんな見事な溢れんばかりの実をつけたマイスは初めてだった。

「おい、木村、これは神様のお陰だぞ」と二人で懸命にマイスの実をもいだ。二人の携帯天幕を並べて広げ、その上にもいだ実を積み上げた。「これだけあれば分隊全員の一週間分は大丈夫だ」と内心思った。相当もいだところで、二人とも熱発患者だから小休止した。

火を熾《おこ》してマイスの実を焙《あぶ》って食べた。私は食欲がなく、木村の食べるのを見ていた。

ニッパハウスの天井に蛇がいるのを見つけた。木村はそれを叩き落として焚火で焼き、むしゃむしゃ食べ始めた。

「上等兵殿、食べませんか、元気が付きますよ」と勧められたが遠慮した。

一息入れてまたもぎ始めた。そして畑のものはすべて完全に収穫した。これだけの収穫物は、とうてい二人だけでは運び切れない。木村を伝令にやって分隊の者を呼びに行かせた。

木村を伝令に出した後、日本兵の一団がどやどやと畑に入って来た。歩兵の連中だった。十四、五名いた。畑の中をあっちこっちと捜し始めたが、すでにわれわれが収穫した後で、何も残っていない。私は小山のように積み上げたマイスの傍に腰を下ろしていたが、いつの間にか周りをぐるりと歩兵から取り囲まれた。

それに気づいた瞬間、〝危ない！〟という思いが頭を掠《かす》めた。こちらは一人だ。食べ物のためなら、同じ日本兵同士で平気で殺し合うという事態になっているのだ。パンと一発で勝負は付くのだ。私はじろりと一同の顔を見詰めた。その中に何となく記憶に残った顔があった。〝あっ、そうだ。台湾の基隆《キイルン》に滞在した時、一緒の宿舎にいた歩七十四の兵隊だ〟と思い出した。すぐ彼に声をかけた。

「よう、しばらく、元気だった？」

しかし彼はにこりともせず、気のせいか、険しい顔付きである。私は躊躇なく、次の第二弾を繰り出した。

「俺たちの宿舎はすぐそこだ。今、伝令をやったから、もうすぐ皆でこれを取りに来る。あんた、少しこれ持って行けよ。皆が来るとまずいから、その前に」と言ってマイスをひと抱え、彼の手に押しつけた。また他の者にも聞こえるように大きな声で言った。効果は覿面《てきめん》だった。彼の顔に初めて笑顔が浮かんだ。

「すまんね。貰っていいかね」と言う彼には、「どうぞ、どうぞ」と答えながら、なお他の者には警戒を怠らなかった。

木村の帰るまでの時間が長く感じられた。やがて、道案内の木村を先頭に分隊の者たちが駆け足でやって来た。T一等兵が私の前に来てぺこりと頭を下げ、「佐々木上等兵殿、本当にご苦労様でした」と言う。K兵長もやって来た。彼は小山のように積み上げられたマイスを見て、「これは凄いなあ、よくも見つけたもんだなあ」とただただ感嘆している。今朝の態度とは打って変わった有様だ。全員に収穫物を担がせて、私は手ぶらで帰った。しかし熱は依然として下がらず、ふらふらであった。

その日、結局、他の者は各分隊とも、探せども探せども作物にめぐり合わず、ほとんど無収穫であった。その中で私と木村は、まるで凱旋将軍のような有様だった。それにしても、宿舎から程遠からぬ場所にあのような見事なマイス畑があるのに、それに気づかず、全員が反対の方向ばかりに足を向けて、高熱でふらふらの二人だけがこれを発見したということである。私は目に見えぬ何物かの力を感じざるを得なかった。

宿舎に帰ると、隣の分隊の祝春吉上等兵が私の分隊のO上等兵に声をかけた。

「Oよ、おめえんとこは病人が一番働くじゃあねえか」と皮肉った。Oは苦笑いしてごまかした。祝は私の分隊の今朝の成行きを脇で聞いていて、Oが私に「俺たちのこと当てにしないでくれ」と言ったことに対する、私の代弁をしてくれたのであった。

祝は新潟県佐渡の出身だった。長身で気品のある顔立ちだった。同じ鮮内召集であった。皆は彼を〝ゆわい〟と呼んでいた。ある時、私は彼に向かって、

「君のことを皆、ユワイと呼んでいるが、本当は違うんじゃないか。君の出身は佐渡だろう。それじゃホウリが正しいんだろう」と言うと、驚いた顔をして、「どうして知っているんだ?」と聞く。

「そりゃ、やっぱり学があるからなあ」と笑って答えたことがあった。

それ以来、彼とは急速に親しくなった。私は個人的に彼にも今日の戦果のお裾分けをした。

私と木村が発見したマイス畑以外には格別の収穫もなかった中隊は、この場所に見切りをつけ、翌日は出発した。私は依然として熱が下がらず、ふらふら歩きだった。そこで中隊の最先頭に出た。しかし人並みに歩けないので、次第に追い抜かれて最後尾になる。私が恐れたのは部隊から落伍することである。敵地での落伍は即、死を意味するのだ。とにかく、遅れても付いて行くことだ。

最後尾になった時、久し振りに長沢軍医と顔を合わせた。長沢軍医は沙里院で開業中を召集にあった人で、すでに中年であり、軍務は相当に大変だったろうと思う。いつか沙里院の知人の話をしたら、軍医も知っておられ、また同じ福岡県出身ということですぐ打ち解けた。私は所持の昨日の戦果のマイスを少々進呈したら、とても喜ばれた。

そしてマラリアの薬をまだ少し取ってあったからと分けてくれた。この薬で私は助かった。今まで、行軍途中でマラリアで熱発した者はほとんど助からなかった。特効薬がすでになくなっていたからである。僅かに軍医が大切に取ってあった薬を、貰うことが出来たのは幸運であった。その後も、小休止、大休止にも私は休まず、杖を引きながら前へ、前へと出て行った。そして遂に落伍を免れたのである。

米機、終戦のビラ撒《ま》く

ある地点まで来て、付近に若干の芋畑もあるので、そこにしばらく中隊は滞留して体力の回復に努めた。最寄りの畑を取り尽くした後は、ジャングルを越えてその先にある芋畑まで通った。途中に幕舎が一つあった。そこには野戦郵便局の局長と当番兵の二人が住んでいた。

局長は中尉の肩章をつけていた。郵便局長というのは軍属だから、相当官だったのかも知れない。そこを通るたびに見ていたが、局長はいつも寝たきりだった。マラリアと下痢で相当に弱っているらしかった。当番兵が芋を掘りに行き、甲斐甲斐しく局長の面倒を見ていた。当番兵に「しっかり頑張れよ」と言葉をかけることもあった。

ある日、当番兵が身支度をしている。聞いて見ると、昨夜亡くなられましたので、自分はこれから単独で前進しますという。「そうか、それは残念だなあ、頑張って行けよ」と言って別れた。

その帰り道、幕舎の前に来ると。幕舎が倒れ掛かっている。おや？　と思いながら、幕舎の中をのぞいて見た。瞬間、声を呑んだ。死体の両股の肉がそぎ取られていたのだ。一体、誰の仕業かと一同憤慨した。まさか、あの温和そうな当番兵がこんな惨《むご》たらしいことをやるわけはない。おそらく、他隊の落伍兵の仕業だろうというところに落ち着いた。友軍の戦病死者の肉を食らうという、まさにこの世の地獄が現出していたのである。

私はこのジャングル越えの畑通いの時、その時は単独行だったが、ジャングルの中の水溜まりの傍を歩いている時、パシャッと大きな魚が跳ねた。よし、こいつを捕まえてやろうと魚を追い始めた。そして知らぬ間にジャングルの奥へ奥へと入って行ったのである。

結局、捕まらず、諦めて戻ることにしたが、いつも通り抜けている道に戻れない。大体の見当はつけておいたつもりだが、ジャングルの中の木々の格好は似たようなもので、どうしても元の道に戻れなくなった。少々慌《あわ》てた。ジャングルの中というのは一種の迷路である。

焦れば焦るほど、分からなくなる。私が帰らなくても、隊では捜索なぞはしないだろう。毎日のように誰かが倒れて行くという現状である。行方不明者の一人二人は問題にされないはずだ。一時間余り密林の中を彷徨しても道は分からず、内心〝しまった〟と思う気持ちが強くなった。〝落ちつけ〟と自分自身に言い聞かせて、私は腰を下ろして思案した。

そして結論が出た。そうだ。まだあの通い道を通る者はいるはずだ。とすれば、何らかの物音がするはずだ。この方向ではないかと思える地点に行って、じっと耳を凝らした。しばらくたっても、何も聞こえない。「おーい、おーい」と呼んでみた。反響なし。少し場所を移動して、また聞き耳を立てていた。

ずいぶん長い時間そうしていた。何か音がした。反射的に「おいっ、誰か」と叫んでいた。すぐそれに対する返事のようなものが返って来たが、意味は分からなかった。その必要もなかった。何故ならそれは日本語だったからである。

私はその声の方に向かって走った。分隊は違ったがK一等兵だった。私の顔を見ても格別不審気でもなく、私も道に迷ったことなどおくびにも出さず、平気な顔をして一緒に歩き出した。しかし、内心冷や汗ものだった。こんなケースで行方不明になった者も多かったのではないかと思ったことである。

この頃、米軍機から投降勧告のビラが投下された。日本は無条件降伏したから、日本軍の皆さんも山を降りて来なさいという意味のことが記されてあった。しかし、誰もそれを信用しなかった。米軍の謀略だろうと軽く片づけていた。この時はすでに八月十五日を過ぎていた頃である。もしこの時点で投降していれば、多くの人命が救われたわけである。

師団司令部は、八月一日にワロエにある歩兵第四十一聯隊の第三大隊本部に到着していた。もちろん、こちらでも米機からのビラの投下はあったらしい。八月十日頃からあったようである。

米軍では、日本政府のポツダム宣言受諾の回答を事前に知っていたようだ。ビラだけでは信用しないと思って、米軍は第三大隊本部にパラシュートでラジオを投下した。これでメルボルン放送を聞けと、メッセージが付いていた。しかし、本部では十五日の同盟ニュースを聞いて敗戦を確認することになったのである。だが、軍隊はすべて命令で行動するようになっているので、負けました、はい、投降というわけには行かない。

第十四方面軍司令官の山下大将がルソン島バギオの山中から出て行って、米軍と正式に文書に調印したのは九月三日である。翌九月四日に山下司令官は、全隷下部隊に指令を出した。第三十五軍司令官の鈴木中将は四月に戦死していたので、その権限は第三十師団長の両角中将が代行した。ワロエにいた歩第四十一の第三大隊と、先行してワロエに到着していた師団司令部と一部の部隊は九月七日に投降、米軍に収容されている。

しかし、そんなこととは露知らず、われわれは山中の彷徨を続けて、軍使の到着により、ようやく終戦を知り、米軍への投降は十月末となったのである。その間にも、貴重な生命が連日、失われて行ったのである。当時、中隊では無線機を保持せず、何らかの方法で連絡が取れていれば多くの人が死なずにすんだのにと残念である。

陸稲畑で実りを待つ

後に中隊の記録を参照すると八月下旬頃、ランガシアンという土地の陸稲畑に到着している。陸稲にはまだ実が入っておらず、これが成熟するまでは付近の芋畑でも探しながら、何とか食いつなぐことを考えようという計画だった。われわれの分隊はこの当時六名になっていた。中隊指揮班とはひと山離れた畑であった。この陸稲畑に入るまでは祝上等兵とはよく顔を合わせていたが、これ以後、離れて会えず、彼の最後については全く知るところがない。

この畑に入る前に、山の傾斜面にある芋畑に行ったことがある。その時、ゲリラの襲撃に遭った。こちらはすっかり油断しきっていた。騎銃も持たず銃剣だけという軽装だった。芋掘りに夢中になっていると、上方の尾根の方から射撃を受けた。連続音だったので、軽機関銃かと思ったが、カービン銃だった。遮蔽物は何もなく、麻の葉の下でぴったり伏せていた。私の位置より僅かに上方で誰か撃たれた。呻《うめ》く声がするが動けない。

その時、麓の方から反撃の銃声が一発とどろいた。明らかに日本製の銃声だ。これが効いてゲリラは後退した。後で分かったが、応射したのは指揮班の海野文治曹長だった。彼は芋掘りに来たのではなく、偶然、通り掛かってカービン銃の銃声を聞き、素早く撃ち返しをやったのである。

敵から撃たれたら、すぐ撃ち返すというのは原則である。友軍の士気を奮い立たせるし、敵に対しては圧迫感となる。海野曹長は支那事変経験者で、この辺りのことは熟知していたと思う。彼の臨機の処置で犠牲者を最小限に食い止めることが出来た。

ゲリラに撃たれて重傷を負ったのは、朝鮮人志願兵だった。一晩中苦しみ、呻き、泣き通して、翌朝ついに亡くなった。可哀そうだったが、何の処置もしてやれなかった。同じ朝鮮人志願兵たちが枕頭に集まり、慰め励ましていた。全部、朝鮮語で話していたので、意味は分からなかった。しかし、いざの段階になると、民族固有の言語に戻るものだなあということを感じた。

陸稲畑の陸稲がそろそろ熟し始めた頃、続けざまに事件が起こった。ジャングルを挟んで隣接の畑に入っていた他隊の兵隊が、原住民に襲撃されたのである。銃声が聞こえ、兵隊が一人逃げて来て、ジャングルを出たばかりのところで何か叫んで倒れた。急いで行ってみたが、「土民に撃たれた」とだけ言って絶命した。われわれも一応退避して様子を見たが、こちらには入って来なかった。

おそらく襲撃して来たのは、これらの畑の持ち主であろう。彼らにしても、大切な食糧を入り込んで来た日本兵に横取りされては大いに困るわけである。しかし他人事ではない。いずれ、こちらの畑にも襲撃して来る公算は大である。何らかの防衛策を処置する必要があると思った。

われわれの畑から少し離れた畑には、工兵隊が入っていた。ある日、工兵隊から連絡があり、現在われわれが入っている畑を、工兵隊に直ちに明け渡すようにとのことである。他に行く当てもなし、寝耳に水のこの通告に回答もせずにいたところ、翌日、再び連絡があり、先任者は至急、工兵聯隊長のところまで来るようにとのことだった。分隊長だったA伍長は、「おらはすんなことはいやだ」というばかりで、動こうともしない。やむを得ず私が出かけた。

工兵隊で聯隊長の大内大佐に会った。「なぜ出て行かんのか?」と言うので、私は「現在の畑にはわれわれの方が先住しており、工兵隊は後来したのであるから、立ち退《の》けと言うのは無理だ」と答えた。それに対して大内大佐は私に向かって、「佐々木は作戦要務令を知っているか」と言う。そしてそれに被せるように「徴発の項を言ってみよ」と言う。

私にはすぐに大佐の言わんとすることが読めた。徴発は徴発司令官の命によって行なう。別命なければ、徴発司令官は現地の上級者がこれに任ずるという規定があるのだ。輜重隊の隊長より、俺の方が階級は上だぞと言うわけだ。こんな負け戦になって、今さら作戦要務令が役に立つかと怒鳴りたいところだが、黙って引き下がった。帰りに工兵の兵隊に今、人員は何名か、小銃は何梃あるかと聞いた。十二名で、使える銃は一梃だけという返事だった。

帰隊して皆に経過を話して、今後の処置を協議した。出て行くとして、どこに行くかその当てはない。最後の手段として、今夜、工兵隊を夜襲する。こちらにはまだ騎兵銃が三梃あり、向こうは一梃だけだから勝算十分だ。相当過激な意見も出たが、その夜は結論が出ぬままだった。

翌日、思いもかけず指揮班の海野曹長がひょっこり姿を現わした。指揮班とはひと山離れているわれわれの分隊の状況偵察に来たのだった。

しかし、これは天来の使者となった。事情を聴いた曹長は、「それなら、指揮班付近の畑は相当に広いから、そこに移れ。大丈夫だ」と言うことになって、そのまま道案内役となって、われわれは移動した。

移動したその夜、ひと山越えた元いた畑の方向で、しきりに銃声が聞こえた。あるいは、われわれの後に入って来た工兵たちが襲撃を受けているのかも知れないと思った。もしそうであれば、僅か一日の差で危機を免れたことになる。ここでも「人間万事塞翁が馬」の諺をかみしめた。

海野曹長にはここでも助けられた。中隊長の久野勘一大尉は幹候出身で温厚な人だったが、彼を扶《たす》けた海野曹長の功績は大であったことを確信する。中隊には下士官の数は多かったが、軍隊に古い私たちの眼で見ると、下士官らしい下士官は海野氏だけだった。多分、徴集年次も私と同年次ではなかったかと思う。

私は後記するように復員は諸種の事情で遅れたが、帰郷後、直ちに海野氏あてには復員の挨拶状を送った。ミンダナオ島での彼の活動に対して、これだけは欠かせないと思ったからである。

待望の米飯の香り

やがて陸稲も熟れて来て、待望の米の飯に在り付けることになった。

別に稲刈りをするわけではなく、穂の部分を手で引き抜いて袋に入れる。それを乾燥させて籾にして臼で撞《つ》く。臼は倒れた巨木を利用した。まず巨木の上で焚火をする。ひと晩で相当に大きな焼け穴が出来る。その穴を刃物で削って臼の形に作りあげる。杵は適当な大きさの枯れ木を探して、これを削って仕上げた。

撞き上がった米と籾殻を選別する唐箕《とうみ》は、曲げ木の間に天幕地を張って一応間に合わせた。私と草浦上等兵はその経験がなかったが、他の者は全員農村出身で、仕事の手際は良かった。唐箕の使い方が最初はぎごちなかったが、間もなく要領を会得した。かくて新米の美味い飯に在り付けるようになったのであった。おかずと言うものは何もなかったが、新米だけに脂肪分も多く、飯盒の蓋を開けると米飯特有の香りに、鼻を利かせながら美味しさを味わった。

これで一応、今までの飢餓状態を脱することが出来た。マライバライ出発以来の四ヵ月間の密林の彷徨時のことが色々と思い出された。

雨期に入った時、毎日、夕方になると激しいスコールに見舞われる。そのため、携行した毛布がびしょ濡れになる。翌朝それを乾かすという繰り返しである。

熱帯地方で毛布は無用と思われそうだが、夜の山中の冷えは相当なもので絶対に手放せないのだ。しかし、連日の行軍で体力は日に日に落ちる。毛布は必需品ではあるが、荷物にもなるという二律背反の状態になった。私は決断して、毛布を切断して半分を捨てた。自己の体力と量《はか》りにかけての選択であった。戦後、登山をやる連中にその話をしたら、「それが正解です」と言われた。

連日移動するので、毎日家を建てた。家といっても、木を切って蔦蔓で結び合わせ、屋根はバナナの葉やその他の草を敷くだけだが、結構、雨露は凌げた。

火の燃し方も覚えた。生木を燃すのは難しく、毎日やっているうちに要領を覚えた。初め井桁に組んでやってみた。空気の流通が良いはずだと思ったのだが、うまく燃えない。色々試行錯誤を繰り返したが、結局、杉なりに組んで燃すのが一番良いという結論が出た。杉なりとは俵積みの形である。ちょっと考えると、密着して燃えにくいと思うのだが、この発見は意外であった。

ようやく米飯に在り付けるようになったが、全体の状況は少しも楽観を許さなかった。米軍やゲリラとの交戦はなくなったが、陸稲畑の持ち主たちの逆襲が予想された。山裾の谷川に水を汲みに行った兵隊が斬殺されるという事件が起こった。蕃刀で一撃されたのであった。ジャングルを開拓して火を放ち、その灰分を肥料として陸稲を作る彼らは、なかなか精悍な種族で、切れ味の良い蕃刀を腰に帯びている。山上までは攻めて来ないが、単独や小人数の兵隊には攻撃して来るのであった。第二小隊の畑には数回、奪回を目指した攻撃があり、死者や負傷者を出している。油断は出来ない。

今後の行動については、師団長の方針としてワロエ集結後、さらに東海岸に至り、後図を策するということで、ある程度この陸稲畑で体力を回復した後、各人の携帯口糧を蓄積して出発する予定であるということであった。

出発直前、アミーバ赤痢発病

私たちが陸稲畑に来てしばらくして、日赤の看護婦の小集団が畑にたどり着いて来た。彼女たちは昭和十八年、兵庫支部で結成され、十九年二月ダバオに到着、同地の陸軍病院に勤務した後、九月カガヤンの陸軍病院分院に配属、二十年二月からマライバライの師団野戦病院勤務になったという経歴であった。ここまで来る途中、班の書記や婦長、また同僚を次々に失ったということであった。

われわれも行軍の途中で、何度か野戦病院の一団とは、遭遇した記憶があった。その時、何も食べていないというので、ちょうど手持ちの砂糖黍《さとうきび》を渡して喜ばれたことなど思い出した。髪を短く切り、だぶだぶの軍服を身につけた彼女たちの男装の格好を見て、痛ましい思いをしたものであった。

指揮班の海野曹長がたまたま地形偵察の途中でグループと出会い、困窮している彼女たちを畑まで同行して来たのであった。海野曹長のような人物にめぐり合えたのは、彼女たちにとって幸運であった。戦争はうら若い可憐な乙女たちも、否応なしに過酷な運命の中に放り込んでしまったのである。彼女たちが内地を出発する時は二十二名、そのうち生還出来たのは七名であった。

東海岸への再転進の出発が近づいた頃、私は腹の調子が悪くなり、下痢が始まった。下痢止め薬がなかったので、粥食にしたり、食事を抜いたりしたが好転しない。小銃弾をばらして火薬（炭素）を飲んでみたりしたが、悪化するばかりであった。絶え間なく便意を催すのだが、粘液状のものを僅かに排泄するのみである。それは完全にアミーバ赤痢の症状であった。何とか治したいと思ったが、その間にも刻々に出発の日は近づいて来た。

もし行軍が始まれば、この状態ではとうてい追随出来ないだろう。前途に何の当てもないのだから、食糧も十キロか二十キロは携行しなければならぬ。それで果たして何日、行軍に耐えられるであろうか？　これも運命だ。

平壌出発以来、乗船神州丸の爆発事故、バシー海峡の海没漂流、不思議に難を逃れて来た。ミンダナオ島に上陸以来も幸運に恵まれた。米軍はレイテに上陸したが、もし最初の予定通りにダバオに上陸していたら、その第一日に木端微塵になっていただろう。アグサンでレイテへの輸送船を待機したがついに来らず、ここでも瀬戸際で運命は変わった。マラリアで熱発の際も奇跡的にマイス畑を発見出来、そのため特効薬のキニーネも軍医から貰うことが出来た。思えば、よくここまで頑張って来たものだ。

しかし今度はこれで終わりだ。それも運命である。はっきり私は覚悟を決めた。しかし深刻感はなかった。それまでに連日のように将兵が倒れて行くのを見ているので、いずれは全員消滅するのであろうという気持ちがあったからである。こういう異常な環境の中では、死に対する意識も当然、平常とは違っていたのである。

後で聞いたところでは、アミーバ赤痢の患者第一号は日赤の看護婦だったそうである。彼女たちは指揮班の近くに幕舎を張っていたので、われわれの場所とは相当に離隔していたのに、どういう経路を辿ったのか感染のルートは不明である。

転進直前、軍使到着

東海岸に向けて一両日中に出発という十月中旬、突然、師団司令部の大畑中尉が多数の現地人と共に姿を現わした。

「戦争はすでに終わった。前に投降して来た兵隊の言で、まだ山中に日本兵のいることを聞き、迎えに来た。十月二十三日には収容所に向かう船が出るから、急いで集結地に行くように。この山から脱出の道路はないので、筏によって水路を行くほかはない。水路の沿岸の住民については、すでに宣撫《せんぶ》をしてあるから危険はない」というのが軍使のもたらした要旨だった。

敗戦と聞いても、別にショックはなかった。日本出発以来の体験した戦争の経過で、すでにそのことは予想出来た。投降というのは初体験であるが、とにかく、これで日本に生還出来るというので、皆、喜んでいたと思う。軍使の到着で一番変わったのは朝鮮人志願兵である。彼らはその日から、朝鮮語で話し、また彼らだけで集まるようになった。民族の直感というものは鋭いものがあると思った。

司令部からの軍使の到着は、私にとっても状況を急転させた。下痢を続けながらの行軍が中止になれば、助かるかも知れないのだ。軍使の到着が一日遅れれば出発するところだ。

水路を筏で下るというので、筏作りのための竹の伐採が始まった。現地には大きな竹林が沢山あった。その周囲には近寄れないほどの棘《とげ》があった。まずその棘やいばらを刈り取って中央部の竹を切るという作業だった。直径十五センチくらいの竹を二十本、横に並べて蔦蔓で連結する。これを二、三段重ねて一隻の筏を作りあげた。

私、草浦上等兵、O上等兵、K兵長の四名が乗って浮力をテストしてみた。十分である。筏下りの竿を握ることなど、皆、初めてだった。前後に一人ずつ竿を握って急流を下った。他の組では岩に衝突して筏が転覆して溺れたり、筏の竹が裂けて、その鋭利な先端が刺さって出血で死んだものもいた。ここまで来ても、まだ運命の女神の選択は厳しかった。

われわれの筏は、大きな事故もなく急流を乗り切った。下流に行くに従って水流は緩やかになり、ある地点では筏が同じ場所をぐるぐる回るだけで、全く進まず、また竹竿も役に立たず、ただ流れに任せるということもあった。途中、岸辺に筏を寄せて一泊した。現地住民の姿も近くに見たが、敵意は感じられなかった。

われわれの下ったウマヤン川は、下流ではアグサン川に合流する。河幅も広くなり、両岸には堤防もなく、自然のままの河という感じを受けた。おそらく、雨期や豪雨でも降れば、河幅も流れも変動するのではないかと思われた。ゆったりと流れるのはよいが、頭上から照

りつける熱帯の太陽は避けるすべもなく、それでなくても下痢で弱った身体にはこたえた。

十月二十三日、サグントに到着。舟艇出発予定のぎりぎりであった。ここで米比軍によって武装解除された。翌日、米軍の上陸用舟艇に乗せられブツアンに向かった。上陸用舟艇の甲板にはロープが張られ、Ｊａｐ Ｏｆｆ Ｌｉｍｉｔと書いたビラが吊り下げられ、われわれは片隅に追いやられた。否応なしに敗戦を実感させられる。

ふと見ると、工兵聯隊長大内大佐の姿があった。かつての徴発司令官も、傲岸不遜の態度は相変わらずだが、今となってはかえって気の毒に思えた。

それよりも私の下痢の症状は続いており、その方の苦痛が耐え切れなかった。一度、監視の米兵に便所の使用を頼んだが、言下に「ノー！」と断わられ、顎で船尾を指し、そこでぶら下がってやれと言われた。

敗戦の屈辱をいやというほど思い知らされた。

ブツアンの収容所は旧の監獄であった。爆撃で破壊されたのか天井はなく、雨が降れば戸外と同じだった。ここで米軍の取調べを受けた。担当したのは二世の将校だった。内容は経歴その他、割に簡単なものだった。私は彼に赤痢の症状を訴えて薬剤を依頼した。すぐにそれに応じてくれた。

「これは絶対によく効きますよ。日本軍はまだ征露丸でしょう?」という。薬の名前を聞いたら、「ズルフア・グアニジン」と教えてくれた。私はこの「ズルフア・グアニジン」によって、重症のアメーバ赤痢から救われたのであった。

タクロバン収容所

ブツアン収容所で数日過ごした後、次にカガヤンにまた船で送られた。カガヤンもレイテ島に進出のため輸送船を待機していた時以来である。

収容所の周囲は二重鉄線で囲まれていたが、設備はブツアンに比べ遥かに整備されていた。シャワーの設備もあったので、五月のマライバライ出発以来の垢を落とすことが出来た。しかし、ここの滞在も短く、約二週間の後、レイテ島のタクロバン収容所に送られた。十一月十日であった。

タクロバンは昨年十月二十日、マッカーサー軍が上陸した地点である。日本軍ではもし敵がレイテ島に来るならば、サンホセ――ドラッグ間と予想していたのである。米軍はその予想を裏切ってタクロバンに上陸した。

当時タクロバンには第十六師団（京都）の師団司令部があったが、師団長牧野中将は南西方十二キロのサンタフェに転進し、歩兵第三十三聯隊を指揮して敵撃砕に向かった。さらに歩兵第九聯隊、歩兵第二十聯隊と戦線に投入したが、一日にして死傷三～四割という甚大な損害を受けた。艦載機数百機による爆撃、戦艦、巡洋艦などによる艦砲射撃、数千発に上るロケット砲の発射などの米軍近代兵器の猛攻を受けたのである。

収容所は海岸の椰子林を整地して建設されたものであった。まだ残る周辺の椰子林はなぎ倒されていて、戦闘の惨烈さを物語っていた。海面には上陸用舟艇の残骸を曝《さら》しており、第十六師団将兵の苦闘の後が偲《しの》ばれた。とにかく、このレイテ島には師団からも歩四十一、歩七十七の二個聯隊、かつてのわが原隊、第二十六師団も含めて七万九千有余名の日本軍将兵がその骨を埋めている。彼らの無念の思いが惻々として伝わって来るようである。

ここまでは一応中隊として纏まってきたが、これから先はばらばらにされた。将校と下士官兵は幕舎を区別された。また日本帰還も各人別で、タクロバンから直接帰還した者、さらにマニラに転送され大幅に帰国の遅延した者などで、私は比島最後の帰還船に乗ることになる。師団長両角中将は、この時すでにマニラに送られていた。

第三十師団の総数は一万五千五百名で、戦死四千五百十八名、病死二千百三十七名、生死不明五千五百九十三名、生存三千二十四名とされている。生死不明者のほとんどは、転進中に栄養失調、マラリア、下痢などで戦病死した者である。生存率は二十パーセントを切る。転進中隊では平壌出発時四百六十五名で、マライバライより転進開始直前には二百七十七名であったが、生還者は百九名で、転進中の戦没者は百六十八名、いかに転進が悲惨苛烈であったかを如実に数字が物語っている。

ちなみに、昭和三十三年に政府が発表したところによれば、比島決戦に参加した陸海軍の兵力と戦没者の数は次の通りである。

	参加兵力	戦没者数
陸軍	五〇三、六〇六名	三六九、〇二九名
海軍	一二七、三六一名	一〇七、七四七名
合計	六三〇、九六七名	四七六、七七六名

この数字はあくまで推計であるから、必ずしも正確とは言えないが、損害の大きさはほぼ推察出来る。レイテ島と違ってミンダナオ島での米軍の作戦は残敵掃討戦であったから、戦闘による損害は大きなものでなく、むしろ制空、制海権を失って補給が受けられず、それに

よって生じた損害であった。このケースはすでにガダルカナル戦で経験しているにもかかわらず、大本営では何ら戦訓として生かされていなかったのである。

戦犯容疑者の指名

タクロバン収容所に来て一ヵ月も経った頃、日本帰還の船が近々迎えに来るという噂が流れた。そして間もなくそれは事実となった。いよいよ明日は乗船という前日、乗船予定者は全員集合させられた。そして、「今から名前を呼ばれた者は列外に出るように」という指示があった。

やがて名前が呼び上げられ、その中に私の名前もあった。そして名前を呼ばれた者は、装具を持って別に集合させられ、引率者によって別の幕舎に移った。特に理由の説明もなく、去る者、残る者、一体何だろうと勝手な憶測を並べながら、二つに分かれたのである。後に残された理由は、戦争犯罪容疑によるものと聞かされたが、それはだいぶ時間が経ってからであった。もちろん、自分自身顧《かえり》みて身に覚えはなく、何かの間違いであろうと、大して気にも留めなかった。

投降して以来、ブツアン、カガヤンなどを経由して来たが、それらは正式の俘虜収容所ではなく、ここタクロバンだけが正規の収容所であった。この他にルソン島地区にマニラ収容所があった。

ここタクロバン収容所に入所の際は、今まで身に付けていたものは一切捨て去り、米軍給与の中古の緑色の作業服と着替えさせられた。この作業服の背中とズボンの両膝の箇所に、白ペンキでＰＷと書かれていた。Ｐｒｉｓｏｎｅｒ　Ｏｆ　Ｗａｒの略である。何しろ米兵とは体格が違うので、だぶだぶで困ったが、お互いに取り替えたり、また縫い上げをしたりして、適当に着慣らしていった。

米軍の幕舎は大きく、一つの幕舎に大体二十ベッド、真ん中が通路になって両側に十個のベッドが足を向け合った形で置かれていた。幕舎が十で、一中隊、中隊は米国式ではカンパニー、アルファベット順にＡ中隊、Ｂ中隊と呼んでいた。

朝鮮人、台湾人の幕舎は日本人とは隔離されていた。中隊はＡからＬまであった。ベッドは折畳式のキャンバス製で、他に毛布、アルミ製の食器などを支給された。すべて米兵使用のものと同じであった。煙草や日用品も時々、配給されたが、私などには十分過ぎる量で、日本軍よりも遥かに良い給与だった。

収容所は米軍管理下にあるのはもちろんであるが、少佐か大尉の収容所長の下に、若干の将校、下士官からなる本部要員、各カンパニーのコマンダーの下士官一名といった編成であった。そして後はＰＷの自治に任せていた。

各中隊本部には、コマンダーの米軍下士官のほかに日本人のボスがいた。この日本人のボスというのは、大体英語が話せる人間か、然らざれば、万歳組であった。万歳組というのは、終戦前にすでに投降していた者のことである。

各中隊の一番の仕事は炊事である。米軍から受領した糧秣を毎日調理して、隊員（ＰＷ）に配食するのであるが、これが最大の仕事であった。食事時になると、皆、食器を下げて並ぶ。順次に炊事要員から配食を食器に受けて幕舎に帰る。

長い間の飢餓状態から一応、安定した収容所に入ったものの、慢性的飢餓状態を脱し切れず、兵隊たちは僅かの食事の量に目の色を変える。何列かの行列の中で、どの列の係のよそい方が多いとか少ないとか言って行列を移動する。あるいは終わり頃になると配給量が多くなるからと、いつも終わり頃に並ぶ者もいた。

ある時、二度並んで不正に受け取ったというので、炊事要員から殴られたり、蹴飛ばされたりしていた者がいた。炊事要員はどれも体格がよく筋骨隆々としていて、これが同じ俘虜かと思うくらいであった。そういう連中に殴られるので、見る見る腫れ上がっていく。しかし、誰もそれを制止する者もいない。

この炊事要員とか本部で仕事をしている連中は、以前から米軍兵士とは顔馴染みであるわけだ。ということは、早い時期から俘虜になっているわけである。結局、万歳組ということになるのだ。ＰＷの中では、この万歳組をはっきり区別していたようだ。全力を尽くして戦わず、白旗を掲げて敵に投降した奴が何だという感情である。

日本軍には捕虜を恥とする伝統があった。「生きて虜囚の恥ずかしめを受けず」などと教え込んでいたのである。これも行き過ぎで、戦闘中に負傷して人事不省となり、捕虜となることもあるわけである。

しかし収容所の中では、万歳組に対しては、卑怯者としての意識で見ていたようだ。その万歳組が収容所の中では特権階級になって、何を威張るんだという反感もあったのであろう。炊事のチーフが米軍から支給される材料を、比島人に横流しして金儲《もう》けをしたということもあった。これは英語の出来るのが米軍に投書して、それ以後、食事の量と質が馬鹿に良くなったというから、まるきり噂だけではなかったようだ。

以上のようなことを入所以来、見聞した。捕虜の世界でもこんなことが起きるのである。万歳組を一概に非難しようとは思わないが、一応体力を回復している者は、最後まで戦って消耗している者たちに対して、何故その回復を扶《たす》けようとしないのかという疑問は残る。あるいは威張ると言うことは、万歳組の虚勢であったのかも知れない。敗戦は有史以来初めてのことであるが、日本人の同胞愛といったものや、日本人そのものの素質といったものについて、収容所内で色々考えさせられたことは多かった。

タクロバン収容所の体験

収容所の周囲は二重の鉄線で囲まれていた。見張所の望楼には、二十四時間ガードマンの米兵が勤務している。これは捕虜の脱走と比島人からの襲撃を防ぐという意味もあったようだ。

ある夜、望楼の哨兵が機関銃を乱射した。誰か脱走でも図ったのかとその時は思ったが、事実は違っていた。翌日、判明したのは、哨兵の前方から日本軍の一隊が突撃して来るのを見て、慌てて射撃したと言うのである。やはり、ここは第十六師団の将兵が無念の思いを残した戦場である。その怨念はまだ消えずに残っているのであろうか。あるいは単なる米兵のノイローゼであろうかと、色々な考えが浮かんだ。

ところが話を聞くと、私たちがここに来る前にも同様な事象が起きたと言う。所長の米軍将校が日本人本部の者と相談して、日本式の供養をやることになった。捕虜の中に神職者でもいたのか、それから間もなく神式による供養が執り行なわれた。以後、再び同様の事件は起こらなかった。

この所長である米軍将校は、なかなか話せる人物のようだった。というよりは、米人の思考法が日本人に比べて柔軟であったと言うべきかも知れない。当時、日本人捕虜同士の間で喧嘩口論が多く発生して、刃傷沙汰にまで及ぶことがあった。そこで殺伐な空気を和らげるために、捕虜たちに演芸をやらせてはどうかという意見が出された。所長はさっそく、これに許可を与えたのである。もし立場を変えて、これが日本軍だったらとても考えられないことである。

さっそく、広場の正面に舞台が作られた。客席は広場で皆、尻に敷くものを用意し、開幕に備えて銘々が陣取っていた。昔、浅草の芸人だったというのがハーモニカを吹いたり、タップを踏んだりしたが、あまり垢抜けのしないものだった。

各中隊ごとの競演という構成だったが、ある中隊の出し物は「国定忠次赤城の山」だった。

板割りの浅太郎、忠次、御室の勘助、とお定まりの人物のほかに、浅太郎の許嫁《いいなずけ》という娘役を登場させた。

途端に広場の客席が大変な騒ぎになった。何しろ長く女気に接していない連中である。またこの娘役がほっそりとした体つきで、可憐な味を出していた。客席の前の方にいた連中は、手を伸ばして彼女？　に触ろうとするのである。芝居の内容よりも女形の存在そのものが大変な人気になったのである。若い男性ばかりの捕虜収容所ならではの異様な光景であった。

裏方の苦心も、なかなかのものであったようだ。和服の衣装は蚊帳をほぐして仕立て、上から色を塗ったのであった。絵の具がないので、三原色は赤インク、青インク、黄色はマラリア予防薬のアテブリンを水で溶かしたもの。鬘《かつら》の台は包装用ケース、それに電気コードをばらして細い針金を植えこんだものであった。役によって、黒く塗ったり、白髪にはメリケン粉を溶かして塗ったりしていた。後には八方手をつくして、米軍用のシーツを入手し、和服、洋服何でも作りあげていた。捕虜の中には色々な職業の人間が揃っているので、そのうち、絵描きさんが背景まで描いていた。

ある中隊には役者上がりの人物がいて、彼が台本から、振付、演出まですべてを引き受けていたようだった。ところが芝居そのものが古くて、内容は新劇らしいが、演技は歌舞伎調で、変なところで見得を切ったり、内容と所作がちぐはぐで、そういう点では喜劇だった。思わず私は笑い出していた。おそらく指導した人物は、どさ回りの役者上がりだったのであろう。しかし、観客は一生懸命に見ていた。

当日の圧巻は、将校中隊の出し物「峠」であった。フィリピンから復員してきた兵士の留守中に父は死んで、母親だけが彼の帰宅を迎える。財産は何もなくなり、ただ古い家だけが残っている。彼は故郷に見切りをつけ、新天地北海道の開拓に夢を掛け、老母を伴って郷関を出る。恋人らしい女性が二人を峠まで見送るという粗筋だった。

当時の兵隊はほとんど農村出身である。それにフィリピンからの復員者とくれば、観客は皆、自分自身に主人公の姿をダブらせて見ているのだ。収容所にはまだ日本内地の様子はよく伝わって来ていなかった。一体、敗戦後どのような変化が起こっているのかと、内心の不安は隠せない。役者はもちろん素人ばかりである。しかし脚本・演出はしっかりしていた。さすが、将校中隊だけあって色々な人材が隠れているなあと思った。

大詰めの峠の場面で、母親が長年住んでいた故郷を眺めて悲嘆にくれる。それを主人公が優しくなだめ、背中に背負い、故郷に惜別を告げるラスト・シーン、芝居のいわゆる「泣かせ」の場面では、観客は感動して貰い泣きしていた。中には声を上げて号泣する兵隊もいた。

これをきっかけに、ＰＷ演劇は盛大を極める。俺ならもっとうまくやれると思うのか、新人がどしどし登場する。炊事係は特権を利用して色々と御馳走を楽屋に運ぶ。スポンサー役のつもりでいたのだろう。その差入れ目当てに、うまいものが食えるなら役者をやろうかという者も出て来る始末である。女形が演技はともかく、大いに受けるものだから、女形ラッシュになって、果ては女形同士が嫉妬して喧嘩になる騒ぎもあった。

新しい年が明けて、一九四六年三月、戦犯容疑者はマニラに送られることになった。それまでに二、三度、戦犯の首実検というのがあった。被害者（家族が殺されたとか、娘が乱暴されたとか言う）が米軍付添いでキャンプに現われる。PW全員が集合させられて、被害者は中央にいて、その周囲を円陣を作って歩かされる。該当者がいれば、「彼奴だ」と指差すと犯人は挙げられることになる。被害者の記憶が正しいかどうか多大の疑問は残る。

しかし、この戦犯裁判というのは、裁判の形式を取った戦勝側の一種の報復であるから、無理やり戦犯に仕立てられたこともあったようだ。後で聞いたところでは、こういう首実検の時には、本当に身に覚えのある奴はうまくどこかに隠れて、絶対に円陣には加わらないそうである。私自身、一体いかなる容疑によるものか、まるで見当もつかなかった。自分では身に覚えがないと思っていても、無関係の事件で戦犯にされた者もいるということを聞かされて、いささか不安を禁じ得なかった。

マニラ戦犯容疑者キャンプ

タクロバンを出航した戦犯容疑者輸送船はマニラ港に入港した。マニラ港は昨年七月、バシー海峡漂流中を海防艦に救助されて入港して以来である。港内には米艦載機の爆撃により沈没した多くの日本の艦船が、その残骸をあちこちに曝《さら》したままである。

港からはトラックに乗せられた。われわれPWを見て、フイリピン人たちが手で首を絞める格好をして「イカオ　パタイ」と叫ぶ。「お前たちは死刑だ」という意味である。

ミンダナオではこんな現象はなかった。日本人に対してこのような憎悪の感情を示されたのは、マニラが最初であった。マニラ攻防時に多数の比島人が戦火に巻き込まれて死んでいるから、日本人に対する怨嗟の念が強いのであろう。

やがてキャンプが見え始めた。大変な幕舎の数である。周囲を二重の鉄線で囲んでいるところはタクロバンと同じである。ゲートの前でトラックを降り、徒歩で所内に入って行った。以前からいるPWたちが集まって来て、物見高い視線を注ぐ。

「どこから来たのですか?」と声をかける者もいる。

「レイテからです」と答えると、「へー」と驚きの声が返って来た。いきなり、「佐々木さん、佐々木さんでしょう?」と横から声をかけられ、驚いて見ると、「加藤です」という顔に見覚えがあった。

加藤君というのは私が大同時代、三年兵の頃の初年兵だった。

「おう。君は無事だったか、レイテではどうだった?」と尋ねた。かつての原隊、第二十六師団は、レイテ戦に参加してほとんど全滅したはずである。

「船が擱座してレイテには行けなかったんです。ここに丸山准尉殿もおられます」という。加藤は話しかけながら、幕舎まで付いて来た。そして何かと片付けを手伝ってくれた。しばらく雑談をして帰る時に、「佐々木さん、煙草はありませんか?」と聞く。「ここは配給が少なくて」と恐縮したような表情をしていた。私は元々あまり喫煙量は多い方ではなかったので、タクロバンの配給で十分だった。

「煙草ならあるから上げよう」とキャメルを一カートン出したら、喜んで帰って行った。

加藤君というのは無口で、大同時代は初年兵と三年兵という関係もあって、あまり口を利いたことはなかった。私に話しかけて来たのは、むろん懐かしさがあったのは間違いないが、煙草が欲しかったことも別の理由であったかも知れない。何しろヘビースモーカーが煙草を切らしたら目の色が変わるくらいであり、今までもその例は幾人か見て来た。私に若干のストックがあって、彼の期待に応えられたのは幸いであった。

私たちが入れられたキャンプは、相当に大きいキャンプだった。以前からいる人の話では、三千名ぐらいは収容しているという。二重柵の外側を水冷式トムソン機関銃を積んだジープがぐるぐる二十四時間巡回しているのは、タクロバン収容所と相違する点であり、また不気味でもあった。

私たちがレイテから到着する少し前の二月二十三日未明、第十四方面軍司令官山下奉文大将の死刑が執行されていた。死刑執行に立ち合った米軍将校の談話などもあったそうである。それによると、最後まで冷静で、米軍の処遇に謝辞を述べ、悠々と十三階段を上って行ったそうである。

考えれば彼も悲劇の人である。米軍来攻直前になって、満州から転補され、作戦に関する方面軍としての意見はすべて却下され、大本営の服部作戦課長や、その意見にただ盲従する南方総軍参謀部の指導を強要されて、レイテ戦には隷下部隊をみすみす死地に投ずる結果となった。しかもマニラが米機の大空襲を受けるやいなや、寺内軍司令官以下、南方軍は安全地帯のサイゴンに逃亡したのである。

またルソンに敵上陸が迫るや、「死守」を豪語していた冨永第四航空軍司令官は台湾に遁走した。山下大将は終戦までバギオに留まり、投降文書に調印の後、収容された。また刑死の最後まで軍中央部に対する不平不満はひと言も漏らさなかったという。PWの人気は絶大だった。

この容疑者キャンプに移ってから一度、米軍の取調べのようなものがあった。所属、階級、比島に上陸した場所、日時、その後、移動した時の場所、日時などであった。さすがに容疑者キャンプだけあって、ここには戦犯問題に詳しい人物がいた。彼にその取調べの話をしたら、何回か同じ質問をしているうちに、辻褄の合わない点が出て来る。そうすると、今度はそこを突いて来るんだという。

またこのキャンプには一度、日本に復員しながら、米軍の呼出しを受けて再びフイリピンに舞い戻って来た人物も数名いた。本人直接の事件、あるいは関係者として証言を求められているということだった。彼らは一度、祖国の実情を見て来ているだけに、収容所内の貴重な情報源で、尋ねてくるPWも多く、国内事情をその人々に伝えていた。

PWの中に海賊部隊と呼ばれる一団があった。彼らは広島歩兵第十一聯隊所属で、元来、豪北のカイ諸島の守備についていた。米軍は豪北を素通りして比島に上陸した。日本軍はこのカイ諸島の歩十一聯隊の兵士を、病院船に偽装した輸送船に乗せ転送を企図した。ところが、米駆逐艦に発見され、そのまま拿捕《だほ》されたのである。兵士らは白衣を着て患者を装い、兵器は船倉に積んであったが、一千五百六十名がそっくり捕虜になったのである。キャンプでは何故か、この連中を海賊部隊と呼んでいたのである。

私がこのキャンプに移動して来て間もなく、山中から出て来た新入りが一人いた。現地人の通報で米軍に捕まったらしい。この新入りは変わっていて、絶えず何か独り言を呟いていた。だんだん事情を聞くと、部隊の兵隊が逐次、倒れて行き、最後は彼一人になった。その独りの孤独に耐えかねて、毎日行動を起こす時には必ず、「さあ、今日は東の畑に芋を掘りに行こう」と相手がいないにもかかわらず、自分一人で口に出すようになったという。それが癖になって、収容所に入っても、なおその癖が抜けないとのことだった。

この人物は私とは別の幕舎にいたが、この奇癖のため誰も話をせず、相変わらずブツブツと独り言を言って毎日を送っていた。彼が日本に帰国してどういう結果になったのか。生命は助かったが、精神的には大きな傷を残したことになった。間違いなく戦争の犠牲者であった。

同じ幕舎にセブ島警備に就いていた独歩第百七十三大隊（大隊長・大西精一中佐）の兵隊がいた。この部隊は大分歩四十七聯隊の編成で当然、大分県人が多かった。他の幕舎にいた同隊の者もよく出入りして同じ九州人でもあり、これらの人々とも親しくなった。

その中に堀義人氏がいた。私が福岡県出身であることを知った堀氏が、意外なことを言い出した。ここのキャンプの本部要員は福岡県出身者で固めており、確か行橋出身の人物もいるはずだと言う。

「佐々木さん、一度調べて見たらどうですか、もしそうであれば色々便利ですよ」と言う。堀氏のこの情報は事実であった。本部で通訳をしていたのは隣村犀川村の出身で、マニラ大学留学中で、英語、タガログ語に通じていた林君だった。彼の犀川村の実家は大きな醬油醸造元だった。彼からスタートして次々に人脈が判明してきた。本部で労務を担当していたのは渡辺君だった。彼は海軍で、実父は京都《みやこ》高女の校長だった人である。

さらに将校キャンプには軍医の松下氏のいることが分かった。松下氏は満州医大出身、その父上は行橋町の収入役をやっておられたし、実弟の充君は私とは小学校以来の同級で、九州帝大医学部に進んでいた。比島の戦犯容疑者キャンプに、これだけの同郷人がいるということも偶然であろうが、一度顔合せを兼ねた親睦会をやろうと言うことになった。本部の渡辺君が肝煎《きもい》りで酒肴を調達してくれ、点呼後にさる場所に集まって会食会を開いた。

堀氏の言う通りで、色々便利であると思った。この会食の件を聞いた堀氏が私に向かって、「佐々木さん、私も隣県大分の者ですし、本来、最初の情報は私が提供したものです。会にはオブザーバーとして列席させて貰えませんか」と言う。

PWには何も楽しみがない。せいぜい食べることだけである。本部勤務はやはり色々と特権がある。珍しい缶詰などを提供してくれた。堀氏も参加したい気持ちは理解出来る。そこで私から他の参加者に堀氏の件を説明し、了解を得た上で参加して貰った。

酒類はPWでは一切禁止されているが、干し葡萄をイーストで発酵させて作った、葡萄酒らしきものを渡辺君が用意してくれたが、結構その代用にはなった。

堀氏は入隊前の職業は警察官であるが、博学で話題に富み、人柄も淡泊で、すぐに一座に溶け込んで場を賑わせていた。このグループはその後も連絡を取り合って、私はその後、松下氏と米軍の俘虜病院に勤務することになる。復員後、一度わが家にこの人たちを中心にした比島復員組に集まってもらい、今度は本物の日本酒で一夕の歓を尽くしたことがある。林君は早世して皆から惜しまれた。

戦犯容疑晴れる

戦犯については、その後もう一度、取調べを受けた。内容は前回と同じようなことであった。別に前回と辻褄の合わなくなるようなこともなかったが、一体この戦犯問題はどのようになるのかと思っていた。というのは、所内の情報を聞くうち、全く本人が行ったこともない土地の事件で、完全に無罪であると思っていても、処刑された件があるという話を聞かされたからである。

事情通の話を総合すると、私のケースはおそらく佐々木姓の同姓の事件ではないかと言う。ミンダナオ関係では撃墜した敵機の搭乗員を尋問した後、情報係の将校が彼を処刑した事件の関係ではないかというところに落ち着いた。他でも同様な事件があったと言う。その将校が佐々木姓で、もし戦死しておれば、永久に本人は出て来ないわけで、その辺りが明確になるまで、一応、同姓の者を残すのではないかということであった。

私の所属する第三十師団は、一部は弘前師団管下の将兵が多かった。同地方は佐々木姓が多いのである。先に書いた同姓同名の「佐々木四郎」を始め、将校にも一名、下士官兵では三~四名いた。師団全体ではどれだけいたか見当もつかない。

将官だけを収容していた「ゼネラル・キャンプ」というのがあった。そこに元師団長の両角中将もおられることが分かった。ある日、私は師団長をその幕舎に訪ねた。われわれのいる幕舎と違い、個人用の幕舎であった。元の師団長といっても、私自身、司令部に勤務したこともないし、当然、面識はない。ただ作戦中、二度ばかり師団長の顔は見たことがあった。

旧日本軍の組織の中では、一兵士と師団長とが口を利くような機会はまずない。しかし、私は師団長の名前は支那事変中から知っていた。徐州作戦の頃、よく新聞紙上でその名前を見たのである。当時、歩兵聯隊長で隴海線遮断で有名になった。

私は名前を告げて、旧輜重聯隊の者であると言った。初めは驚いた様子だったが、とても喜んでくれた。誰も訪ねる者もない将官幕舎で、退屈されておられたのかも知れない。

マライバライからワロエへの転進に触れて、世界の戦史にもない空前の難行軍であったと言われた。そして「佐々木は出身はどこかね?」と聞かれた。北九州ですと答えたら、「そうか、やっぱり九州の兵は強いなあ」と言う。私は自分で強兵だなどとは思ったこともないし、むしろその反対と思っていたのだが、強いて師団長の言を否定するわけにもいかず、ただ、「運が良かったのだと思います」と答えた。

鼻下に僅かに髭を蓄えた師団長は、敗戦後の今、米軍の管理下にあって、どこか田舎の中学校の校長といった風情であった。師団長が勇猛果敢の猛将タイプの軍人でなかったことは、結果的にはそれだけ生還者の数を増やしたことに繫《つな》がったのだと思う。辞去する時の師団長は、本当に好々爺然とした印象であった。

同じ幕舎に伊藤という軍医がいた。召集の人で見習士官だから、当然、将校キャンプに入るべきだが、登録をどういうふうにしたのか、われわれと一緒にいた。ある日、私を物陰に呼んで、今夜一緒に行動してくれと言う。

前にも書いたように、キャンプの周囲は二重柵の鉄線で囲まれている。その上、常時、重機関銃を積んだジープが周囲を回って警戒している。コーナーには望楼があって歩哨が見張っている。その望楼の下に陣取ってPWたちがトランプをやったり、中には手製の牌で麻雀をやっている。金は持っていないので、賭けるのは配給品の米国煙草である。伊藤さんの頼みと言うのは、そこで他の者も入れて麻雀をやろうというのであった。

真上の望楼から退屈した歩哨がPWに声をかける。こちらも適当にそれに相槌《あいづち》を打って話し相手になってやると、面白がって次々におしゃべりをする。伊藤氏の本当の狙いはそこにあった。歩哨が話に夢中になっている間に、独りのPWがその真下にトンネルを掘って脱走を試みていたのだ。このPWは現在は容疑者だが、いずれ起訴は免れない状況であった。起訴されれば、警戒厳重なモンテンルパの戦犯刑務所に移される。そこで今のうちに脱走を計画したのであった。歩哨の真下こそ、まさに「灯台もと暗し」で盲点というわけだ。

もうすでに幾日か掘り進んで、今日こそ決行の日だと言う。伊藤氏もそのPWを直接知っているわけではないが、頼られて相談相手になってやっていたようだった。脱走後に必要になる医薬品なども、計画的に他のPWを使って、医務室から貰ったものを蓄積していたようである。そして当夜、見事に脱走に成功したのである。それからしばらくは、さらに歩哨を相手に時間を潰して幕舎に引き揚げた。

その夜明け、けたたましくサイレンが鳴って、数台のジープが柵の周辺を回り始めた。米兵が幕舎に来て「全員集合」を告げた。そして点呼が始まった。知らぬ顔をして何が起こったかと聞くと、逃亡者だと言う。さてはばれたか、しかし、どうしてばれたのかと思っていた。翌日の点呼までばれなければ、相当な距離を稼げる予定だったのである。

結局、最初、二人で脱走する計画であったのが、土壇場になって独りが裏切り、計画を米軍に密告したのであった。その頃、米軍では戦犯に対して、他の戦犯のことを教えるならお前の罪は軽くしてやるというような、一種の取引きを行なったそうだ。PWの噂だから、どこまで真実かは分からないが、その手の話はよく聞いたものである。そのため、戦争中の武勇伝や手柄話は決してするな、それはここではタブーだと言われていた。

一応、単独逃亡に成功したそのPWは結局、数キロ離れた地点で追跡隊に逮捕されたらしい。同じ日本人同士で、相手を売って自分だけ助かろうという後味の悪い事件であった。

昭和二十一年(一九四六)六月になって、私の戦犯容疑もクリアになった。最初は戦犯容疑者と言われても全く身に覚えのないことで、気にもかけなかったが、そのうち戦犯裁判の不明朗な情報を耳にするようになって、一体どういう容疑かも分からず、隔靴掻痒《かっかそうよう》の感があったが、これでようやくすっきりした。

ところで、戦犯容疑者の間は作業などは免除されていたが、クリアになれば作業にも就かねばならぬ。ちょうどその頃、例の堀氏は痔を悪くして俘虜病院に入院していた。また同郷の松下軍医も、同病院で耳鼻科に勤務していた。入院中の堀氏からクリアになったのなら、ぜひ病院に来るようにとの連絡があった。そう言うことが重なって、私も出来れば病院勤務を希望していた。

ＬＵＰＯＷ病院

案外、その機会は早くやって来た。大隊本部の掲示板に病院勤務者募集の表示が出されたのである。職目は通訳兼事務ということで、医学用語に知識のある者という条件であった。別に医学用語は知らなかったが、堀氏の連絡では心配なしということだったので応募した。この時はすでに渡辺君たちは日本に帰還していた。大隊本部では特にその点を確認するわけでもなく、聞かれたことはただハイハイと答えてパスした。

病院行きが決まって、所定の日時に本部前で迎えのジープを待っていた。やがてジープが到着した。先客が一人乗っていた。このキャンプに来る前に別のキャンプに寄って来たらしい。先客に軽く声をかけて私はジープに乗った。先客はむっつりとして、あまり愛想の良い人物ではないようだ。

車は病院に向けて走り始めた。手持ち無沙汰なので、無愛想な相手だが話しかけてみた。言葉の問題が良いと思って、「英語はどうですか？　僕はサッパリ自信がないのですが」と言ってもにこりともしない。「英語はどちらで？」と畳みかけて聞いたら、やっと、「僕はハワイ生まれですから」という返事が返って来た。ハワイ二世に対して、英語はどうかなんて考えてみれば、まるきり馬鹿な質問である。こちらも馬鹿馬鹿しくなった。「まあ、宜《よろ》しく」とその時は打ち切ったが、それが本田益夫氏との最初の出会いであった。

彼とは病院では同じ幕舎でベッドを並べて、帰国まで行動を共にすることになった。一見、無愛想で最初の印象は悪いが、その後、親しくなってみて、彼の持ち味にすっかり魅せられた。ひと口に言えば、彼は男性としての美質、例えば剛毅、果断、豪快、義俠、寡黙といったすべてを具備していた。

御両親は広島県出身、ハワイのホノルル生まれ、父君が病気を得たため日本に帰国、小学校を日本で終えて再びホノルルへ、昭和十六年、日米の風雲ただならぬ中、帰国してその後、大東亜省管轄の「海外同胞練成所」を経てマニラに渡り、日比企業という会社に勤務していた。

戦火がルソン島に及ぶや、現地邦人の男子はすべて召集され、彼も陸軍の船舶工兵の暁部隊に入隊し、北部ルソンで終戦を迎えたのであった。病院に来る前にはロスバニオスのキャンプにいたとのことであった。ちなみに、このロスバニオスで山下大将の絞首刑は執行されたのである。

米軍俘虜病院の院長は軍医大尉であった。数名の将校、下士官がいる点は他のキャンプと同じであるが、ほとんどの運営は日本人に任せていた。運営の中枢に本部があり、ここの長が米軍との折衝に当たっていた。各科、各病棟があって、衛生兵に該当するワード・ボーイがおり、若干の看護婦がそれを助けていた。看護婦宿舎は厳重に隔離され、常時、米兵のガードがゲートを守っていた。医者はすべて旧軍の軍医である。同郷の松下さんは耳鼻科を担当していた。そのほかに炊事班があったが、ここの炊事班も他のキャンプと同様に、いわゆる「万歳組」が牛耳っており、特権階級化していた。

私と本田氏は本部勤務、本部のヘッドはハリー・タイラ氏で、彼もアメリカ二世、カリフォルニア大出身、また本田氏の会社のかつての上司でもあった。平氏を補佐として前田豊実氏、大橋静雄氏がいた。前田氏は外務省吏で、終戦時マニラ大使館にいた。大橋氏は明治製菓マニラ支店長だった人。

以上でも分かるように、本部の構成はみな英語をマスターしている者ばかりで、その中で私一人、異色の存在であった。平、大橋の両氏は次の帰還船で帰国したので、前田氏が本部ヘッドとして業務に当たられた。

復員船はわれわれの如く外地に残置されている者に対し、内地事情を掲載した新聞を運んで来た。タブロイド版一枚きりのものだったが、一同、目を皿にして読んだ。当時は日本内地でも紙不足で、同型の新聞しかなかったようであるが……。

これを読んで、戦争中ほとんどの都市が爆撃によって焼かれていることが分かった。そして現在、深刻な食糧難にあることも知った。私は兄あてに手紙を書いて、帰国する人に内地での投函を依頼しておいた。後日帰国した時点でその書簡は無事、到着していて、私の健在を家族に伝えていたことが分かった。

このLUPOWホスピタルに来て、意外に結核患者、精神病患者の多いのに気がついた。これらの患者の大部分は、旧軍の階級では准尉、曹長が多かった。旧軍隊当時の過重な業務、さらに敗戦による絶望感などが影響したのではないかと推量された。

精神病者のことをタガログ語で「ゲレンゲレン」というので、われわれもその呼称を用いていたが、中には贋者《にせもの》のゲレンゲレンもいたようである。この贋者はほとんど戦争犯罪者としての起訴を免れる目的だったようだ。

しかし贋者といっても、それを押し通すことも実に難事業である。米軍が観察に来ると、自分の排泄物を食べたりするのである。何としてでも、無事に生還しようという人間の凄まじいまでの決意と行動であった。

結核患者の中に以前、私と同じ幕舎にいた兵隊がいた。確か山陰の島根か鳥取の出身であった。私が病院に勤務するようになって、久し振りに顔を合わせて、とても喜んでいた。病院内で困ったことがあれば、遠慮なく相談するようにと言っておいた。その病棟のクラークやワードボーイにも、彼のことを頼んでやったり、たまに缶詰なども届けてやった。

彼は喜び、かつ「なぜ佐々木さんは、このように良くしてくれるのですか」と言い、私の日本の住所を聞いたりした。「せっかく、ここまで来たのだから、元気になって帰国して貰いたいからですよ」と答えておいた。彼は私より早く帰国船に乗ったが、私の復員後、丁重な礼状を寄越した。

このLUPOW病院の近くにPWの墓地があった。白く塗られた木製の十字の墓標は、その数無慮《むりょ》数千に上った。入院中の患者で病院で死亡する者もいたが、ごく稀であった。墓地にある大部分の墓標は、終戦後、キャンプに収容されながら、次々と倒れた将兵のものであった。せっかく、ここまで辿り着きながら、倒れて行った人々の無念の思いが察せられた。

比島最後の復員船に

昭和二十一年（一九四六）十二月、ようやくわれわれにも乗船の順番が回って来た。というよりは、今次の船が比島からの最後の復員船になるとのことだった。事実、その通りで俘虜病院も閉鎖されることになり、患者を輸送するために病院船が迎えに来ることになったのである。その船は氷川丸、かつての日の太平洋航路の花形客船である。

いよいよ待望の出発の日が来た。十二月二十四日、クリスマス・イブであるが、当時の日本人にはクリスマスの観念は希薄であった。当日未明、まだ暗いうちに起きて広場に参集した。

米兵と通訳が並んでPWの氏名を読みあげる。呼ばれた者は一人ずつ返事をして、こちら側から向こう側に移動して整列する。まだ暗い中だったので、煌々《こうこう》たる数基のサーチライトが広場を照らし出している。

名前を呼ばれたＰＷの一人一人の胸中には、万感一時に込みあげて来るものがあったであろう。苛烈を極めた戦争体験、ＰＷになってからの思いもかけぬ戦犯問題、郷里の戦災と家族の安否、矢の如き帰心を自分ではどうすることも出来ぬもどかしさ、それぞれ時代の激流に翻弄されながらそれに耐えて、ようやく今、帰国への第一歩を踏み出そうとしているのだ。私は一種の感動を覚えながら、呼び出されるＰＷの動きを目で追いつつ、自分の順番を待っていた。

その時、呼ばれたＰＷの胸には、白布で包まれた小さな箱があった。遺骨だ。よく今まで持って来られたものだ。思わず熱いものが込みあげて来た。

やがて私の名前と番号が読み上げられた。［ＪＰＷ１６００４９］が私の俘虜登録番号である。この番号はジュネーブの万国赤十字社にも通知されているはずである。名前と本人の確認が終わって、トラックでマニラ港に向かう。

早朝であったが、道行くフィリピン人が目聡《めざと》くわれわれの姿を見つけて、何やら罵倒の言葉を浴びせかけて来た。中には石を拾って投げつける者もいた。私のトラックに乗っていた一人はその石が当たって、目の上に大きな瘤《こぶ》を作った。最後の最後まで兵隊たちには危険がつきまとうのだった。

氷川丸は病院船であるからもちろん、看護婦が乗船している。ＬＵＰＯＷの病院にも日本人看護婦はいたのだが、日本からの迎えに乗って来ている看護婦というので、特別な感じで見詰めていた。久し振りに見る日本女性の色の白さに驚く。白いというより青白く見えた。ここ数年間の熱帯の生活で、比島人はもちろんであるが周囲の日本人も皆、陽に灼けている顔色だから、日本から来たばかりの女性の顔色は、それらに比較して青白く見えたのであろう。

担送患者の搬入も終わって氷川丸はマニラ港を出港、懐かしの故国へ向かう。本田、大内その他いつも病院で一緒だった各氏と船室内に陣取る。かつては米潜水艦の跳梁に悩まされたバシー海峡も、今は何の心配もなく通過する。今、われわれが乗って北上する潮流は黒潮である。

かつて日本人の先祖も、この黒潮に乗って北に向かい、日本列島に漂着したのである。その子孫は徳川幕府の鎖国政策によって外に向かう力を抑圧されていた。明治以降はその蓄積された民族の外向エネルギーを爆発させた。そして燃えつきたのである。これからはまた当分、内向きだけの分野に限定されるだろう。そういう民族の興亡とは無関係に、黒潮は今日も明日も北に流れるのだ。舷側で大内氏らとそんな話をしているうちにも、日本は近づいて来る。

乗組員の語るところでは、氷川丸は九州佐世保港に入港の予定という。それを聞いて九州出身の連中は大喜びする。少しでも早く郷里に帰れるというのである。それだけ皆、ただただ望郷の念に駆られていたのである。

佐世保・南風崎《はえのさき》に上陸

昭和二十二年（一九四七年）正月二日、氷川丸は無事に長崎県の南風崎に入港した。佐世保に近いが、ここに厚生省の復員関係の事務所があったのだ。元の海兵団とも聞いた。九十九島の景観を眺めながら船が陸地に近づいて行く時、久し振りに見る日本ならではの風景に胸を躍らせ、何でもないことにすぐ歓声を上げていた。帰国の嬉しさの一つの表現であったのであろう。

上陸すると、復員事務所の係員が待ち構えていて、米軍関係の所持品は皆、ここに出しておいて行けという。PWは皆、米軍から支給された毛布、食器類、缶詰、煙草などを所持していた。中には郷里への土産のつもりで、自分で吸わずに、貯めた煙草を沢山持っている者もいた。

ところが、係員はそういうものが後で米軍のMPに見つかると、沖縄で重労働の刑に処されるという。とにかく、身体だけで行けば間違いなしという説明だった。

国内の事情は皆分からず、ようやく帰国したのに、またもや重労働などさせられては、堪《たま》ったものではないとせっかくの郷里へのお土産を放り出してしまった。実はこれは真っ赤な大嘘だったのである。

後でこれらの品は皆、復員事務所の連中がせしめたのである。当時、物資不足の事情があるとはいえ、戦地から苦労して帰って来た人々のなけなしの所持品を、その無知に付け込んで一種の詐欺を働いたのである。敗戦はここまで日本人を堕落させていたのである。しかし、考えれば人間に対する不信は、すでに比島の戦場でいやというほど経験しているのだ。のどもと過ぎて熱さを忘れてはいけないと思った。

上陸して厚生省の収容施設でひと息ついた後、問題が起こった。

厚生省のひと通りの調査が終われば、その後、郷里までの乗車切符の支給を受けて、出発という段取りであった。ところが、今回の復員船には多数の患者が乗船しており、彼らにしてみればこのままの状態で帰国しても将来に対する大きな不安があった。そこで厚生省に対して、健康が完全に回復するまで国立病院に入院させるべきだという要求を出した。これに対して厚生省側は、そんな余裕はないとつっぱねた。そこから先はどちらも譲らないので、行き詰まってしまった。

患者以外の人たちは、その巻添えを食って、いつまでも出発出来ないので苛々《いらいら》し始めた。比島では俘虜病院としての組織があったが、日本に帰ってはそれは何の関係もない。誰もこの紛争を纏《まと》められる人物はいないのだった。皆、苛々しながらも、ただ傍観していた。

そのうち、患者の一人が私のところに相談に来た。「貴方は俘虜病院では本部にいた人だから、この問題を何とかして欲しい」というのだ。私は答えた。

「見ていると、患者一人一人が各々の立場を主張しているが、それではなかなか纏まらないと思う。まず患者の代表を決めたらどうだろう。その上でその代表と厚生省側との話合いに入ったらどうか。その際、比島の病院における状況説明に私が当たってもよい。私には何の権限も資格もないが、そういう進め方ならオブザーバーとして関与出来ると思う」と。

彼も納得して患者代表五名を決めて来た。新しい話合いで一応の結論が出た。患者のうち、歩行困難な重症者は直ちに病院に収容する。その他については証明書を発行して、帰郷後に症状が悪化した際は、最寄りの国立病院で診断を受けられるということで、患者一同も納得してくれた。

これにて一件落着と思っていたら、次の問題が起こった。厚生省側では、それら患者の一覧表を作成、提出せよというのだ。患者側にはそんな事務能力がなくて、例の代表がまた私のところにやって来た。結局、それもまた引き受ける羽目になった。

用紙、カーボン紙などの事務用品を厚生省側から貰い、患者の氏名、本籍、復員先、病名をリスト・アップするのだが、何しろ数百名もいる患者のそれを、私一人でみかん箱を机代わりにして一晩中かかって、何とか作成した。

これが出来上がらないと、同じ船で帰って来た者全部が待たされるわけで、私の周囲にいた人々は、書類が早く出来上がらないかと、こちらの手元ばかり注視していたようだ。さすがに途中くたびれて、何度か睡魔に引きずり込まれた。手の動きは止まっているのだが、しきりに患者の名前か何かを寝言のように言っていたそうだ。

翌朝、書き上げてほっとしていたら、顔馴染みの元軍医が、「佐々木さん、ご苦労さんでしたね。昨夜、貴方が夜中に患者の名前を寝言で言っているのを聞きました。本当に作業に熱中しておられるのが分かりました。これでやっとわれわれも帰れます。有り難うございました」と丁重な物腰で礼を言われた。

患者問題が解決して、ようやく帰国というところにこぎ着けた。本田氏らと一緒に汽車に乗る。久し振りの日本の汽車である。しかし車内は荒れ果てて汚れている。しかも急行はなくて鈍行列車である。ただ列車の窓から見る日本の風景はそれなりに懐かしく、鈍行のもどかしさはあまり感じなかった。

小倉駅で本田氏と別れた。いずれ落ち着いたら東京に出るつもりだ。とにかく、連絡だけはお互いに取り合おうと約束して、広島に向かう彼を見送った。

小倉駅から日豊線に乗り換えて行橋に向かう。この沿線は見慣れた風景である。あっという間に着いてしまう。

誰にも帰国は知らせていないので、迎える者もいない。今まで見て来た市街地と違って爆撃の後もなく、昔のままの平和で変化のない町である。駅から兄の家まで誰とも知人には会わなかった。家に着くと嫂の峯子さんがいて、「あれ、四郎さん、あんた、今日帰って来たの、本当?」と驚いていた。

「そりゃあ、恵美さんが喜ぶわ、今、小林さんのところに行っとるのよ」

それを聞いて、初めて妻がここに帰国して来ているのを知った。比島では、在鮮邦人の引揚げの状態についてはあまり情報がなかった。帰宅してまずそれを聞き、今までの不安が一挙に解決した思いであった。

召集で平壌入隊以来、今日の帰国まで一体何回、死線を越えて来ただろう。そのたびに目に見えぬ何かの加護を受けて生かされて来た。「国滅びて山河ありと」古人は言ったが、今の日本は焼野が原と化した。一体これからの日本民族、そして私自身はどういう道を歩いて行くのだろうかという思いが込みあげて来る。

家族たちが帰って来るまで、久し振りに畳の上に寝そべってそんなことを考えていた。

昭和二十二年（一九四七）一月四日、時に私は満二十八歳十ヵ月であった。

平成６年５月、愛知県三ヶ根山の比島、大同戦死者の慰霊碑前の左側筆者

三ヶ根山・大同会の慰霊碑

刊行に寄せて

佐々木　恵美

この手記は、夫が子供たちに自分の戦争体験を残しておきたいという思いで書き残したものです。戦記は正確でなければならぬとの主義から、うろ覚えの事項は防衛庁の戦史資料室に出向き、確かめていたようでした。属していた部隊の構成、戦闘の記録、上官、兵士の氏名などは実際のままで、文中その正義感から許しがたい事実について、厳しい筆致が随所にみられます。本人は家族内で読む目的で筆をすすめているので、表現に適切さを欠いているところはお許しをお願いしたいと思います。

現役の時に幹部候補生になる試験を受けるよう薦《すす》められたのを断わり、一兵卒であり続けました。兵の目で見た日本軍の実態、大東亜戦争の中国、比島の過酷な戦闘のありのままを、綴ったものです。

平成三年四月、夫は私に現役で四年間駐屯した大同を、是非みせたいと旅行に誘ってくれました。北京から夜汽車で大同に入り、有名な雲崗の石窟、九竜壁、華厳寺、石炭を運ぶ貨車などの様子を見て廻りました。何十年前、日本の兵隊として滞在した当時とは随所、変わっているようでしたが、勿論おかれている立場の違いや、また年を老いての視点の違いでもあると思いました。この乾いた遺跡の町、炭鉱の町を二人で見るのを、私はとても嬉しく、良い思い出になりました。

今年一月、私は台湾の旅行に加わり、台湾最南端のガルンビ岬に立ちました。眼下はバシー海峡、紺碧に輝く空と海、静かに波打つ遥か向こうは比島です。夫の乗った輸送船は、二度もここで米軍の魚雷攻撃にあい、海に投げ出されました。十時間の漂流の後、運良く救助され、一命をとりとめた海、感傷的ではありましたが、この海にお礼を言いたい気持ちになりました。夫は生前この話をよくしていました。そして聞く人は、みな感動したものです。危機一髪のところをいつも助け出される、ある意味では幸運の持ち主であったのかもしれません。

六、七年前にもなりますか、軽井沢に滞在していたある日、上田市の戦没画学生慰霊美術館無言館に行きました。山の中の分かりにくい所で、夏の暑い日、息子の運転で信州の畑と林の間を通り抜けたところに無言館は建っていました。ミンダナオ戦線で、出会った同性同名の画学生、佐々木四郎氏の絵を見るためでした。当時美術学校に在学中に、戦争に駆り出され亡くなられた方のいかに多いことか。夫はその画の前で涙を流し、嗚咽していました。画は自画像で少し暗い感じでした。夫は画集を買い求め、係の人に自分はこの兵士と戦場を共にしていたことを話していました。

お釈迦様の言われた通り、人は老い、病み、死んでゆくもの、老いての死は自然でありますが、戦いの為に若くして死んでゆくのは本当に残念です。比島では現役の軍隊構成は九州と静岡、愛知県の方の部隊関係者が多数でありましたので、戦死された方の慰霊のための碑を、戦友会で愛知県の三河湾国定公園の三ヶ根山に建立し毎年慰霊祭を行なっていました。自分を含め日本人が戦後、無事に暮らすことのできるのは彼らのお陰といつも話していたものです。

二十代のほとんどを、外地の戦場で暮らし、決して平坦なその後ではありませんでしたが、晩年は書と写真の趣味に明け暮れ、六人の孫をこよなく愛し、八十六歳の生涯を四年前に終えました。

二〇〇八（平成二十）年五月

【著者紹介】

佐々木四郎（ささき・しろう）

大正7年3月3日、福岡県京都郡行橋町（現、行橋市）に生まれる。

昭和14年1月、召集により下関集合の後、中国山西省大同に入隊、輜重兵第26連隊に所属、3年10ヶ月を満蒙地区で従軍。

昭和17年11月、内地帰還後、名古屋で満期除隊。

昭和19年4月、赤紙召集（平壌部隊入隊）で急遽京城へ。

昭和19年5月1日、平壌秋乙台の輜重兵第30連隊に入隊。

昭和19年5月、フィリピン派遣部隊へ転属、26日釜山港を出港。

昭和19～20年、マニラ、ミンダナオ島、さらにレイテ島へ転戦。

昭和20年8月、終戦を知らず部隊は山中を彷徨。

昭和20年10月、米軍によりタクロバン収容所に収容されるも、戦犯容疑でマニラ収容所に移送。

昭和21年12月、最後の復員船「氷川丸」で日本に復員。

痛恨 生と死の戦場――朔北から南溟へ 一輜重兵の従軍記録

2008年8月15日　第1刷発行

著　者　佐々木《ささき》　四郎《しろう》

発行人　浜　　正　史

発行所　株式会社　元就《げんしゅう》出版社

〒171-0022 東京都豊島区南池袋4-20-9
サンロードビル2F-B

電話　03-3986-7736 FAX 03-3987-2580

振替　00120-3-31078

装　幀　純　谷　祥　一

印刷所　中央精版印刷株式会社

※乱丁本・落丁本はお取り替えいたします。

ISBN978-4-86106-165-3　C0095